本色文丛 · 于晓明 主编

原本是书生

于晓明／著

深圳出版发行集团
海 天 出 版 社

图书在版编目（CIP）数据

原本是书生 / 于晓明著. — 深圳：海天出版社，
2013.1
（本色文丛）
ISBN 978-7-5507-0235-6

Ⅰ.①原… Ⅱ.①于… Ⅲ.①日记—作品集—中国—当代 Ⅳ.①I267.5

中国版本图书馆CIP数据核字（2012）第263758号

原本是书生
YUANBEN SHI SHUSHENG

出品人 尹昌龙
策划编辑 于志斌
责任编辑 陈 嫣
责任技编 蔡梅琴
装帧设计 王 璇
书名题签 嵇贾孜

出版发行 海天出版社
地　　址 深圳市彩田南路海天综合大厦（518033）
网　　址 www.htph.com.cn
订购电话 0755-83460293（批发） 83460397（邮购）
设计制作 深圳市龙墨文化传播有限公司 Tel：0755-83460859
印　　刷 深圳市华信图文印务有限公司
开　　本 787mm×1092mm 1/32
印　　张 8.375
字　　数 155千
版　　次 2013年1月第1版
印　　次 2013年3月第2次
定　　价 32.00元

于晓明，笔名古农、鲁冰。1975年生于山东桓台。中国人民大学新闻学院在职研究生。现供职于北京国学时代文化传播股份有限公司、国学网。中国报业网专家团成员，中国十大创新传媒新锐人物。现任《都市文化报书脉周刊》总编辑。出版《无定集》、《川上集》、《茶歇集》、《门外漫谈》、《我，或者我们》、《居京笔记》、《命若蝼蚁》等专著；主编“书脉日记文丛”、“书脉文库”、“中国日记大系”、“读美文写日记丛书”、“当代文人日记丛书”等。创办《日记报》、《书脉》、《茶韵书香》，创建中华日记网。

序　一

◎龚明德

一个多月来为子善兄的刊物补订一篇关于郭沫若的拙文，一直在逐字通读常任侠的两部日记，虽然这作为公开出版物的日记有少量删节，但还是让我大开了眼界，弄清了那段历史中的一些具体实在的人事细节。

就在这时，我接到于晓明的《原本是书生》一书的电子文本全份，这是他二〇〇七年中九个月的日记。有编辑刊物的甘苦、有经营公司的辛劳、有面对人事纠葛的无奈，当然更有文朋诗友的交往和文友书友之间真性情的流露。这本来就属于个人私密性质的文字，其发自肺腑的夫子自道，以及其中涉及的一些人与事，全可以作为文化史个案方面的第一手材料，供今人、后人们去从中细究一些有关“课题”之可贵线索，如同我刚通读了的常任侠的日记一样。

所以说于晓明此日记的公开印行，是一件益于今世后世的雅事。

而且，于晓明日记中提到的很多读书人或者说文化人我都熟悉，这些人无论名气大或小，也无论对文化的贡献巨或微，他们其实都是中国当代文化史的组成部分，都是值得留下文化印痕的。

我自己是天天记日记的，时间至少也有三十多年了。尤其在“单位”上受了冤屈后，我要大篇大篇地抒写当日“史实”。因为，我是父母的长子，兄弟的长兄，晚辈的长伯，还无可争议地是孩子的长辈，也是一家之主，我没有任何资格软弱！

“坚强”的男人、女人，他们的“软弱”全在日记中——如果他（她）记日记的话。一个立体的人，除了要尽可能多地读他的书信，还要尽可能多地读他的日记，方能在述说中成功显现。

搬家时，我的日记装了一个大的纸箱子。但是，我自己还没有勇气出版我的日记，因为上面的一些真实记录，估计连我自己也忍受不了它们被公开。

我对于日记的意见，除了希望日记的作者一定要对生活作真实的记录和感受一定要是独具个性的之外，别无看法。我不同意对过往的日记修改和删节，我甚至像孙犁一样，主张要出版日记，就发行手迹影印本。好多年前，我曾经撰文责怪丁玲生前丈夫陈明修改丁玲日记的行为，文章曾被北京的《中华读书报》转发，颇有影响。

我读了晓明这一年的日记，感觉都是真实的生活记录，也是有个性感受的文字。而且晓明一直坚守着日记这块丰厚的土地，耕种收获，洋洋大观，他今年主编的"书脉日记文丛"（人民日报出版社出版）四部大书（分别是《日记闲话》、《日记序跋》、《日记漫谈》、《日记品读》），我已经列为我的必读参考书。

一个社会，只要法制健全、政策健康，绝不会反对社会成员讲实话。一个没有心灵阴影的人，是乐于向世人吐露真的、富有个性感受的声音的。

二〇一二年六月二十六日
于四川师范大学文学院办公大楼三〇八

序　二

◎彭国梁

于晓明者，《日记杂志》和《书脉周刊》的执行主编是也。有关于晓明自筹资金创办《日记报》三十多期，《日记杂志》又三十多期，已有不少文朋诗友撰文介绍，故从略。在此，倒是想说说我与晓明之间两件颇为有趣的事。

其一，我的日记。二〇〇七年四月，湖南教育出版社出版了“开卷文丛”第三辑，其中有我的一本《书虫日记》。在其序言中有这么一段：

本来，我是不大习惯写日记的。二十世纪八十年代末，我曾在弘征先生主编的《青春诗历》上写过两三年寥寥数语的日记，那是因为一九八八年的“诗历”上选有我的诗。然后，不知怎么就断了。一断就是十四五年。直到二〇〇五年，因为山东自牧、于晓明等主编的《日记杂志》特邀我加盟他们策划的元月一日至十五日的《半月日谱》专号，我才又慎而重之地买了一个精美的日记本，一五一十地写了起来。《半月日谱》完稿后，意犹未尽。好像每天晚上不写上几句，就欠了什么，就有些睡不安稳。那就写吧。有话则长，无话则短。或三言两语，或啰里啰唆。流水账有之，心情感悟亦有之。记书账是向鲁迅学的，但对所买之书却又记之不详。日记，不像平时的文章那么讲究，轻松而又随意。总之，写着写着，就感到这写日记原来是一件很好玩的事。

写日记确实是一件很好玩的事。我的生活也因此而变得更加充实。《书虫日记》之后，我又在上海辞书出版社出版了《书虫日记二集》，这是我二〇〇六和二〇〇七两年日记的结集。现在二〇〇八和二〇〇九的《书虫日记三集》、二〇一〇和二〇一一的《书虫日记四集》也将由上海辞书出版社出版。俗谚云：“吃水不忘挖井人。”如果我的日记是“水”，自牧和于晓明自然就是我的“挖井人”了。

其二，我的画。晓明《原本是书生》二〇〇七年四月十三日记载：

下午彭国梁来，交谈半时许，相约至彭燕郊先生府上拜望。国梁兄即电话告知彭老，老人很高兴地同意我们前往。步行十五分钟，至湖南省博物馆彭寓，送上书，老人非常高兴。闲谈时许，参观两套书房，拍照，请彭老题字。彭老欣然题曰：

万金宝剑藏秋水，一片冰心在玉壶。

古农先生正腕。 彭燕郊 二〇〇七年四月

受赠《彭燕郊诗文集》一套四卷，湖南文艺出版社2007七年版。

告别彭老，国梁兄驱车带我们去参观他的书房——近楼。这是座四层小楼，装修简单而书味浓郁，七八个书房分门别类装载着不同内容的书籍，每间房屋里都是通上而下的书架，阵容颇为壮观，直令我大开眼界、叹为观止。难怪被卓雅称为“中国最美丽的书房”呢。拍照若干。国梁兄近来迷恋上钢笔画，乘兴也在我的册页上画了一幅。我建议他在《书脉》开一个专栏，一文一画，肯定好玩。他欣然同意。受赠国梁兄编的《跟鲁迅评图品画》中国卷、外国卷各一册（岳麓书社2003年版）。

再翻开我的《书虫日记二集》二〇〇七年四月十三日：

于晓明来长沙，住芙蓉中路的新闻大厦。下午约三点半至他的房间。我和他是第一次见面。他赠我新书《门外漫谈》和杂志《名流周刊》等。并转交自牧给我的新书《尚宽集》。扉页上有自牧题联：“庭栽竹少堪容鹤，池种莲多不碍鱼。”陪于晓明和与他同来的画家宋肇水二位拜访彭燕郊先生。彭老师赠《彭燕郊诗文集》一套给于晓明，赠《走近彭燕郊》和黄礼孩编的《彭燕郊专集》给宋肇水。在彭老师家的门前合影留念。然后又带他们至近楼观书。送他们二位《跟鲁迅评图品画》各一套。晚上与晓明聊书和杂志至十二点。

在我的日记中没有谈到画。原因是我当时心里没谱，所以也就不好意思把晓明的“稿约”记下来。谁知晓明回到北京后，还真把这事当了真。他来电要我把与“书”相关的画寄过去，在《书脉》杂志的封二上开一个“彭国梁画书”的专栏。就这样，《书脉》杂志二〇〇七年的第四期、第六期、第七期连载了我的“胡乱涂鸦”。我在二〇〇七年七月二十四日的日记中写道：“……

于晓明寄来《书脉》第四期，封二载‘彭国梁画书’线描画四幅……《书脉》上的‘彭国梁画书’是我的‘处女画’，意义非同寻常。于晓明说，杂志出来后，他周围的几个朋友见了，没有人相信我是从来没画过画的。”

我的日记和画，都是在晓明主持的杂志上首发，这对我而言，晓明就是我的福星了。

写了这么多，无非是想说，我和晓明是有着特别缘分的。他的这本《原本是书生》我是一字一句看了的。给我的总印象是：亲切，实在，有情有义。有创业的艰难和酸甜，有淘书的欢欣读书的乐趣；有对朋友的真情厚谊，有对亲人的思念关爱……字里行间，有一种温度，也有一种厚度。晓明是一个性情中人，也是一个志存高远、满怀激情、有理想情怀的人。晓明啊，用他自己的话说，原本是书生！

我喜欢这样的书生，也喜欢这样的日记。因此，乐而为序。

二〇一二年六月三十日于长沙近楼

序　三

◎周　实

二〇〇七年到今年，一晃，就是五年了。整整一个“五年计划”，眨眼，也就过去了。人生有几个五年呢？一五一十，一十五二十，二十五三十，三十五四十，四十五五十，五十五六十，六十五七十，人生七十古来稀。一个RAR，也就压缩了，压缩成了一个文件，一个小小的电子文件。

二〇〇七年的于晓明刚过而立之年吧。那时的他什么模样？

那年，他遇到了什么事？那年，他碰到了哪些人？那年，他有些什么故事，有过多少喜怒哀乐？那年，他所经历的人事，对于今天已过“而立”或者还未“而立”的读者会有一些什么启发？只要打开这本书，我们也就能看到，或者多少能感悟，他是如何的工作，生活，怎样的想事和做人。

同时，我们还能看到他是怎样写日记的。看到他如何打下逗号，随着好多逗号奔波，遇到句号停了下来，面对问号锁紧眉头，碰到某个惊叹号露出他的一脸惊讶！日记是内心的真实记录，随着这些标点符号，变化，起伏，着重，转折，我们也会感同身受他内心的情感波澜。

他写是因为他的存在，他写是为了他的存在，这与写得如何无关。如果他写得不好的话，那就是他存在得不好。如果他写得好的话，那就是他存在得好。

作为一个写作者，无论他在写什么，写小说，写散文，写诗歌，写日记，他都是想通过语言来显现自己和这个世界。语言在这里并非真理，它只是他在世的方式，或者，是他存世的方式。斟字酌句只是作者在记忆自己经历的人事，体会自己内心的情感，检视自己脑中的思想，通过自己所写的文字反射世界的一小部分。同样，世界也并非是各式各样的人事总和，而是人事互相关联所构成的复杂网络。这本日记所记录的人与事是相关联的，人事只有在关联时才能呈现所谓的意义。

晓明的文字有意义吗？还是让我们来翻看他在二〇〇七年所写下的这本日记。这本日记无论怎样，它都真实地表现了晓明那年度过的日子以及曾经拥有的姿态。能本真地记录下自己的生活和思考，在我看来真的是一件非常美好的事情。

二〇一二年七月六日于长沙

目录

Contents

二〇〇七年一月日记

【一月一日　星期一　晴】上午前往故宫游览，以完成去年“第一场雪后看故宫”的心愿。从北门（即神武门，修缮中）入，分别游览了延晖阁、千秋亭、钦安殿、御花园、养性斋、储秀宫、绛雪轩、坤宁宫、交泰殿、乾清宫、军机处、保和殿、中和殿、太和殿（修缮中）、弘义阁、金水桥、奉先殿、斋宫、诚肃殿、景仁宫、延禧宫、承乾宫、永和宫、藻堂等。印象深刻的是金銮大殿和于永和宫展出的“清代嫔妃生活展”，前者雄伟壮观，后者悲凉凄惨。一个皇帝，一生要和多少女人的命运联系在一起？册封制度是这样定的：上面是皇太后，下面是一个皇后，一个皇贵妃，两个贵妃，四个嫔，六个妃，贵人、常在等无数。秀女每三年大选一次，年龄从 13 岁至 18 岁不等，可想而知，那么多的美女被选至宫中，但终其一生而未见皇帝一面者，大有人在。至于为争权夺利而勾心斗角、生死残杀者更无计数矣。

在宫中游览时，不时有鸟雀从头顶飞过，或在树枝间鸣叫，使我倍感亲切又倍觉荒远。

于故宫书店购《马衡日记·一九四九年前后的故宫》、《故宫沧桑》（刘北汜著）、《实说慈禧》（刘北汜编）、《宫女谈往录》（上下册，金易、沈义羚著）四种五册，为“故宫文丛”系列，紫禁城出版社版。

出神武门，乘人力三轮车游览北京的胡同。先后转了大石作胡同、米粮仓胡同、恭俭（原为宫剪胡同，乃太监居住之地）胡同、油漆作胡同、什刹海胡同等等，了解并感受了北京这一特有的古老的市井文化。所谓“市井”，市，即胡同；井，则因以前百姓门前皆有一眼水井故名。登车拉我们的汝师傅一路介绍老北京的风情乡俗，如什么是“门当户对”，四合院的结构及长幼妇孺居住次序，文官武官及不同级别官员的门房有什么不同，北京人为什么喜欢种枣树、石榴树等等。意外收获是，顺道我们看到了邓小平的寓所，大门紧闭，门口由卫兵（不是警察，而是军队士兵）把守，青砖灰瓦的建筑充满了神秘。据说邓小平夫人卓琳和女儿邓楠仍居此寓。

穿过“御道”，我又转了几条小胡同，看了看新修的仿古院落建筑（此地乃毗邻皇宫的风水宝地，每平方米土地的价格已高达六万至八万元，一般人是可望而不可即的，多为有钱人及外国人购买建造）便直奔荷花市场，顺着什刹海岸边的“酒吧一条街”往北，折往西，即至恭王府。恭王府花园始建于1779年，是现今保存最完整的清代王府花园。相传这里是《红楼梦》中的荣国府和大观园的原型，很多影视即拍摄于此。这里曾是清代大学士和珅及恭亲王奕䜣的住所，园内楼台亭榭错落有致，有北方建筑之雄厚挺拔，又有南方建筑之精巧轻灵，尤其引人注目的是满眼的翠竹和假山巨石，还有檐窗雕镂的蝙蝠。据说和珅将此处称为“万蝠园”，意为“万福”。为此，在布局设计上可谓费尽心机。比如一进西洋门（上刻取自庄子的“静含太古”四字）的那个水池状似蝙蝠，名叫“蝠池”，“蝠”与“福”、“富”谐音，周遭遍植榆树，叶落后全部掉入池中，意谓“天上余钱，落满福池”，“富富有余”。如此之类，在园中不乏其处。

出得恭王府，前往郭沫若故居。因冬天整修未对外开放不得其观，只在门口拍了一张照片即返。门口的人力三轮车队引起我极大兴趣，可以说，他们是北京胡同与民俗文化的传递者，特意给他们拍了几张照片。

归而于景和轩港式餐厅吃咖喱牛肉饭。餐时接庞中华电话，邀我陪他往访任彦芳，应允饭毕即往。八时许，抵任寓。交谈三时许。十一时半归寓，即寝。

接凌鼎年、刘宗武、尚建荣、衣惠春、顾建新、贺钟健刘桂聪夫妇、贺丹、夏雷鸣等师友贺年短信。一一复贺。

【一月二日　星期二　晴】辞友宴，专心校稿。至晚，校毕《尚宽集》及《名流》（五期）清样。转宋、韩再各校一遍，吸取上期的教训。宁可慢一点，也要细一点。

致自牧老师函并寄回《尚宽集》及我的半月日记清样稿。致沈力先生函并《日记杂志》二册；致人民文学出版社魏新民先生函并《日记杂志》、《名流周刊》各二册；复谢大光先生函并赠《川上集》一册；致东营窦有奎函并《名流周刊》二册，《茶歇集》一册。

秀娜打电话来说壮儿的白细胞竟然高达二万八，吓了我一跳！正常人的不过三四千啊。嘱她遵从医嘱，赶紧输液治疗。挂了电话，急忙奔去银行，给她汇去三千元，给孩子看病。

晚，辗转反侧睡不着，干脆起床观看《朱元璋》。后夜三时许睡下。

【一月三日　星期三　晴】上午任彦芳来访。商议其文集出版事宜，我建议名《任彦芳文存》，先出四卷，分别是《谎言的悲剧》（40万字）、《北大日记》（20万字）、《美国日记》（70万字）、《血色家族》（30万字）。其实我对《谎言的悲剧》和《焦裕禄在兰考的504天》更有兴趣，因为它们触及了中国现实最真实的一面。正如任老所言，中国有多少悲剧，掩盖在谎言之后！中午请任老于圣朝酒店小酌，席间他又向我谈了他的同班同学张炯、谢冕、刘绍棠的一些轶事。饭毕，上楼继续交谈。我把《书脉》和《名流》杂志的创办思路及发展目标讲给他听，并建议一定要将《风云初记》拍成电视连续剧，不要留下人生的遗憾。他欣然同意一起想办法找投资商，把以上诸多设想变成现实。我意一件一件具体落实，贪大求全往往事倍功半，甚至适得其反。

杨运发来单嵘的诗文集文字及封面设计稿；致淄博文化局刘心德局长函并杂志二册。

下午继续校稿。

晚，应邓加荣先生邀请，前往西单“天津百饺园”酒店参加元旦 Party，在座除了邓加荣夫妇以外，还有畅销书作家田雁宁及其女友小孟、《人民公安报》编辑部主任张泽民、《啄木鸟》编辑晓敏、《小说选刊》编辑李普、《啄木鸟》首任主编李庆宇等。上世纪八十年代中期，冠以“雪米莉”名字的系列作品风靡全国。从普通百姓到专家学者，人们似乎是一夜间发现了文学与社会大众那种自然而且应该存在，但在几千年的文学史上一直被创作者或批评者有意无意忽略的衍生共存关系。他们从“雪米莉”的作品中看到了中国新时期的通俗小说形式，而且迅速接受和传播开来。“雪米莉”就是田雁宁。在此见到田雁宁有点意外，更意外的是，已近耳顺之年的田雁宁，竟然依然“愤青”十足。他虽然说“自己从来不反对什么”，实际上言语间对于当前中国一些社会问题的不满已经表露无遗。他说，从来不参加中国作家协会的任何活动，尽管自己是作协的理事；他说在中国并没有真正意义上的作家和作品，没有他“崇敬”的作家，有几个只是“喜欢”而已。他说，所有的文学作品都是垃圾，漫天飞舞。自己更是在制造垃圾。他现在主要在搞编剧，用他的话说，是在制造（非创造）影视。他曾经一天之内写作十个剧本的大纲，包括故事情节和主要人物关系表等，然后交给“写手”分集编写。

他坦言，现在署他的名字编的剧本，十之八九不是他写的，都是找别人写的……他的一些言论和观点，引起在座的不同意见。尤其是《小说选刊》的李普和我，更是坚决反对。我问田先生，你心目中的“真正意义上的作家和作品”是什么样子的？你自己也说自己是在制造垃圾，为什么明明知道还在做呢？他未置可否，顾左右而言他。

李普正在组织“博鳌文学高峰论坛”，想以此激活一下沉闷的中国文学现状，邀请我们参加，但愿他能成功。邓老正在编辑注释“十才子书”。所谓“十才子书”，指的是这样十部作品:《三国演义》、《好逑传》、《玉娇梨》、《平山冷燕》、《水浒传》、《西厢记》、《琵琶记》、《花笺记》、《斩鬼记》、《三合剑》。它们中有小说、传奇和戏曲。有第一流的小说，如《三国演义》、《水浒传》和优秀的戏曲《西厢记》、《琵琶记》；但也有滥竽充数的，如《三合剑》。即使名列第二的《好逑传》、第三的《玉娇梨》和名列第八的《花笺记》，也由于格调不高，落入才子佳人小说的俗套，在中国文坛的影响也极微。因此，所谓“十才子书”的选择和排列，本身就是荒唐可笑的。有人说此出自金圣叹，恐怕不确。

对于中国文学的未来，总体来讲，大家还是一致抱乐观态度的。正如田雁宁和邓老分析的：现代作家（尤其是新生代作家，如“80后”）的写作方法和语言是老一辈作家无法企及的，但是其思想深度和知识广博度是远远不够的。如果能沉下心来多读一点书，厚积薄发，应该会出大作家的。我由此联想到前几天刚结束的中央电视台选拔主持人的活动，从万名选手中最后录取六名，评委由中国几乎所有的知名主持人组成，央视黄金时间播放，竞争是相当激烈和残酷的，也是相当严肃和公平的。连老牌主持杨澜都不得不承认：如果她参加今天的竞选，肯定会被淘汰的。最终录用的选手虽然年龄刚及弱冠，但表现得已是相当的成熟和优秀，综合素质出乎人们意料之好。从这些人的身上，我们不但看到了希望，更感到了震撼。

九时许归寓，冲澡后写毕日记，睡下。

【一月四日 星期四 晴】为殿涛兄的地产公司设计标志一枚。

接顾建新先生函及稿《方寸之间大天地》；接王耀东先生电，称已来北京《人民日报》大地书画院工作，想合作云，相约改日细谈。致电戴存伟兄，交谈半时许，非常愉快。挂了电话，进入他的博客《一个伪警察的私人空间》浏览，写的大多是关于其三岁小女桠桠的趣事。小桠聪明乖巧，小桠爸爸的生花妙笔很是引人入胜，逗人心怀。如此关爱女儿的，存伟兄外，还有昕孺兄、摩罗兄。比起他们，我深感惭愧。壮儿已快两岁了，我却不能在他身边给他父爱，伴他成长，甚至一家人不得团聚。每每思之，歉疚之情便压上心头。

接张穆舒电，嘱抽空去采访彭湃之子、著名核动力专家、有“核潜艇之父”之称的彭士禄院士，应允之。

印厂来人调整版面。缺乏责任心、无大局观念是目下年轻人最大的问题！给编辑们开会，重申纪律。 在管理上，一味的心善不见得就是好事。

晚，观《朱元璋》六集。近零时，突然接沧州王林清电话，云在京，期面晤，二十分钟后至静庐，风风火火。他主要为沧州日记大赛事宜而来，谈了当地领导的一些意见。我的意见是，能和他们联手当然最好，如果人为复杂化，弄成一个带有政治色彩的活动，就有违初衷了，不如作罢。谈时许，王起身告辞返冀。

【一月五日 星期五 晴】校毕《淡庐日影》。

接皇甫束玉先生函；接江苏赵登亮函并日记答卷一份；接段

天顺先生函并赠书《水和北京——北京历代咏水诗歌选》（段天顺、李永善编著，中国水利水电出版社 2006 年 11 月版）一册，这是一本有意思的书。

接南京裔兆宏《合作协议》，对于此等易反复之人，最好的办法就是缓处之。

下午至国子监路看房一处，古建六间，独院，是较为理想的办公场所，惜价昂不降（不足 150 平方米，每年租金 25 万元），作罢。

延国斌兄来电，谈某度假村地产老板拟合作出版内刊事宜，相约改日面晤。

北京渲染人文化公司陈晓庆总经理来访，谈排版事宜。翻览他们的资料，是一家有创意和思想的公司，可以考虑合作。

下午员工的总结和计划都自觉交来，心里非常高兴。

夕，邀请律师刁品纯兄晚饭，并约邹亚同往，三人喝小糊涂仙酒各一瓶。席间谈单位人事，颇感累心。我对二位讲，除了编好报纸，我对其他勾心斗角拉帮结派的鸟事毫无兴趣，更不会参与任何一方。刁兄提供报道材料若干，同意先在《名流》杂志刊发。其律师日记出版之事，答应协助编选。饭毕，邹亚请去再美泉洗浴，勉强应之。第一次来这种地方，洗浴后躺在床上被人搓澡，感觉上了屠架一般，非常不爽。洗毕邹亚结账，竟达七百余元，后悔不迭。发誓再也不来了。十一时许归寓。

【一月六日　星期六　晴】上午给全体员工开会，针对他们总结报告中提出的问题进行探讨和交流。并就公司明年的计划作了说明和要求。强调指出需要进一步加强市场意识、学习意识、责任意识、沟通意识、合作意识。要求他们自己问自己三个问题：2007 年我的具体目标是什么？ 2007 年我的工资收入是多少？2007 年我能为父母（家人）做点什么？

下午二时许至圆明园内“单向街·书”西院参加北京电影学院崔卫平教授的讲座《我们需要什么样的文艺复兴》。崔教授号称国内“著名学者、文化和思想批评家”云，我看有点言过其实。她的偏激，她的空谈，不过一家之言而已，确实让我不敢恭维。一个很强烈的感觉，她在取媚年轻人，不，应该是“愤青”的年轻人。或者说是在误导他们。

未及听完，便退席前往亚运村碧螺轩茶馆晤徐紫桐经理。久等近一小时，仍迟迟未至，打电话来表示歉意，让我再等片刻，我未答应，起身离去。我平生最厌两种人：一是飞扬跋扈者，一是不守时守信者。

于“单向街·书”书店购黄裳著《珠还记幸》（修订本，三联书店 2006 年版）、《插图的故事》（上海书店 2006 年版）、《绿原说诗》（人民文学出版社 2006 年版）各一册。许知远在《重拾静谧的激情》文中说：

单向街图书馆事实上是圆明园东门内左右间咖啡西边的一条长廊，出去图书馆，我们实在想不出那条长廊还能做什么？在整整一面墙上，我们打上直到天花板的书架，大概有 30 米长，如果你不是个急躁的人，而且想大致知道每个书架上是什么类型的书，大约需要 20 分钟，你才能从这头走到那头。如果你赶上阳光明媚的日子，在此过程中，大约十束阳光会暖洋洋、懒洋洋地打在你身上。

晚饭简单吃了个盖饭，食之无味。

继续观看《朱元璋》以排解郁闷。零时许，躺在沙发上睡去。

【一月七日　星期日　晴】上午至琉璃厂中国书店参加大众收藏书刊资料拍卖会。拍卖品中荟萃了古籍善本、名人墨迹、信札手稿、舆图资料、公文档案、旧书期刊、民国画谱、碑帖拓片、版画照片等八百余件，古籍善本是本次拍卖会上的亮点。其中清雍正内府刊本《御选语录序文》为宫内太史连纸印刷，质地细洁而有韧性，字体方正，品相亦佳。清代学者纳兰性德所辑《通志堂经释》为清康熙十九年（1680年）刊本，虽仅存《大学集编》一卷、《论语集编》三卷，但由于刻印精良，一直是藏书家喜爱之物。

下午至北京图书大厦听文物局傅公钺先生讲授《北京的城门和城墙》。归而小憩。晚，辞友饭局，于静庐编稿。整理《会说话的小豌豆》、《书脉》、《日记百问百答》、《门外漫谈》、《中国日记史略》等书稿，拟交给渲染人排版。

【一月八日　星期一　晴】看一月号杂志二稿清样一天。至晚，校毕。

接重庆蔡锡田、浙江省政协毛应民、西北大学武德运、鹰潭市桂优良、济南杨晓华等贺年明信片。接叶圣陶原秘书、求是斋主史晓风先生明信片并《赋诗明志迎新岁》一首。

诗曰：人间有路始无路，世上公平止战争。
我爱我信兼我知，我在我思并我行。

释曰：人间本无路，路是人走出来的。中国特色社会主义道路是前人没有走过的。争取公平的过程是制止战争的过程；战争及其根源彻底消弭之日，才是世界公平实现之时。我思考，由于我信仰；我实践，由于我认知；我活着，由于我热爱——热爱中国共产党，热爱中华人民共和国，热爱劳动人民，热爱一切值得热爱的人们和事物。（我，含小我与大我，即：可读作我们。）

【一月九日　星期二　晴】编二月号杂志。

下午至渲染人图文公司交付《书脉》、《中国日记史略》、《会说话的小豌豆》、《日记百问百答》、《门外漫谈》等书稿，委托他们排版出片。

采访彭士禄院士。

晚，观毕《朱元璋》最后五集，感慨良多。打江山容易坐江山难，创业容易守业难，于此我心有戚戚焉。余创业虽尚未成功，但此间甘苦，人事纠葛，世态炎凉，我已深有体会。朱元璋做事决然的气魄，爱民亲民的思想，勤俭节约的作风，是非分明大义灭亲的胸怀，是值得学习的。他为了巩固江山社稷大明基业，采取的一些幕后手段，也是可以理解的。不能说他阴险，不过“螳螂捕蝉，黄雀在后”而已。另一方面，我也感到了世事的无常和人情的残酷。有很多事情，即便你想逃避，也是绕不开的。人处红尘中，怎么会一尘不染呢？尤其今天这样处处是诱惑而且很容易满足诱惑的时代，如何把持自己，慎独，做自己想做的事而不招惹是非，就显得尤其难能可贵。

【一月十日　星期三　晴】上午张果陪同内蒙古赤峰市敖汉旗司法局局长、党委书记于封云来，事情谈得很顺利。中午于福满轩酒店请他们午餐。下午去银行办妥转账手续，苦等两个半小时，办理只用了十分钟，恨恨却又无可奈何。晚，于书记于新开张的汉邦厨美食城请饭，表示谢意。张果和卫戍区李显臣夫妇等人同席。

接敏思博客编辑信，写得很让我感动，特意抄下来：

寂寞书香　您好：欢迎你加入敏思博客大家庭，你的到来让我们感到欣喜。每一个不同的你，让敏思社区不一样起来。

这些日子，没有见到你回家，甚为想念。我们知道你忙，生活在这个时代本来就不容易。

如果你觉得累了，就稍微休息一下。回到敏思来，看看你刚刚建立的那个小家，还有那些可亲可爱的邻居们。

在这里，你或许会得到一些特别的经历，这种经历是这样的令人难忘，就像漫步在雨后的树林，空气清新，花开鸟鸣。

我们热切地期待你的到来。

人与人之间，这样的话应该多一些才好。由此想到他们的宣言：

茫茫人海，为了生计你日夜奔波，日子就这样过去了。

夜幕降临，一股激流在你胸臆奔腾，你要大声喊出来！

到敏思来吧，说出你心中的话，这是你有生俱来的权利，那些不平凡的事，那些魂牵梦绕的人，那些深藏于心的梦想，都在这里找到归宿。

敏思是我们的精神家园。

我们倡导“自由开放”“平等表达”“独立思考”“宽容仁厚”的人文境界。

我们虚拟，但更真实！

【一月十一日 星期四 晴】上午去银行为光成兄、建平兄办理汇款业务。这次吸取教训，带了一本书解闷，果不其然，又是等了足足两个多小时，才办妥。

接山西作家董大中先生函；史晓风先生函并稿《儿时旧家杂忆》、《依依送别至善兄》及致惠瑞、长海信复印件。即与电话告知。

接刁品纯律师照片若干并初稿《幸运律师二十载》，嘱我修改。

下午去紫竹院看房一套。此处环境幽雅，交通便利，周围多学府院校，确是首选办公之地。五时许，如约至和平里楚湘阁酒店晤黑龙江《家庭生活指南》驻京办事处葛凯珺主任、《地球》杂志主编黄新燕、东方出版社编辑李惠等人。主要与葛主任谈杂志合作事宜。作为一家近三十年的老牌杂志，曾经创造过期发行六十余万份的辉煌业绩，但现今却不足万份，实在令人感慨。她提出的年十八万的管理费用是可以考虑的。送其杂志两册。晚八时许归寓。王猛送来《妩媚集》清样，顺便捎来办公室信件十余件，多为投稿之什。刘野他们今天去国展中心图书交易会上收集材料，满载而归。夜，编稿。迟睡。

【一月十二日 星期五 晴】上午安排韩晶晶调版。张果来，转给他现金三万元。

淄博文化局刘心德局长、毕建国主任、作协王金铃主席等一行四人至京，中午于黄寺大街塞飞亚饭店宴请他们。画家衣惠春、军人李显臣、作曲家朱由、佛学家李德成等人作陪。特意喝三十年陈酿珍品牛栏山二锅头一瓶，皇朝干红一瓶。饭毕，中国藏语佛学院办公室主任李德成兄抢先买了单。受赠刘局长《淄博民间故事大全》（郑峰主编，山东文艺出版社2004年版）一套五册。回赠《日记杂志》、《茶歇集》、《名流周刊》杂志等每人各一册。

下午陪小韩调版，至晚八时许方毕。她还得坐两个多小时的车赶回通州家去，真是辛苦。但辛苦的结果是，杂志一遍比一遍出彩了，漂亮了。凡事只要用心地去做，仔细认真地去做，没有做不好的。

小宋也按我的要求，把《书脉》的封面做出来了，令我非常满意。作为公司企业文化的一部分，这本小杂志的作用不可小视。

接赵树理研究专家董大中先生题赠著作三种：《董永新论》（北岳文艺出版社2005年版）、《你不知道的赵树理》（北岳文艺出版社2006年版）、《鲁迅与林语堂》（河北人民出版社2003年版），即复致谢；接杭世金先生函，即电话回复；接天津师范大学夏康达教授函，称“日记可以用武之地广矣！举凡游记、随笔、评论、诗歌无不均可以日记为载体，纵横驰骋而拓展出一片新的天地。读《茶歇集》知先生是热心于文化事业的有识之士，且并非止于在茶余饭后高谈阔论的语言的巨人，而是实实在在做事的事业家。为此更感钦佩……”云。

今天想到三个创意：一是关于衣惠春《百虎图》拍卖策划，我建议加入两部分内容：①历代咏虎诗或者请当代作家撰写咏虎诗一百首；②请一百名知名书法家题写百首咏虎诗。请文人作家撰稿事我能办，请百名书法家题写的事衣老能办。他听后非常高兴。

二是关于与淄博市委市政府合作主办“百人铸鼎 奥运辉

煌”（暂名）事宜。因为作协主席王金铃撰有《奥运赋》文，并已经请沈鹏、欧阳中石等全国二十九名书家抄写，准备近期在中国美术馆展览，然后捐赠奥委会。我的想法，由书脉公司出资铸造一尊青铜鼎，铭文即为《奥运赋》，使用沈鹏或其他一位书法大家的墨宝，及印刷体中英文字，分别刻写。鼎座留位，请百家企业或个人捐资，把他们的企业名称、标志及负责人姓名刻写上面。2008年将此鼎捐赠奥委会，立于某体育馆场。此鼎可世代流传，奥运精神也世代流传。

可行与否，有待进一步论证。

晚辞友宴，于嘉园寓所校稿。任彦芳来电话，约明日与英国来的韩总谈投资合作事宜。山西蓝总来电话，告知煤焦集团给杂志的投资事宜基本敲定。真是好消息！

【一月十三日 星期六 晴】济南李懿康来京，与其签订合作协议书。中午于汉邦厨饭店请他午餐，俩人酌小糊涂仙一瓶，啤酒三瓶。下午至今日美术馆听陈丹青（画家、清华大学美术学院教授）讲座《美术馆面面观》。顺便给殿台电话，约他至图书馆茶座喝茶聊天。晚，至洋桥晤任彦芳和韩野炬，共进晚餐。谈外国书籍出版合作事宜，颇洽。

谈妥百合春天公司的业务，值得祝贺。特快寄兰剑办理杂志投资事宜的委托书。接李建平寄来柴保林的照片。

【一月十四日 星期日 晴】休息。下午去紫竹花园看了一套大房子。

起草《西部行·敦煌画展》活动启事。

【一月十五日 星期一 晴】如约乘虎跃快客前往辽宁朝阳市，商洽建立办事机构事宜。六个半小时后于午后二时许抵达。张杰、白志强、刘玉民等已在车站等候迎接。他们安排我于交通宾馆住下后便直奔主题，开始商谈名流辽宁版合作事宜。夕，张杰兄安排晚宴，邀请《中国城市经济》杂志朝阳记者站主任王巍，朝阳佛教协会副会长、惠宁寺住持阿旺·智美洛桑图旦（王伟利），《朝阳日报》经济信息部主任刘玉民，平安保险公司经理孙健等人作陪。饮白酒两瓶、啤酒若干。饭毕，几个骨干人员至宾馆小坐后辞归。我主要谈了几个意思：一、忌急功近利、贪大求全，从点滴做起，稳妥扎实、计划有序地开展工作；二、做事格局一定要高，眼光放长远，不要斤斤于眼前的小利益，因小失大；三、不要为杂志而杂志，为业务而业务，要广交朋友，开拓事业基础。

十一时许，宿交通宾馆1107房。上网，悉原国务院副总理、开国元勋薄一波去世，享年99岁。

【一月十六日　星期二　晴】上午与恒通矿业集团董事长苏炜晤。军人出身的苏总给我的印象：务实、豪爽、通达。加之他有数亿元的经济实力，朝阳办事处在他的领导之下，尽可以放心了。午，苏总于金陵楼请饭。据说他从来不饮酒，今天却破例喝了一大杯白酒。饭毕，白志强偷偷对我说："于总，您今天的表现是百分之百，又一百，不，还得一百！"呵呵，这小子，还用他夸我。建立朝阳办事处事宜顺利办妥。下午坚辞苏总挽留，由白志强兄送我车站，乘虎跃快客返京。关于如何尽快启动、开展朝阳甚至辽宁的工作，候车时与白交谈颇多。

车上阅报悉：古文献学家、唐史研究专家黄永年因病在西安逝世，享年82岁。主要著作有《唐史史料学》、《古籍版本学》、《文史探微》、《唐代史事考释》、《古籍整理概论》、《古文献学四讲》、《树新义室笔谈》、《学苑零拾》等。

夜里十二时许抵寓。甚为疲累。

【一月十七日　星期三　晴】上午改毕二月号杂志三稿清样。下午至国防大学《神州》杂志社谈合作事宜。初与冯乃华副社长谈得很好，后与邹某总编辑谈，此人架子甚大，自视甚高，说话居高临下、咄咄逼人，我也就无需客气了。最后此人有点气急败坏。做事可以高调，做人如此，只会自取其辱。

接季涤尘先生赠书三册：《现当代中华散文名家名作》（上下册，华艺出版社 1998 年版，49 元，季涤尘主编），《彩虹》（季涤尘著诗集，中国文联出版社 2002 年版）。即打电话致谢。

小宋排毕拙著诗集《我，或者我们》，很满意。嘱他排《石丹画集》、《宋肇水画集》也要重新调一下才好。版式的风格须与画作的风格接近。小姑娘认真记下了。

改毕《书脉》创刊词，加了徐明祥兄的一段话，恰到好处。

【一月十八日　星期四　晴】起草《关于与神州杂志社合作的一些问题》函，传真给冯乃华副社长；起草《关于联合铸造中华盛世奥运金鼎的初步设想》，传真给淄博市文化局刘心德局长；起草《〈我的 1976〉征稿函》。改毕采访彭士禄、钱素兰的稿件。

接包头许淇先生函并评论稿《〈茶歇集〉与日记文学》长文；接康健信。下午复许淇信并评论稿打印清样、《〈我的 1976〉征稿函》各一份；寄史晓风先生《儿时旧忆》打印稿清样一份；电话复皇甫束玉先生，改正了对联中的两个字，应该是："坦对人生真自在，博观物理入圆通。"

渲染人排版公司送来《书脉》、《中国日记史略》、《日记百问百答》、《门外漫谈》四书稿清样。晚，校《书脉》，配插图及书影。

【一月十九日　星期五　晴】韩晶晶来改稿。杂志全部改版完毕，通知印刷厂来取稿出片。

寄杭世金《日记百问百答》书稿清样，自校一遍。寄陈左高《中国日记史略》书稿清样，请他过目。《门外漫谈》书稿清样转给小赵校对一遍。

王耀东与朋友来，谈草原夏令营和“西部行·敦煌画展”两个活动合作事宜。中午请他们于汉邦厨食府就餐，饮小糊涂仙酒一瓶，燕京啤酒三瓶。

午后三时许归寓，继续为《书脉》创刊号配图。

晚，衣惠春先生相约往访高莽先生，他们是四十余年的老友，实属不易。因显臣驱车来时，一路堵车耽搁时间而作罢，实在遗憾。衣老于福湘楼请饭。座有其婿张洪启、红楼梦诗书画院范国良院长、某企业王老板等人。九时许，归寓。洗漱后正待静心翻书，忽然接到施斌杰兄电话，云住在中裕世纪大酒店，问我能否过去聊聊。我即打车前往。原来施兄刚从银川回来，从北京转乘返济。兄弟沏上两杯茶，开始聊天，至夜后二时许方散。除了谈各自的近况和今年的规划，一个最有价值的事情是，可以把属于山东科协主管的《科技致富向导》杂志拿过来，我们在北京运作。可行与否，还需讨论。

【一月二十日　星期六　晴】上午十时许方起床。回到公司后，见几个员工在漫不经心地做事，一副敷衍塞责的态度，气就不打一处来。强压住怒火没有发作，只是提醒他们自己注意。

下午至东方美术馆听中央美术学院邵大箴教授讲座。

四时许，《地球》杂志副主编黄新燕来访，于楼下“至于善”茶楼谈两刊合作事宜。六时许，请她晚餐，交流颇多。受赠《地球》杂志十余册。《地球》与环保、科技、教育相结合，或许是条出路，会走出目前惨淡经营的困境。

八时许归寓。校毕《妩媚集》(单嵘著诗文集)二稿清样。写毕《巾帼画虎第一人》稿。零时许，睡。

【一月二十一日 星期日 晴】上午显臣兄派司机小樊往农光里社区202号楼，接上高莽先生，前往兆龙饭店参加衣惠春之子衣东、蒲世芬的结婚喜宴。与高老交谈时许并合影留念，颇洽。午餐与作家出版社张玉太、中国文联出版社洪烛（诗人）、作家衣向东、中国诗歌学会秘书长祁人夫妇、《中国国门时报》李新实社长、画家陈良敏、画家韩东光等同席。

上礼金588元。

受赠高莽著《白银时代》一册，中国旅游出版社2007年版。回赠《名流周刊》二册、《日记杂志》二册、《茶歇集》一册。

午后二时许归，嘱韩晶晶改杂志清样。至夕，全部改讫定稿。签字后交董玉彬出片付印，付给董印刷费二万元。

【一月二十二日 星期一 阴转晴】为《书脉》配图毕；改讫《创刊词》。

开始搜集《我的1976》图片。

接步近智、张安奇寄赠《中国学术思想史稿》一册，中国社会科学出版社2007年版，精装本，定价69元，即复致谢；接丁国成先生贺年卡片；接皇甫束玉寄赠《丙戌杂咏》一册。函购《南方人物周刊》2006年合订本，定价300元。

接孙浩淼设计的杂志封面、《中国日记史略》封面，即复致谢并提出几个修改意见；接杜凡设计的《我，或者我们》诗集封面，即复致谢。

【一月二十三日 星期二 阴转晴】上午签印两期杂志。下午北京斗铭律师事务所刁品纯兄来访。就其《律师必携》出版事宜进行了商谈。晚，刁兄于汉邦厨食府请饭。饭毕一起至西北书屋晤邹亚，谈至十一时许方归。对于他们议论的协会人事争斗，我一点兴趣也没有。

接史晓风先生函并写叶至善的回忆文章三篇；接《人民日报》卢正佳先生贺年卡片。

【一月二十四日　星期三　晴】去银行办理汇款手续，苦候三个小时。工作人员的效率之低、服务之差最终引起了所有客户的不满，纷纷围拢柜台前与其负责人理论，但毫无结果，她们依然我行我素，真叫人气愤却又无奈。目前之金融业，服务最好、效率最高的当属招商银行、浦发银行、商业银行，再就是国外入驻的银行，如花旗银行等。国有几家银行与它们的差距是显而易见的。

今天，姐姐、嫂子、内兄、慧博等人的欠款全部还清，总计十七万元，肩头为之一松。

致陈左高先生函并《中国日记史略》新版封面；致许淇先生函并评论文章清样一份。

夜校《书脉》清样。

【一月二十五日　星期四　晴】上午校毕《书脉》最后一遍清样，要求小宋再看一遍，然后交印刷厂出片制版。下午至友谊宾馆贵宾楼晤蒋晔。蒋现为华夏文化枢纽工程副秘书长，见面之前邹亚极力推荐，并大加赞扬。通过交谈，此人给我的印象只有三个字：假、大、空。对于他的“体系论”、“国际化”、“全球战略”云云，我早就从某些“大忽悠”那里领教过的。不过半小时，我便实在没有了和他交谈下去的兴趣，起身告辞。最大的收获是在此吃了平生吃过的最贵的面条：85元一碗。最大的遗憾是浪费了我的宝贵时间。

凌鼎年兄发来陈雄写的一篇文章并照片十张；接王耀东发来修改过的草原之旅方案。

晚，看诗集《我，或者我们》清样。迟睡。

【一月二十六日 星期五 晴】最终看一遍《妩媚集》，签印。

赵慧娟送来《门外漫谈》清样，看得很仔细，即与结账900元。委托刘野给排版公司送去修改调整。接任彦芳稿《朱凌女士和农民的情结》；接张果稿《慧海红莲：丹迥·冉纳班活佛》；接赵秀娜信。

下午去邮局给戴存伟汇款一千元，以了旧账。归而校《三士日影》，至晚看完一百余页。

【一月二十七日 星期六 晴】上午至国家图书馆学术会议厅参观高凤莲剪纸作品和陕北民间布堆画展并观摩高凤莲现场剪纸表演，听陕北版画家冯山云“关注民间原生态艺术”讲座。高凤莲是中国北方农村民间剪纸艺人中最具代表性的人物之一，其作品多次在国内外展出并获大奖，中国美术学院等收藏有她的作品，被联合国教科文组织授予“民间工艺美术大师”的称号，是中国艺术研究院研究员、西安美术学院名誉教授，被誉为“天下第一剪”。她自称最多能同时剪80张纸，其女儿刘洁琼能同时剪30张纸，其外孙女能同时剪10张。三代人同台献艺表演，确为一绝。

下午至圆明园单向街书店参加《读库》出品人张立宪的讲座，获益良多。他的几个办刊观点我深表赞同：1. 编者为读者服务（强调服务意识），从约稿、画版、改稿、校对、定稿、印刷到寄样刊、付稿酬，各个环节都始终与作者保持及时联系与沟通，把作者当作高端，而不是编者高高在上，臆断行事；2. 摆事实，不讲道理；3. 美术设计方面不要任何美化、修饰、花哨，铅字改照排以后，如同穷惯了的人突然暴富了一样，恨不能把天下所有的珠宝首饰全部买下，并全部戴在身上，其实大可不必；4. 做百度或谷歌的源头，而非下一个信息传递者，关注小人物，消除城乡读者的阅读差距；5. 少用甚至不用限制性的副词、形容词、感叹号；6. 用一本书的力量来写一篇文章，即便写500字，也要了解被写对象一辈子，一扭屁股就写一篇文章的作者不敢用，写作还得用笨工夫，写得拙一点；7. 用稿原则：非虚构、非学术、非专栏、非名家；8. 他恋比自恋更可怕，那些动辄用“大师”、“前辈”代替姓名的文章，不足取；9. 不要把自己的事业拴在别人的战车上；10. 在运作过程中，不良因素会超出你的想象，良性因素更会超出你的想象，往往是在你最绝望的时候，离成功就只有一纸之隔了。享受过程比最终结果更重要；11. 把每一期杂志当作最后一期来做，现实中经常有一些变幻莫测的事情在等着你……讲座结束后，我就杂志的发行与他进行了探讨，受赠《读库》0700号一册。

购买《读书偶记·消暑录》([清]赵绍祖撰，中华书局2006年印本)、《诗与真》(梁宗岱著、卫建民校注，中央编译出版社2006年版)、《罗丹论》(里尔克著、梁宗岱译、刘志侠校注，中央编译出版社2006年版)、《秋草赋》(陆权、樊晓春编著，上海文艺出版社2006年版。此书是上海美术馆第一任馆长、中国美术教育家、美术活动家、画家陈秋草的传记)、《风云侧记——我在人民日报副刊的岁月》(袁鹰著，中国档案出版社2006年版)、《〈美女与野兽〉电影日记》([法]让·科克托著，王恬译，华东师范大学出版社2005年版)、《农民日记——一个农民的生存实录》(侯永禄著，中国青年出版社2006年版)、《亚洲的书籍、文字与设计》([日]杉浦康平编著，杨晶、李建华译，三联书店2006年版)、《姜寻书籍装帧艺术》(张守仪主编，紫禁城出版社2006年版，精装本定价390元)，总计511元。

五时许，至朝阳门看房一处，三层小楼，深居部队大院内，旁邻明代国粮仓建筑群，很适合做办公之用。拟议后定夺。

晚，至东方饺子城吃水饺。室外风大，呼呼有声。七时许，归寓。接沈力老师信。接牛牧野、张果、李懿康、李存明等人短信若干。

夜，续校《三十日影》。迟睡。

【一月二十八日　星期日】天气晴朗，气温有所回升。上午至西单图书大厦参加女作家洪晃的签名售书。洪晃，文人章士钊的外孙女、外交家乔冠华的继女、作家章含之的女儿、导演陈凯歌的前妻。1961 年生于北京。12 岁时被外交部送往纽约学英文。1984 年毕业于美国纽约州瓦瑟大学。曾经做过咨询、有色金属贸易、投资等业务。现为出版人。出版《I LOOK 世界都市》、《乐·名牌世界》与《SEVENTEEN 青春一族》。曾为《三联生活周刊》杂志撰写专栏。我很喜欢她的自由自在、个性化生活的处世态度。

十一时许至皇寺大街蜀国演义大酒店参加李显臣、薛欣的结婚典礼，上礼 999 元。午餐与张果、李德成等人同席。部队上来的嘉宾居多。饭毕至中国藏语系佛教学院李德成主任办公室喝茶聊天，等候从包头飞京的吴活佛。三时许，至吴活佛府上，与其聊天。吴老甚博学，蒙语、藏语、汉语、英语皆通，而且有蒙、藏等文字的著作。四时许，辞别。显臣的司机小樊驱车送归城南寓所。张果兄带来代购的鄂尔多斯纯羊毛衫八件，平均 1050 元一件（标价 1600~1800 元）。

晚，请李 ×× 小酌。我谈了几点：一、扎扎实实做工作，力戒大话空话；二、所有要求我都答应了，仍不知足，且步步相逼，“从来没有做过副的，必须做正的”云云，听来滑稽可笑；三、挂什么职务并不重要，关键是有没有做事的思路和行动，有没有让人信服的成果；四、先专心、安心做好一件事情，不要贪大求全；五、创业阶段必须事必躬亲，不要摆大爷的谱，不要总希望别人会按照你的想法干好工作；六、如果觉得屈才，可以另谋高就。酒虽喝得不多，但心里很不痛快。

董送来杂志各两千册。这次印刷比较满意，用心和不用心做事，结果就是不一样。

【一月二十九日 星期一 晴 风大】安排办公室给顾问、作者、朋友寄赠杂志。

上午杂杂琐琐地处理了一些事情。下午至海运仓，给邹为瑞兄送杂志和毛衣两件。并与邹兄定了定继续发展杂志顾问、举办座谈会、主办单位等事宜；以及夏令营活动的主办单位盖章等事项。

归而应约至任彦芳先生府上，与毛德标总经理谈茶馆场地合作及《任彦芳文集》后四卷出版赞助款事宜，颇为顺利：毛同意赞助《书脉》六万，赞助文集十万。

五时许归寓，辞酒席，校《门外漫谈》二稿清样。小陈送来《书脉》胶片。至晚，校 80 余页。孙浩淼发来为《日记百问百答》设计的三套封面，其中一种非常适用。即复致谢!

刘野将史晓风回忆叶至善的长文录完，小宋也把《旧时记忆》文章补充完了。韩琳给碧露轩茶楼送去杂志，深得其总经理称赞，非常痛快地把余款补齐。傍晚，她又代表我去清华大学美术学院看望了在此求学的张果的女儿。

——今天是忙忙碌碌的一天，也是十分充实和有收获的一天。所有人都是。

【一月三十日 星期二 晴】董取走《书脉》胶片，签印两千册。看毕《门外漫谈》二稿清样，调整了个别篇目。晚，写《后记》千余字。眼睛有点疼。

未泱打电话来，转达陈左高先生的致意：看了《中国日记史略》清样后非常高兴，一切遵照我的意见办。

阅报悉：早年曾当过金庸老师，并与林语堂、邵洵美等人一起创办《论语》杂志的文化老人、中国现代作家、翻译家章克标23日凌晨1点45分在上海病逝，享年108岁。

1995年章克标自撰《简历》

章克标，现代作家。字恺熙，别名章建之，笔名岂凡、许竹园、杨南天、杨恺、辛古木。光绪廿六年（1900）生。浙江海宁庆云人。民国七年毕业于嘉兴省立二中，同年赴日本留学。翌年春考入东京高等师范学校，攻读数学科。民国十三年在上海《时事新报》“学灯”副刊发表处女作，自此开始诗歌、散文等文学写作。民国十四年从东京回国，先后在浙江省立六中、二中、杭州工业专门学校、上海立达学园及国立上海暨南大学任教。民国十五年在上海与滕固、方光焘、张水淇、黄中等十多人结成狮吼社，出版同人杂志《狮吼》（月刊、半月刊），开办金屋书店。民国十九年前后曾任上海开明书店编辑两年。民国廿一至廿四年任上海时代图书出版公司总编辑兼代经理；与林语堂、邵洵美、李青崖、全以嘏等创办《论语》半月刊，提倡幽默，闲适的艺术风格。在《小说月报》、《申报·自由谈》发表文章。后在嘉兴中学任教。民国廿六年抗战爆发，逃难上海。廿八年冬入《中华日报》社翻译日文资料。第二年汪精卫在南京成立伪政府，曾任宣传部科长，担任《南京新报》（后改为《民国日报》）主笔。后赴杭州任《浙江日报》总编辑，旋兼代理社长至民国三十三年。次年退隐回乡。1952年上海少儿读物出版业联合书店任出版部主任。后到新华书店上海发行店宣传科工作。1956年调上海印刷学校，主持编译室，翻译编辑印刷技术教材。1958年被判处三年管制三年，开除公职。1980年由浙江省文史研究馆聘为馆员。1982年参加海宁县文联，县政协委员。1985年其错案平反。在海宁从事写作。主要著作有杂文集《风凉话》（民国十七年，开明书店）、小品文集《文坛登龙术》（民国廿二年，开明书店）、长篇小说《银蛇》（民国十九年，金屋书店）、短篇小说集《蜃楼》(民国十九年，金屋书店)、《恋爱四象》(民国廿年，金屋书店)、译作《菊池宽集》(民国十八年，开明书店)、《谷崎润一郎》(民国十九年，开明书店)、《现代日本戏曲集》(民国廿年，中华书局)、《杀艳》(民国廿一年，水沫书店)、《现代日本小说选集(一、二)》(民国三十一年，太平书店)、《癞院受胎》(民国三十一年，太平书店)；还编辑有《文学入门》(与方光焘合作，民国十九年，开明书店)、《开明文学辞典》(民国廿一年，开明书店)等。

1999年1月，章克标《百岁征伴求侣广告》

本人，1900年生，年正百岁不老。前年老伴仙逝以来，初时颇感得到解放自由之乐；但一年之后，又渐觉孤独单调难耐，深感男人的一半是女人的大道理有道理。为此广告征伴求侣，以解孤寂。征求对象：女性，别无条件，但希望她亦知道女人的一半是男人的小道理；所谓伴者，照测字先生讲，就是半个人，也是说明这个道理的；还有侣者，是二口人，表示两人可以开口谈话，自然不患孤独寂寞了。征伴求侣一个字已经说明了问题。其他可以不管了。作此广告以广而告之。此布。章克标百岁启。1999年1月(盖章)。

1999年8月23日，章克标、林青《结伴成侣通告》

敬启者：我们两人经“人间鹊桥”章君征伴求侣广告，林君热诚应征，先借书信往来，沟通思想，复经相晤相谈，互陈衷曲，共抒理想，逐步开发。在交往中，各人言论自由，既有共同语言，亦有不同见解，且亦因此而促催交谊之进展。人各有志，思想岂能统一，社会有秩序，发展有规律，尊重各人的自由思想，符合社会生活发展进步的趋向，自然两情融合，谊日见深厚也。兹于1999年8月23日，双方同意结伴成侣，共同生活，互相照顾，而且各尽所能，以求有所贡献于社会，一向多承各方广大亲朋友好的一贯支持帮助，使得我们能够达到所期望的境地，特写此通告，以表谢意。章克标、林青同启。

【一月三十一日　星期三　晴】接峻青先生长函、扇面国画一幅、“中国日记书信资料收藏研究馆”题签一纸。信写得情真意切，令人感动。即电话回复。

继续校《三士日影》。

晚，明祥兄打电话来，交谈半时许。其中很多观点和建议值得考虑，比如日记的写法、峻青艺术馆捐赠问题、峻青诗集编印问题、如何转变观念应对市场问题、编刊时注意政治动向问题、小心处世防人口实问题等等，还谈了他的近作和我的近况。明祥兄，真良师益友也！

交渲染人排印2005年静庐日记，共四卷，拟分别请林非、徐雁、宋词、刘宗武制序，致王琦、忆明珠函，请其题签书名《拾穗集》。

晚，复峻青先生长函。

二〇〇七年二月日记

【二月一日　星期四　晴】接《读库》杂志主编张立宪网函，即复；接郑州读者李铁夫网函，询《日记杂志》订阅事，即复。致杭世金函并补充的八篇稿件一并寄出。

上午于办公室处理杂务。下午北京卫戍区焦洪泽助理驱车接我至解放军电视中心约上张果兄，往人民医院看望在此住院的苏炜之家兄。经专家会诊，确诊为双腿骨股头坏死，明天手术。安慰一番，留下五千元，辞别。

与张果谈杂志及夏令营事宜，一起晚餐后，乘地铁归寓。

校对诗集书稿清样，迟睡。

【二月二日　星期五　晴】上午校毕诗集《我，或者我们》清样。中午渲染人排版公司送来《门外漫谈》、《静庐日知录·乙酉卷》清样，午饭后校对《门外漫谈》。其中的十余幅配图插画甚好。至下午六时许，校毕三稿清样。双目略感涩痛。

致杨郁先生函并《会说话的小豌豆》清样彩稿，相信他会满意而且很高兴的。

接皇甫束玉先生函并书幅两件，内容是我求他写的两副对联："水能善下终成海，山不争高自及天。""坦对人生真自在，博观物理入圆通。"即复电话致谢。

接史晓风先生寄回《依依送别至善兄》和《至善兄》二稿的修改清样，即交办公室工作人员修改存盘。

读温家宝总理与文学艺术家的谈话，感到非常亲切，如果所有的领导人都有这样的认识，中国的传统文化何愁断代，中国的文学艺术何愁不兴哉！

晚，庞中华约面晤。邹亚来接至轩诺金香茶舍一起聊天。就报纸的编辑和费用等问题向庞老师作了汇报和深入交流。我坦言，《中国硬笔书法报》是个非常好的平台，但是如果不明确责、权、利，从根本上解决几个人的后顾之忧，是无法继续下去的。想要马跑，就必须首先把马喂饱。下面的人做起来才会有积极性。

【二月三日　星期六　晴】上午在办公室处理杂务。下午至车公庄看房两处。

诗集《我，或者我们》签字付印。

晚，看下载的电影《美丽的大脚》，这是我继《海底总动员》、《冰河世纪》之后看到的又一部好的动画片。制作好，内容更好。

【二月四日　星期日　晴】上午懒睡，十时起床。邮局送来未泱兄发来的EMS，乃《中国日记史略》清样，陈左高口述、未泱笔录之《后记》，插图照片五张及函，即电话复之。

午饭后应邀至王府井书店参加科普作家方舟子新书《科学成就健康》发布会，“反伪斗士”司马南主持，中科院院士何祚庥，清华大学教授赵南元、郭正谊，新华出版社责任编辑刘广军，及读者约百余人出席。司马南、何祚庥的发言很精彩，但我分明感到了矫情与作秀更甚于所谓的“反伪”。作为科学家或以追求“真科学”为业的人，如果把自己错位当成了“明星”来表演，就十分恶心了。司马南口口声声以读者为尊，活动结束后有读者找他签名或合影，均遭到拒绝。

方舟子的书在一定程度上讲是有道理的，是他们吹捧的

“科学”的。但其中涉及“中医”的内容上，显然是偏颇的，因为作者压根就不懂中医，却在大肆评论，怎么会是“科学”的呢？很多事物，不见得实验成功就是科学，尤其在医学方面，我以为“药到病除”就是最大的科学，你实验的目的是什么？难道是为了写书、充实理论吗？是治病救人！信口雌黄，厚此薄彼，恰恰是最不科学的治学态度。

今天这几个人，让我看到了科学家里的“假”，另一个小团体而已，失望。

于书店一楼购书《我的前半生》（全本，溥仪著，群众出版社 2007 年 1 月版）、《中国自助游》（山东电子音像出版社 2006 年版）。

出得书店，忽然一阵饥饿感涌来，遂踅入旁边的麦当劳，要了一杯雪碧、一个麦香鸡腿汉堡，边翻新书边吃。座位旁边有两对恋人，一对在打情骂俏，嬉笑发嗲，搂抱亲吻，旁若无人；一对却规规矩矩，男的眼里虽然喷着爱火，却不敢放肆。可能为了讨好女孩，也可能为了显示自己的能耐，说自己有朋友在人民艺术剧院当什么领导，说自己和他的关系如何哥们，边说边掏出手机拨号，半天没通，“可能又换手机了，领导就是领导！”他有点自我解嘲地对女孩说，女孩微微一笑，没有吭声。

【二月五日　星期一　晴】《书脉》印出，《妩媚集》印出，董一并送来。其他都好，胶订不好。不过他们尽心尽力了。

接深圳林伟光稿《阅读木心》；苏州毕明迩稿《钱先生关于〈国史大纲〉的书信二则选摘》；上海黄夏稿《〈维莱特〉密码：夏洛蒂的本真》；沈阳姚宏越稿《韩石山眼里有女人——此事岂可对人言》；游夏稿《胡秋原的理想》；郝一匡稿《中国文人耻辱的历史篇章：反右 50 年祭——献给曾经在 20 世纪中叶中国艰难的生存环境中挣扎的中国人》、李景端稿《推动中美文学交流的热心人——想起董鼎山和聂华苓》。

接索要《书脉》杂志者二十余人短信，一一寄出。

接六小龄童贺年明信片；接谢大光先生函；接王琦先生题写书名三纸；接萧金鉴网函：“书香一脉，源远流长。万目争睹，刊布八方。祝《书脉》创刊！”

快件寄邹为瑞兄材料若干并卡一张。

上午南京历史地理专家许盘清来，一起午餐，谈与中央电视台节目合作事宜。

午后校《门外漫谈》胶片。陈晓庆又配了七幅插图。

晚，于恋日美食城请许盘清、苏炜、黄新燕、张果、李显臣等人，甚悦。九时许归寓。

阅《科学成就健康》。

【二月六日　星期二　晴】上午校《静庐日知录》。董玉斌告知，《妩媚集》已给杨运发走，共966册，费资480元。下午给我送来60册。

接任彦芳稿《血色家族·燕赵石》三章、《血色家族·农家玉》二章；接邹为瑞总编发来雕塑家张立旗的文章及照片23张。看了图片，对张先生钦佩之情油然而生，真不愧中国雕塑的骄傲也。

收看《面对面》，王志VS宋祖英。其中有这么一段对话：王志问宋祖英关于海外演唱会的事情时说：“连续三个馅饼掉到你头上，你怎么看？”（原话大概是这个意思）宋只说了一句话：“其实也挺难的。”宋经常避开王志的发问，一个劲地说自己的演唱如何优秀，对祖国民族文化的使命感如何强烈，她已经完全把自己当作主流文化的使者了。

晚，马怀灵董事长于鲁参舫酒楼约饭。苏炜、黄新燕、许盘清、马裕夫妇等人同席。苏炜孩子上军校的事谈妥。受赠黄新燕副总编《地图》杂志一册。

八时许归寓，看《大明王朝》五集。所谓三思：思危、思退、思变是也。

【二月七日　星期三　晴】邮局来人拉走《书脉》1980余册，寄赠各地书友。

晓庆送来重新调版后的《门外漫谈》胶片和补充的三幅插图，通知印刷厂来取走，签印。取走《中国日记史略》清样、《律师必携》书稿。将石丹老师的材料发给邹为瑞兄，请他在《中外名流书画家》报刊登。

接六小龄童短函；接皇甫束玉先生寄《日记》杂志（2006.6）一册；接马兴国寄赠《小小说选刊》（2006.1，2006.2）二册；接冯其庸先生函：

晓明同志：谢谢您寄来的《茶歇集》，收到已经很久了，但一直在病中，无力读书也没有及时去信谢您，十分抱歉。我现在情况仍不好，也可能要住院。您们对日记这种文体的提倡和努力，我是很赞成也很钦佩的，实在因为生病，也因为年龄关系，做不了什么事了。所以没有敢涉足日记这一领域。记得您寄书来时，还有上海田遨老先生的一封信，但我现在怎么也没有找着，您如与他通信的话，请代为问候。祝春节愉快。

冯其庸　一月二十八日

应六小龄童之嘱，再给他寄去《名流周刊》五册；电话回复皇甫老，感谢赠书赠字；复冯其庸先生信。

【二月八日　星期四　晴】上午开编务会。下午至西直门德宝饭店，与苏炜兄议孩子入学事宜。我建议继续考查后再决定。孩子的事，是最大的事。三时许偕苏兄至安贞桥坦博艺苑晤范曾博士生崔自默兄及白一菘董事长。相谈甚欢。受赠《崔自默水墨情怀》（中国工人出版社）、《当代美术家作品选集·崔自默》（中国画报出版社)、《余心有寄·崔自默书〈文心雕龙〉句》(华夏翰林出版社)各一册，字幅一件(内容为“厚德载物”)。见苏兄喜欢，遂将字幅转赠给他。

七时许归寓，发现谢章安从福建安溪寄的茶叶已到，即打车返至德宝饭店，给苏炜兄送去二斤。茶叶为极品“观音王”，谢云市价八千元一斤。章安兄另送我一斤。

晚，观《大明王朝》五集。后夜二时许方睡。

【二月九日 星期五 晴】上午至任彦芳寓所，商谈《任彦芳文集》后四卷编辑出版事宜，谈时许。送任老《书脉》二册。告辞后至立业大厦、立华大厦看办公房两处，皆不甚理想。

接史晓风先生函二、改稿《儿时旧家杂忆》、与叶圣陶叶至善等人照片三张；接王耀东函并《大地书画》美术报一份；接邹为瑞总编辑寄《中外名流书画家》二份；接喻静主编寄《传记文学》杂志(2007.2)一册并新年贺卡；接姜海波主编寄《啄木鸟》杂志(2007.1)一册；接黎寿光主编寄《市民》杂志一册；接张立宪主编寄《读库》杂志(0700)一册；接张华庆秘书长稿件三篇。

接杭世金寄回《日记知识百问百答》二稿清样并长函；接九十三岁老人周退密先生函并附诗二首评《荣歇集》:

其一：清宵灯火感阑珊，不放劳生一日闲。若比亭林为别调，茶余耐得把书看。

其二：文如流水语如珠，腹有诗书气自殊。只恨佛头着一粪，教吾绝倒掩胡卢。

(注：尊集外签，出仆手笔，恶札可恨。)

晚，校毕《三十日影》。观《大明王朝》五集。

【二月十日 星期六 晴】接自牧先生电话：询问回济南的

时间。

上午张果引荐鄂尔多斯金洲集团总经理助理苏亮永来访，两个小时后办完所委托事宜，中午于眉州酒楼请他们午餐，付398元，每人吃海参一只（68元），喝小糊涂仙一瓶。苏先生带来纯羊毛衫二件，回赠淄博鼻烟壶一只。

午后送走张、苏，辞友邀请喝茶，于寓所校对书稿。一下午没有电话打扰，也没有电话打出。内心颇感清静。至晚上十时许，校毕《淡庐日影》。

晚上接史晓风电话，询问刊发温家宝总理那封信的事，我如实禀告，是作为《恽毓鼎澄斋日记》书评的配图发的。事先没有征得史老同意，请他原谅。史老说："我不是这个意思，你是在做好事，而且是为书的内容服务，我本没有意见。我是担心发表温总理的书信，没有请示上面，会不会给你带来什么麻烦和损失。"我把《书脉》的情况给史老作了简单介绍，并告诉他，样刊我已经给他寄去了。

观《大明王朝》五集。夜后二时方睡。

【二月十一日　星期日　晴】陈晓庆送来《律师必携》一稿清样、《日记知识百问百答》三稿清样。即派刘野给刁律送去前本，派文靖快递给杭世金后本。

董玉斌送来《我，或者我们》一千册；《门外漫谈——于晓明管理随笔集》样书二百册。

接总参王贤根大校函并赠书《山野漫笔》（王贤根著，中国文史出版社2007年版）一册，即电话复谢。

与李显臣、宫长征联系用车。收拾行李书籍，准备明日返鲁过节。

网载：一个15岁的女孩竟然被几个同龄女生扒光了衣服，赤裸裸地展示于网吧之内。随后，女孩遭到了四个男生的轮奸。

整个过程没有一个人站出来为这个女孩做点什么。

据说这个可怜的女孩之所以遭此厄运，仅仅是在迪吧跳舞的时候不小心碰了某个女孩一下。然后就遭到了对方几个人的围殴。拳打脚踢不过瘾，还要把啤酒浇在这个女孩的身上，完了逼迫她将衣服一件一件地脱掉，乃至一丝不挂。事后几个行凶的女孩觉得只有她们看不够“好玩”，要让更多人看到这件事才有意思。于是她们就想到了一个热闹的场合：凌晨一点钟的某个网吧。

三个女孩就这样逼迫着她在网吧里走了几圈。所有人都停止上网，贪婪地看着眼前如此“美妙”的“视觉盛宴”。网吧老板事后居然还解释说，以为这女孩是个疯子！

没有任何人站出来帮助这个可怜的孩子。

即便是“疯子”，难道疯子就不该受到保护了吗？

“年仅15岁的小林，早已失去了知觉，失去了意识，从网吧开始一直到街上，那么多人看着她，无论是老人，中年人，男人，女人，他们根本没有阻止三个女孩对自己的羞辱，小林认为已经再也不会有更可怕的事情发生了。可是，她的想法太天真了，三个女孩的叫卖声引来了四个男青年，这四个男青年进一步改变了小林一生的命运。”

结果，可怜的小林遭到了四个男青年的轮奸。

这样的事情多少次在我们的生活中上演。如果说以前的群众遇到歹徒袖手旁观是迫于淫威的话，这次又该如何解释？那么多男人，面对几个残忍的女孩，也会感到畏惧？抑或是抗拒不了眼前百年难得一见的诱惑？在那一刻，人性的丑恶就这样触目惊心地暴露在阳光之下。

【二月十二日 星期一 晴】长征兄驱车送余归乡过节。中午十一时许抵济南，晤自牧师、明祥兄等。留淡庐《书脉》四包（160册）、《我，或者我们》、《门外漫谈》及名流杂志各一包。

送明祥兄拙著各一册、《书脉》十余册。

饭毕回张店，路上小睡。

晚，与家人聊天。

【二月十三日 星期二 晴】买烟酒等，至绪文伯、文保叔、朝林爷爷等家中走访看望。还绪文伯借款二万元、利息一千元；还文保叔借款五千元。给父母一万元过节，父亲没有说什么，母亲接过钱，笑着说："这么一摞就是一万元吗？我跟着你爹一辈子，还没一下子拿过这么一摞呢！"见他们高兴我心里更高兴。我想，他们高兴的不仅仅是拿到一万元钱，而是见自己的儿子度过难关，开始好起来，虽不能表达，但喜悦自然显于形；我高兴是因为他们心情舒展，在我心里，什么都是小事，唯独二老的身心健康愉悦是最重要的。

晚，阅曾广灿日记，观看《大明王朝》四集。

【二月十四日 星期三 晴】想买一台投影仪看碟片，转了淄博的几家大商场：淄博商厦、三联家电商场、银座商场、金帝广场，均告无货。于银座商场购尼康相机一架，费币一万八千元。下午，与儿嬉戏。

晚，观《大明王朝》三集。

【二月十五日 星期四 晴】家中年货过多，家兄的朋友又不断给父母送东西来，冰箱塞满后仍然无法存放，今年又是暖冬，只好于三联家电商场置冰柜一台，费币二千五百余元。

下午至金弘公司访肖红经理，还其欠款四千六百元。送其拙著各一册、《书脉》一册。

甥女张梦雨获得两张奖状，一张是保洁小能手，一张是硬笔书法考级高级二级。两张奖状是学校自己印制，背景是学校的校貌，底下印着一行字：放眼世界，面向未来，为孩子的三十岁做准备。盖的章子是：淄博市张店区科苑小学。我取出一支新钢笔送给甥女，作为祝贺的礼品。

今天是姐姐的生日（腊月二十八），给她二千元作为贺礼。

至农业银行汇培志兄印书款一万二千元，旧账全部结清。自牧师来电话，谈《书脉》刊发文洁若致王金魁书信事，嘱谨慎从事。即与文老通电话，嘱她勿透露王之姓名，以免使王难堪。文老非常肯定地作了保证。

晚，观《大明王朝》五集。海瑞的戏明显有些拔高了。另外不解的是，嘉靖时的明王朝，宦官的职权何以如此之大？历史就是历史，充满了诡秘。

【二月十七日　星期六　晴　大年三十】陪父亲去乡下旧居贴春联，后去上坟。

晚，家兄值班，我与姐姐、嫂子陪父母一起吃年夜饭，十二菜一汤。我们劝父母，不要做这么多菜，以免浪费，母亲说："不浪费！你们好不容易回一次家，都是爱吃的，多吃！"

今天至晚，拜年短信纷沓至来，先后接喻静、张博、张果、赵龙江、刁品纯、张璇、慧博、宋肇水、段华、张洪兴、陈联合、崔自默、王雪虹、翟景行、赵子捷、姜能君、牛牧野、吴昕孺、孙浩淼、宫长征、苏炜、庞中华、峻青、郭伟、苗纪道、程俊宝、李建平、白志强、孙淑彦、张德彪、耿殿台、董玉斌、邹亚、施斌杰等拜年短信和电话六十余个。

晚，观看春节联欢晚会。最令我感动的是一组少儿演唱节目；最令人可乐的是黄宏、牛莉表演的小品《考验》；最叫人赞叹的是一组杂技节目；最值得回味的是那些老歌。

零时许，与父亲到楼下燃放烟花爆竹。一气放了十几串响鞭，其中有一盘是一千响的。在鞭炮声中，我的心里略感欣慰与放松。辞旧迎新，把那些浊气、晦气、霉气统统辞掉，新的一年，新桃换旧符，万象俱新，宏图大展！

【二月十八日 星期日 晴 大年初一】凌晨五时即起床过年，陪父母在楼下烧完香纸，放完鞭炮，天就亮了。周围鞭炮炸响不断。七时许，家兄和嫂子至，一起给父母磕头拜年。我给侄女凯璇、甥女梦雨、儿子壮壮每人五百元压岁钱，爷爷奶奶每人给了二百元。

八时许，家兄驾车，我们陪父亲至高楼故里给乡亲们拜年。中午在史家村大堂兄于光荣家小酌，下午至晚在光成兄家接着喝。都喝高了，真是高兴。

接冯传友、张华庆、王稼句、王林清、徐雁、王传明、尹亚娜、韦琳、夏景图、谢章安、赵晓林、廖乃厚、邹为瑞、舒晋瑜、吕伦、袁小星、杨郁、钱文杰、袁滨等师友拜年短信和电话。

七时许抵张店寓所，昏沉入睡。

【二月十九日 星期一 晴】上午与父母、姐姐和甥女梦雨、秀娜和壮儿至学英姨家拜年，小姨学花一家人、小舅学俭一家人先后至，四家人欢聚一堂，其乐融融。为他们拍照若干。

舅舅因病瘦了许多，酒不敢像原来那样狂喝了，但幽默依旧。他说："我现在吃喝不愁，穿衣不愁，就是血脂稠；地位不高、退休金不高，就是血压高；大会不讲话，小会不发言，就是前列腺有点炎……"

下午上网看邮件，共收到韩三洲、凌鼎年、王先霈、刘运峰、散木、卢礼阳、姚桐椿、陈碧波、高信、汪秀枝、印永清、傅光明、方韶毅、陈福康、薛冰、郝一匡、任彦芳、张嘉惠等师友谈《书脉》杂志并拜年函 27 封，凌鼎年、散木、印永清等人稿件十余篇；网上书友短消息留言 19 封。一一回复。

盈水轩主人网函："离春节还有三天，收到了《书脉》，佳节添书香，真是快乐的事情。杂志编印精致、大气，韵味十足，有《读书》的气象，有《藏书家》的内涵，甚至更从容，更丰富，更耐读。民间刊物中，这是有特色和分量的一种，如果坚持编辑，肯定能成气候。书香兄的辛劳将和杂志一同被记忆，被流传。谢谢赠刊，并祝春节大吉！”

处是轩网函：“在这般年代能办这般雅事的人不多了。我想，《书脉》的面世不仅仅是时下读书人的一件喜事，更重要的是给后世留下了思考的介质，十年、数十年乃至百年后的人们，会为在那样一个年代还能有这样一些人干了一件这样的事而感慨。再次感谢贵刊赠阅。”

晚，辞友聚会之邀，在家陪父母吃饭、聊天。观《大明王朝》六集。

【二月二十一日　星期三　晴】陪父亲去唐山镇后七村看望大姑母。途中遇一车祸：正常行驶的一辆大货车突然直冲向马路一侧，将一对骑摩托车的男女辗入轮下，紧急刹车后又将两人向前滑推数米后撞在了马路沿上。只见两人的腿在车下乱踢蹬一阵后便不动了，车前流出了很多鲜血。其状甚惨！货车后面正在行驶的一辆小轿车紧接着撞在了货车上，前半个车体顿时成了菜花状，车内的司机昏死过去了。当时情景惨不忍睹。

午后三时许归，父亲陪我至第七人民医院拍片看手腕。回家等车时，父亲突然哭了起来：“你这么难，一个人在外边，受苦受累谁知道啊？喝醉了酒，谁给倒碗水啊！”闻听此言，我的鼻子竟也一酸，眼泪盈眶。我即扭头抹去眼泪，手扶着父亲，笑言安慰他。

归寓后小睡，心绪不佳。晚，观毕《大明王朝》，总计46集。自古以来，都说做臣子难，“伴君如伴虎”，可谁又去想想做皇帝之难！居庙堂之高，考虑的就不是蝇营狗苟，而是苍生百姓，社稷江山。看看嘉靖帝，还有一些，若秦始皇、汉高祖、汉武帝、曹操、唐太宗、唐玄宗、明太祖、康熙、乾隆……让我想到了一个词：困兽。皇帝是孤独的，尽管他什么也不缺。

【二月二十二日　星期四　晴】光荣兄、光明兄、光成兄、彭锡桐兄等人来聚，中午留餐。喝酒，抽烟，煞有介事地聊些道听途说的传闻和小道消息，我实在疲于应付。但我内心里愿意和他们在一起坐坐，听听喁喁乡音，感受纯真亲情。其实，乡下的春节就是吃饭，家家户户亲来朋往，大家一家家轮番喝酒。

晚，父母、家兄一家、学英姨及姨父、姐姐及梦雨等一起晚餐，为我饯行。不知为什么，我内心深处，仍然不能原谅家兄。席间，自然少不了对壮儿的一番品评和引逗，大人之间话语少，就拿小孩子取乐，这欢乐的背后，又有几许无奈呢？壮儿已经一岁半了，口语却几乎没有，除了能叫爸爸、妈妈，爷爷、奶奶、姐姐还发音不清，别的就只会咿咿呀呀，高兴时还会一点儿手舞足蹈，胡乱比划。真是让人着急。不过这小子很有乐感，音乐一起，他就跟着扭屁股颤腿，模样虽憨笨，却也多少给我一点安慰。

饭没有吃完，肇水兄自周村至，说来看看老人和小孩子，小坐片刻后即返。酒饭皆劝不下。本来中午打电话时，我不想让他来的，怕他破费，可老哥还是来了。

接自牧老师电话，谈半时许，嘱我多发作品……

姚桐椿先生的信让我汗颜，特摘录如下：

我对《书脉》的建议和希望。简而言之是：一，扩大作者队伍；二，给传统文化以一席之地；三，定期。另外，要注重校对质量。以我看得比较仔细的“文洁若小辑”为例，就发现错字太多。如：“豢养”误为“豢羊”（P.17.），“元祐元年”误为“元裕年”，“二十年如一日”误为“二十年入一日”，“分割”误为“分给”（P.23.），“文艺营”误为“文艺管”，“少男少女”误为“少年少女”（P.24.），“酝酿”误为“蕴釀”，“京俱乐部”恐系“京师俱乐部”之误，“松了了”多了一个“了”字（P.25.），“桃条胡南”恐系“桃条胡同”之误（P.26.），“神话传说”误为“神化传说”（P.29.）等等，“不胜枚举”误为“枚不胜举”（P.63.）。自己花了这么多精力财力编印的书刊，主要目的是让自己和同道得到愉悦，错字一多就煞风景了。

鲁迅先生说，在中国要办成一点事情，非得长寿不可。你看，你们这本《书脉》，从设想到问世，连头搭尾差不多花了五年时间。如果鲁迅先生活到现在，不知他还能说些什么？

我退休有年，但现在仍在为稍稍改善生活而在一家公司工作。买了近五十年的书，虽遭文革罡风的摧毁，但确实还有一些比较稀见的版本。我准备趁春节长假，挑选几种，附以题跋式的简介文字，传给你，是否符合你的需要，刊用与否，悉听尊便。

【二月二十三日 星期五 正月初六 晴】六时起床，亲吻熟睡中的儿子，算是告别。父母凌晨三时即起床为我包水饺，说是“出门饺子回家面”，意寓出门平平安安，我却惹他们笑：“出门饺子是滚蛋。”父亲到楼下燃放了二串鞭炮，然后送我到小区门口。我坚决不再让他远送，独自打车至长途车站，乘大宇返北京，午后二时许抵京南寓所。

下楼取回邮件若干，洗澡，小睡。

晚饭后拆阅并回复邮件：刘海粟美术馆副馆长叶鹏飞先生赠书三种：《鉴藏杂记》（中国档案出版社2006年版）、《静远堂论丛》（中国文史2005年版）、《砚游笔记》（中国广播电视出版社2006年版）；

史晓风先生函并致浙江古籍出版社总编辑尚佐文函复印件，谈书名问题；

南京画家蒋义海短函并《名人艺术》画报一册；

《杂文月刊》执行主编吴营洲函并杂志三册；

天津袁爽、包头许淇、河南杨稼生、合肥王英琦、天津刘运峰、沈阳阿红等人函；

天津杨适冬先生藏书票一枚、稿《藏书票艺术漫谈》；

海宁陈伯良函、稿《七十四年前老报纸上的两篇海宁观潮文章》；

天津刘宗武函、推荐赠书十三人名单；

《人民日报》李辉兄、绍兴市经贸委金大为、上海朱铭兄等十余人贺年卡；

蔡其矫先生逝世讣告（2007年1月3日凌晨2时30分在家中去世，享年89岁）一份、生平简介一份；

鲁枢元教授评《书脉》："刊物内涵丰蕴、面貌清新，令人喜爱。"寄稿《心中的旷野》；

苗怀明教授函并稿《想起老姚》；

陈学勇先生函评《书脉》："内容是读书民刊最为丰富的一种。'四题''小辑'皆读来兴奋，但几个版块都很突出，便成了缺少主打的拼盘，当然是精致的拼盘。'书人扫描'乃他刊所无，大可成为一个版块，每期四五则，本期二十来则，丰富却欠显眼，浪费了，太可惜。"

萧金鉴先生评刊："谢谢古农兄，书脉到手中。典雅有品位，内容称上乘。行文求个性，小辑见匠心。一脉长流远，书香分外浓。"……

与任彦芳落实明天去北京大学参加聚会的时间。与南京许盘清先生电话交谈半时许。

晚间，周围仍然响鞭不止，甚为厌烦。

【二月二十四日　星期六　阴转晴】上午陪任彦芳参加北京大学校友新春联谊会，兴趣不大，早退。三角地书店新挂一对联，曰："文亦醉人何必酒，书能香我不须花。"颇妙。

中午于嘉和一品粥餐，此店甚有特色，以粥为最。企业文化搞得也好。诗曰：

金食玉粒唯果腹，玉盘珍馐仅充饥。
关山行遍无古今，巫山看尽何处云。
白水涤汤天下客，素米烹出万里香。
钟鼓馔玉云烟事，一粥一饭伴平生。
将相侯门寻风雅，寻常巷陌觅清香。
清粥素菜生滋味，曼妙琴音洗我心。
酌酒能消心头事，清茶荡尽眼中尘。
炊烟散尽香飘处，云卷云舒梦里还。

食一品粥、蛰头菜心、酸辣蕨根粉、干豆角烧肉、胡溻饼。菜单上粥约有百余种。

接徐重庆函；接童银舫网函，称："承赐《书脉》创刊号，春节期间已拜读，颇有些妙文。对贵刊提些小小的建议：1. 字号太小，有损目力；2. 核对欠精，几乎篇篇都有误植。目录页背面及卷末都是空白，可惜了。"汗颜。

晚，观电影《史密斯夫妇》、《猫狗大战》。

【二月二十五日 星期日 阴转晴】于雍和宫附近、清华园附近看房三处，均价高。

接谢其章网函并《鱼言鱼语》稿四篇、图三张；运峰兄重新发来《买书中的经济学》文稿；接朱晓剑稿《邂逅米兰·昆德拉》；接甘肃叶梓、芜湖桑农先生网函，即复。

接张果稿《大漠丹霞擎莲台 ——缅怀一代佛教大德杨松吉木彦呼图克图》。

接李景端签赠《如沐春风——与名家面对面》一册，百花文艺出版社 2006 年版。黄宗英评述李景端曰："李景端学外贸出身，前半生长期在经济部门工作；'文革'后进入出版界，搞翻译，办《译林》，当社长，成了翻译出版的行家；退休后又‘爱管闲事’，替季羡林等名家打维权官司，针对译坛‘专给名家挑刺’的不正常现象仗义执言，不断写文章为翻译事业叫喊，还成了写散文的热心人。在这三种角色中，李景端都十分专心卖力，所以我把他人生的这三种经历，戏称为李景端的‘三次方’。”

接宜昌黄波网函并稿《晏阳初：不同的视角》。函称：“《书脉》整体感觉很好，看上去非常舒服。要说建议，就是花絮类文章略嫌多了一点，个人以为还是应多发一点有分量的文章，当然还得以书为中心。兄以为然否？”即复。

晚，思绪万千，浑身慵懒无力，翻阅《如沐春风》数篇后睡下。乱梦纷然。

【二月二十六日 星期一 阴冷】上班。租地下库房一间，用以存书。

接友手机短信：“节日激情已退，生活回到原位。过年吃喝很累，餐餐都上美味。自己身体宝贵，开始清理肠胃，白天多喝开水，晚上早点去睡。你我感情珍贵，上述提醒免费。”

存伟兄发短信称：“《书脉》捧读，书香迎面，晓明努力，争做大儒。”又发：“文洁若太有意思，服！”不一会儿，文洁若打电话来索要《名流》十册，《书脉》二十册。下午韦力兄来电话，询问文洁若的那封信是写给谁的。我同意他的观点，对待书友，也须设防。我说，仁者仁之，义者义之，小人则远之。当然，文洁若所骂之人，并非小人。充其量小疵而已。

发出《书脉》及约稿函三十二件。

接杭世金长函并《日记知识百问百答》书稿三校清样、郭华荣书名题签、冰心书名题签等。函称：“……我们的这本日记辅导书，在全国范围内，是出类拔萃的，一流的，具有鲜明特色的，因为：①本书内有全国日记教学的先进事迹与经验；②有学生的优秀日记点评；③有校园新星写日记的经验介绍；④有中外古今日记名篇的赏析；⑤有日记与心理学、教育学、写作学、修辞学、美学、绘图、摄影、网络、医学等诸多领域学科的关系；⑥全国出现日记热现象的分析；⑦日记教学改革的趋向；⑧日记体考场作文屡获满分的分析……可以说此书是一本比较全面系统地介绍日记写作知识的中型工具书，是解说详细的‘日记百科全书’，当之无愧……”作为八十三岁的老人，仍然如此充满激情地热心于日记教育事业，作为编著合作者，我是幸运的，深受感动与鼓舞。即电话回复。

晚，理毕《日记知识百问百答》三稿清样，选读《马衡日记》。

【二月二十七日 星期二 阴冷】辞掉所有应酬，安心于寓所校对《日记杂志·半月日注》。

将《日记知识百问百答》快递给陈晓庆，并将《血色家族》书稿文字 Email 给他排版；委托办公室小宋发出以下邮件：

致沈阳胡世宗函并拙著五种（《无定集》、《川上集》、《茶歇集》、《门外漫谈》、《我，或者我们》）、《日记杂志》七册、《名流周刊》四册、《书脉》杂志二册；

致济南王欣荣函并拙著三种（《茶歇集》、《门外漫谈》、《我，或者我们》）、《名流周刊》二册、《书脉》杂志二册；

寄长沙孙浩淼兄《门外漫谈》二十册、《书脉》四册、《名流周刊》四册；

寄长沙昕孺兄《门外漫谈》二册，以谢他赐序之谊；

与郭恒勋通话半时许，寄其拙著三种（《茶歇集》、《门外漫谈》、《我，或者我们》），《名流周刊》2007 年一、二期各五册，《书脉》二册；

践诺寄文洁若《名流周刊》（0702）十册、《书脉》杂志二十册，并将其手稿和照片退还；

又发出《书脉》赠刊十余件，停止赠刊。

九月清霜（陈霞）发来手机短信：“寂寞谁能解？书香独我知。”尊嘱寄赠她《书脉》一册、《名流周刊》四期、《门外漫谈》一册、《茶歇集》一册。

接长春易水寒（王国华）兄电话，畅谈半时许，应允寄他《书脉》五册，《茶歇集》、《门外漫谈》、《我，或者我们》各一册，《名流周刊》四册。

分别寄耿建华、桑恒昌、谭延桐、张中锋《我，或者我们》各二册，《名流周刊》2007年卷各二册，《书脉》各二册。

接甘肃叶梓网函并稿《三本枕边书》，即复并寄《名流周刊》四册，《书脉》五册，《门外漫谈》、《茶歇集》、《我，或者我们》各一册。

晚，接东吴门生电话，闲聊半时许。他说文洁若的那两篇文章有“文革”遗风。我说，老一辈人之间的是非恩怨，我们姑妄听之，姑妄看之可也，其实他们每个人身上都有值得敬佩的闪光点，我们年轻一代，只看重这些闪光的地方并学习借鉴足矣。另外，作为编者，任何作者的观点不代表刊物的观点，甲骂乙可以发，乙骂甲照样可以发。只要把住分寸，不要涉及人身攻击就是。

继续校对《半月日注》，迟睡。

【二月二十八日　星期三　阴冷】东吴兄引索，即从网上找到冉云飞介绍《书脉》的文字，特摘引出来，以为存念。文字之外，还有目录和封面书影同刊于冉云飞博客。

我因为喜欢搜访书籍，以读书为乐，因之除了穷搜各地旧书摊，进各地旧书店外，还上各大读书网站特别是旧书网站浏览阅读，故而结识了不少像流沙河先生所谓的把读书求知当作人生乐趣“职业读书人”。这群人读书不以求职晋升为鹄的，不以逐名利相号召，不以炫博斗富为目的，而是一群趣味相投的读书人，各自供给读书心得，互相砥砺，以不负书籍给人带来的启迪。这群人还办有民间或半民间的书刊，如湖北的《崇文》（黄成勇）、湖南的《书人》（萧金鉴）、江苏的《开卷》（董宁文）、内蒙古的《清泉》（张阿泉）、北京的《芳草地》（谭宗远）等。这上面登载了许多不错的文章，包括不少名家的读书笔记，包括他们往还的书信以及一些日记。蒙上述主办诸兄的厚爱，常相赠送，我得以时常阅读这些装帧雅致、内容隽逸的民间杂志，受益匪浅，令我十分铭感。

这群人中就有山东的于晓明兄，于兄前几年一直与友人编辑出版《日记报》，打捞出中国及国外许多关于日记的逸闻趣事，钩稽出中外日记历史之渊源。尤其是其间所刊发的著名日记研究专家陈左高先生的《中国日记史略》，让人读后思考良多，得以了解在中国正史之外，另一种个人的历史。我们这个国家文网频密，但暗藏在民间的漏网之鱼——许多不被发现的日记、书信等，不管有名与否，均有其不可磨灭之价值——还是不少的，我们不应遗弃不顾，而是应该深加研究，以期使我们的历史更加丰富、立体、鲜活。

今于晓明兄进军京城，特在年前创办一种杂志叫《书脉》，出了创刊号。创刊号不惜篇幅登载不才的四篇文章，令我感愧。今将目录和封面转载如下，以作为诸位友朋新年小憩时，了解书籍、作为读书之一助。

2007年2月19日 9:05 于成都

文后有名“野狐一禅”者跟帖称：

文中列出的读书小刊，皆是这几年的赠刊。常是别人看电视时，我心神游猎的书海。没想到有齐鲁文化涵养的山东人于晓明，到北京又办出一份《书脉》。读目录即十分吸引人，散发出文馨书香。成都是巴蜀读书人集中之地，既不见这种书香小刊，就是有点文化内涵的报刊，也将文化剥离与流失殆尽。何三畏有妙言，说成都媒体不创造文化，只把文化当消费。有的文化名人，也常规为消费品，只作打广告的工具使用也。因此，读书人在萎缩乃至犬儒化。读《书脉》目录，也生感喟。

致《淄博日报》总编辑任传斗兄函并《名流周刊》四册，《书脉》二册，《茶歇集》、《门外漫谈》、《我，或者我们》、《川上集》各一册，评论文稿十二篇；

致淄博文联《齐风》杂志社总编沈淇兄函并《名流周刊》四册，《书脉》二册，《茶歇集》、《我，或者我们》各一册，小说《黄河渔佬》一文；

致《淄博晚报》副总编郝永勃兄函并《名流周刊》四册，《书脉》二册，《茶歇集》、《门外漫谈》、《我，或者我们》、《川上集》各一册，文稿《和吴泰昌先生聊天》、《绿意》、《我，或者我们·跋》、《书脉杂志创刊词》等四篇；

致《淄博声屏报》安泰兄函并《名流周刊》四册，《书脉》二册，《茶歇集》、《门外漫谈》、《我，或者我们》各一册；

致淄博市委宣传部张洪兴兄函并《名流周刊》四册，《书脉》二册，《门外漫谈》、《我，或者我们》各一册。

福州大学林胜发消息："桃花潭水深千尺，不及古农书脉情。"

海宁虞坤林兄来电，告知最近北京学苑出版社出版了《历代日记丛抄》，二百卷，价颇昂，九万八千元一套。

继续审校《半月日注》。有方韧者评王蒙曰："九十度的水总是烧不到一百度。"此论甚为有趣，也比较形象。忽然想起去年淘宝网上有人争拍《王蒙自传》签名本，价竟高达2560元，实为罕见也。

至晚间十一时许校毕《半月日注》全稿清样，挑出错字数十，甚有成就之感。本期可观者，约略有何满子序及王欣荣《淡园日录》、丰一吟《一吟日影》、澈堂《存素簃日谱》、吴昕孺《昕孺阁日札》、古农《京南琐记》、陈梦熊《上海滩日影》、小潜《弄闲斋日影》、黄成勇《佣书日志》等。

二〇〇七年三月日记

【三月一日　星期四　阴雨】协会办公室转来邮件一宗，计有：

赠书：芜湖许进《书香》五册；无锡于铸梁《古旧书刊报收藏》一册；成都木斧诗集《瞳仁与光线》一册；北京黄少东《美国调停国共争持期间前后司徒雷登日记》、《郎平日记与书信》、《一个画家的代职日记》（杨奕）各一册；邹为瑞《中外名流书画家》二份；段宝林《伟人名家与黔东南》（陆景川主编）一册；任彦芳《谈文说艺》一册。

来信：吴思敬、毕克官、林非、周翼南、聪聪、袁小星、蔡瑛、李济生、赵易林、李欣、董国和、袁爽之明信片；乔忠延、吕伦、李君维、张华庆（自印）、苗纪道、周翼南（自制）、徐重庆（自制）。

来稿：李济生《读书偶拾》；李欣《我想写篇自己的忏悔录》、《朱老总已逝三十载，在我心中永远活着》；董国和《民刊路在何方》；聪聪《写在自由女神的家乡》；木斧《木斧：诗意地活着》（胡德培）、《木斧密码》（海青善）、《雪白的灵魂》（文晓村）、《木斧：执着与追求》（子张）、屠岸题词影印件一张；袁爽《见字如面——读〈束玉日记〉忽然想到》、《关于〈北行日记〉的ABC》、《我手中的两个“日记四种”》；陈真《记民俗学家段宝林》。

文稿交办公室录入电脑。下午及晚，复信。接邹为瑞、李惠、任彦芳、延国斌、许盘清、李建平、白志强、张果电话，全是好消息。甚悦。

读报悉：英国、美国和澳大利亚等国的125名著名作家应邀列出他们最喜欢的10部文学作品，其结果汇成了一本名叫《十大名著》的书，于近日发行。荣居榜首的作品是俄国作家托尔斯泰的《安娜·卡列尼娜》。他的另一部长篇巨著《战争与和平》名列第三。美籍俄裔作家纳博科夫的《洛丽塔》排在第四，契诃夫的短篇小说排在第九。法国作家福楼拜的《包法利夫人》位居第二。莎士比亚是排名最靠前的英国作家，其《哈姆雷特》排在第六位。美国作家马克·吐温的《哈克贝利·费恩历险记》被选为美国最伟大的小说。英国女作家乔治·艾略特凭借其《米德尔马契》成为进入前十名的唯一女性。哈佛大学讲师斯文·伯克茨说："这张排名表突出地反映了一个问题，那就是这些作品中的人物极其生动……他们是我们在想象世界中的代表。读他们的生活迫使我们反思自身。"

下午与昕孺兄打乒乓球般来回发了十几条短信闲聊，甚是开心。应允再寄《名流周刊》四期各五册，《门外漫谈》八册，《书脉》十册给他，由他赠送朋友。签过名的有戴海、郑艳、刘羊。从吴兄的书中知道郑艳是个很优秀的女子，很想与她认识。

晚饭时，同事告诉我，早年演《红楼梦》中林黛玉的陈晓旭出家了，我有点愕然。尽管我与她没有任何联系，但我知道前些年她在广告界做得很出色，是个女强人。怎么会想不开呢？或者已经彻底想开了？还是再炒作一把？不理解。

又从报纸上得悉：著名的两弹元勋、中国科学院院士彭桓武昨日晚九时许在京逝世，享年92岁。2006年6月13日经国际天文学联合会小天体命名委员会批准，将我国科学家发现的第48798号小行星正式命名为"彭桓武星"。

【三月二日 星期五】接钱行网函："在北大信息管理系王余光教授家，见一本《旧书店地图》，读之很有意思，能看出台湾旧书店和大陆旧书店的不同。回来又见该书作者的答记者问（在天涯网“闲闲书话”），傅先生又对之作了发挥。他日有机会去台湾，必当按图索骥，跑几家书店，淘几本旧书。”即复。

接白仲俭网函并稿《读〈风景旧曾谙〉感悟》；即复。

接徐鲁兄网函并稿《小的就是美的》。函称：“收到新创刊的《书脉》，十分喜欢！这种朴素而文雅的风格，是爱书人都乐于接受的，也传达了你对书和阅读的标准与趣味。创办一份新刊物，很不容易，辛苦啦！希望能坚持下去，做到细水而长流，如真正的清泉涓涓不断。千万不要只为那些喜欢收集什么‘创刊号’的人留下又一次得手的机会。”即复。

接叶梓网函，即复；接吴昕孺网函并稿《山南水北对谈录》（吴昕孺 VS 韩少功），即复。

接西藏陈跃军网函，稿《坚守最后的家园》、《回归生命本然》、《以年轻的心为高原歌唱》，即复。

接徐重庆函，耿林莽函并稿《我读老子书》。二老信中对《书脉》多有褒言。

致成都毛边书局傅天斌兄函并《川上集》（毛边本八册）、《茶歇集》、《门外漫谈》、《我，或者我们》、《五四翻译文学史》各二十册，《书脉》三十册（毛边本二十册），代销。

致《山东文学》主编毕四海函并《名流周刊》四期，《书脉》二册，《茶歇集》、《门外漫谈》、《我，或者我们》各一册。

发出《我的 1976》约稿函 300 封；寄李心田、章子林、费卫东、张志良、蔡一平、裘士雄、姚振发、王世家、张学正、夏康达、刘乐群、马咏、吴裕成、孙秀华、藏策、王金璧、谢长青、李安哥、阎庆生等人《书脉》各一册。

受郭捷邀请，下午至中关村图书大厦参加六小龄童《品西游》新书发布会，朱龙广（如来佛祖扮演者）、马德华（猪八戒扮演者）、阎怀礼（沙僧扮演者）及其夫人李奇等作为嘉宾出席。顺便向他们约稿，并分别与其合影留念。六小龄童对《名流周刊》刊登了介绍他的文章表示感谢。受赠《品西游》签名本一册。来购书签名的读者甚众，据主办方机械工业出版社工作人员称，一个多小时的时间，已售书二千余册。不待签售活动结束，我便出来，于书店小逛，得高瑛著《我与艾青》（十月文艺版），师永刚、刘琼雄编著《雷锋 1940–1962》（三联版），丰一吟著《我的父亲丰子恺》（团结版），王志坚、陈凤桐编著《中国书斋的故事》（山东画报版），柳成荫著《柳成荫装帧艺术》（人民文学版）各一册，费币百余元。

五时许归寓，致高瑛函，《茶歇集》、《门外漫谈》、《我，或者我们》各一册；分别寄万伯翱、庞中华、邹为瑞函并《茶歇集》、《门外漫谈》、《我，或者我们》、《书脉》各一册。

【三月三日　星期六】至中关村图书大厦参加《于丹〈庄子〉心得》举行签售活动，其间一男子进入签售会场后，脱去了外套，里面的白色 T 恤上赫然用毛笔写着："孔子很着急，庄子很生气。"不过这个情形维持了不到一分钟，便被保安推出了会场。据说，《于丹〈论语〉心得》发售已超过 155 万册，作者于丹因此登上了 2007 年度福布斯"中国名人榜"。

接傅月庵、沈胜衣、朱亚夫、师永刚等人 E–mail 稿件若干。傅月庵的《台湾曾是个诗人岛》，沈胜衣的《深晚浅笔》（十五则），师永刚的《解密雷锋十九幅著名照片摆拍真相》，朱亚夫的《作家的斋名》等文章，均是上乘之作。

分别致黄裳、绿原、丰一吟函并书。

接长沙萧金鉴先生网函：

书香一脉，源远流长。节日里，初四那天，收到您寄来的《书脉》杂志，顿感眼前一亮，耳目一新。一印五千册，有气魄！刊名印得很小，但装帧设计朴素、典雅、大方，内页编排精当、合理，图文并茂，内容也堪称上乘。冉云飞、文洁若两个小辑，独具特色，其他文字也都具有一定思想深度，耐读。看来，于主编在创民刊一条特色的路子。我花两天时间翻阅一过，获益匪浅，启示良多。我感觉，这个刊来势很好，但愿书香一脉，长流不息。

即复。下午乘汽车回淄博，办理港澳台护照。收高价票却不走高速路，私乘真是赚钱心黑。结果至晚九时半方到张店，错过了与自牧、孙方之、宋肇水、李国经诸师友的晤面聚饮。只好将送自牧《六小龄童品西游》签名本和《半月日注》书稿清样，及送朋友们的书邮寄了。

【三月四日　星期日　丁亥年正月十五　雨雪　零下6度】父亲陪我打车至高楼村旧居拍照。旧居正在风雨中残蚀凋敝，儿时的村庄正在逐渐消失，看着周围雨后春笋般盖起的幢幢水泥砖瓦房屋，我心中充满了对童年时光的怀念和眷恋，于惆怅中离去。

中午在堂兄光明家吃饭。饭毕慧博驾车来接，至村西头新建的华严寺上香，拍了几张照片。原来的寺庙全部拆毁，新建的煞有介事却不伦不类。败家子行为而已！据史载，该寺原来规模宏大，为三进寺院，占地150余亩，寺前立有数十丈高的古塔，名“隋文塔”，至明万历初年，寺基本被毁。现存寺的基址高出地面2米，南北长120米，东西宽50米，前殿为四天王殿，已毁。只存有正殿和百子殿。正殿为大雄宝殿，5间，系砖木结构，飞檐斗拱，瓴瓦单檐，顶覆绿色琉璃瓦（现大部换为红瓦）。殿长26米，进深10米，高17米，内有合抱圆木柱8根。殿内横梁立柱上彩绘祥云蛟龙，瑶草琼花，至今仍可见。殿前东西两厢房尚好。后为百子殿，亦为砖木结构，木椽单檐。1984年定为市级重点文物保护单位。我小的时候，这里曾充公作为粮仓使用十数年。这次市文化局审定的全面修复《规划总图》，占地75000平方米（南北长250米，东西宽350米）。第二期工程需占地23500平方米。主题建筑分为万佛殿、藏经楼、讲经堂、华严塔及僧舍等相配套的生活设施建筑。

晚，观电视《彪哥相亲》。赵本山与范伟，浑身是戏，根本不用“表演”，出镜即能使人想笑，哪怕是演严肃的题材。

接元宵短信若干。

【三月五日 星期一 晴 零下7度】上午回原籍桓台县公安局办理赴港澳通行证，人浮于事的机关作风和官僚形式主义，简直让人又气又无可奈何。区区一通行证，直到下午四时许方办妥。送国税局杨斌《名流周刊》四期，《书脉》、《门外漫谈》、《我，或者我们》各一册。

赤峰团市委来电话，告知日程已经安排。待与之协商夏令营具体事宜。

晚，辞友宴，陪家人吃饭。

【三月六日 星期二】乘汽车返京，五个半小时即达木樨园站。临行将清样及书等留地址委托秀娜寄出。取出名片十盒。

接杨牧函；接汪应泽函；接潘颂德函；接马国兴函、签赠《书生活》（河南文艺出版社）一册；接吴新宇函、照片三张；接史晓风签赠《恽毓鼎澄斋奏稿》（浙江古籍版，史晓风整理）一册；接九月清霜网函，抄录如下：

书香君：我是九月清霜。

书已收悉，计《名流》四期，《门外漫谈》、《茶歇集》、《书脉》各一册，捧在手上，真是沉甸甸的。轻轻翻开，就看到书香君清雅洒脱的题赠，由是感激。

静夜，在孩子轻柔的鼾声中，我把《书脉》、《茶歇集》通本细赏。看书香的“创刊词”，十分喜欢。让“一切因阅读而有可能”；“使优美与深思获得应有的尊重”。举目现世，有多少人、几本书还能以此为己任，持节不坠！

但相较之下,《茶歇集》的“古农自序”更让我感动。“古农自序”想来是书香君心底流出的文字。没有伟岸庞大的名头，没有触目惊心的警句，只是细致本真的心，只是心里无法割舍的文字，只是不遗余力后人心与文字的两厢无奈，与回味。如同香菱初评王维的诗：“好像嘴里含着一个一千斤的橄榄。”哪怕是初见，哪怕是隔着六百多个日子，此时阅读的我依然能触摸到作者行文时心底微微的惆怅、缓缓的叹息。

想来真是冒昧。从天涯网见帖，贸然致电，到此刻的邮件致意，我对于书香君，不过是才认识了几天的文友，然而真是自觉“如遇故人”，在书香的许多文字中看到自己心里想说的话。可以的话，是交定书香君这个朋友了。

对于国内的“自办”刊物，我接触不多。《读书》、《书库》、《万象》都是盈利性刊物吧？似乎不应该算在没有刊号的“自办”刊物内。虽然身为湘人,《书人》也仅仅耳闻。所以对于《书脉》的评判，我自觉没有什么发言权（我很希望自己有发言权，在我的概念中，真朋友是彼此切磋不留情面，然后可以共同长进的）；但还是有几点，我个人认为可供书香君斟酌，也将利于《书脉》完善的，就出言无忌，罗列如下：

1. 封面设计清雅隽永，但内文版式设计有失粗糙。时见有字体不一样的文字出现在文档中，同一通版中，左侧与右侧的字间距、行间距都有不一样的地方；还有以“？”代替文中文字的。排版过于密集，谢泳的四篇文字都没有分页，大栏目与小栏目间也衔接得过紧。这些东西并非不可为之事，如果注意改善，内文的阅读感觉会好很多；

2. 栏目分类过于简单。就是按作者名的一个罗列。这对于《书脉》的保持定位与特色提炼会有影响，也会让应邀作文者不知所用方向，行文失于松散。

3. 所选文章多是短篇文字，所以论题就显得都比较浅，可以考虑各种篇幅参差编排，倒可以每期少放几篇文章。最后一篇“书人扫描”一文小节过多，篇幅过短，都有罗列之嫌了。为什么不分开几期放呢？

是因为把书香君视为可以共语的朋友，所以赤心以待，出言无忌；文字之交，不及利害，因此不愿敷衍，合则聚，不合则散，想书香君知我。因为学知有限，所言中有谬误，还请书香君一定教我。如此，才是朋友长久相处之道。此邮件后，也寄了两本我们做的书请书香君指正，以使书香君明白我们的为文定位。不过我的笔迹真是“爪痕”，还请掩目忍受。

再祝：好！

九月清霜　07-03-06

晚，理稿，迟睡。报载：今年全国艺术类考生突破六千万人，昨天北京电影学院公布复试榜，近万考生家长看榜。经过初试多半考生被淘汰，许多考生当众落泪，还有人倒在家长怀里号啕大哭。

【三月七日 星期三 晴】上午咨询办理内资号事宜。

接钱行先生稿《合而读之和尽慢不急》；接王体印网函并稿《我与读书》、《我与天涯》、《我与文汇读书周报》，函称：“《书脉》比我想象的还要好，版式、格调都透着浓浓书香和爱书人的雅意，特别是‘使优美和深思获得应有的尊重’很有共鸣……”接济南大学张中锋兄网函：“《书脉》很好，装帧不错，内容也短小可爱（当然只是从题目上看，还没来得及看内容）。如果内容思想性和趣味性结合得很好，当是我们的愿望。民众需要启蒙。我比较认可章诒和、蓝英年等人的文风。同时我对您的敬业精神和坚强的事业心深表钦佩……”接延国斌兄网函；邹为瑞兄发来《友人眼中的万老大》并照片六张，同时快递发来批复文件三纸及画报六份。即一一回复。

筱堂兄短消息称：“《书脉》装帧典雅，内容亦颇充实而有新意，然而误植甚多，且文章火气甚大。本古人直谅之道，惟先生察之，余不一。”即复之：“兄台所言极是，弟当谨记。然，作为编者，亦不妨兼容并蓄，使作者畅谈。作者观点非编者主张也。”

下午嘱办公室交房租九千元。意外接陈雅丹女士电话，交谈半时许，非常愉快。

致蟹岛度假村总经理刘习飞电，谈刊物合作事宜，相约改天面洽；与自牧老师通话，谈半时许。

准备《书脉》杂志审批内资号需要报交的材料。晓庆将《中国日记史略》三校清样、《日记知识百问百答》三校清样、《血色家族》一稿清样送来。

【三月八日 星期四 晴】上午至日月腾飞文化艺术交流中心晤韩健主编，谈与中国画报出版社合作事宜。受赠画集十余种。

接九月清霜赠其责编之书二种：《如焉》（胡发云著，中国国际广播出版社）、《证照中国 1949–1966》（许善斌著，华文出版社）；接童银舫赠其主编之书三种：《慈溪爱国民间故事选》（大众文艺版）、《孙鬼头历史与传说》（中国文学版）、《慈溪余秋雨研究》（宁波出版社）；接马振予函并赠书《马振予集报文选》，即电话回谢。

接 83 岁高龄田原先生题词：“愿《书脉》成为众多书生心地跳动的脉搏！”

接马旷源兄函并稿《莲花池畔草凄迷》（写陈圆圆）；接聪聪先生函并稿《硬笔书法“六要”》；接李欣先生函并稿《我的忏悔录》、《对文化大革命的反思》；接西藏王永东函、昆山张雄雄、桐乡叶瑜荪函并荐稿《丰子恺笔下的过年》。

复王永东函并寄《名流周刊》四期，《门外漫谈》、《茶歇集》、《我，或者我们》、《五四翻译文学史》、《书脉》杂志各一册；复聪聪函并寄《中国硬笔书法报》三份；回赠童银舫《门外漫谈》一册；寄马旷源《门外漫谈》、《我，或者我们》各一册；

寄张雄雄《书脉》一册。

午休时，翻阅《证照中国》，这是一本颇有特色的书。

下午至玉林里小学看办公用房。

接王稼句、桑农、沙娜、高寿年、清霜网函，即一一回复。稼句兄函称："尊编《书脉》创刊号内容丰富，惟有的文章已'眼熟'，还当以未曾发表过的为主。另，厚薄也正好，如果每期仅是半册，则书脊也不得起也，再说周期也不必过短。"接子张先生函：

古农兄：久仰大名！惠寄《书脉》创刊号，因假期原因，昨天才到学校取回，谢谢厚爱并致歉意！

民间读书报刊，又添《书脉》，令人兴奋。我缺少编刊经验，不敢妄评，但对大刊的整体感觉是有的，那就是：高雅、质朴、厚实，而且在细节方面有自己的个性。除了没有一个公开刊号，其他方面实在无可挑剔。

创刊词意味绵长。"因阅读而可能"、"陌生人之间相互温暖"、"使优美和深思获得尊重"以及"第二书房"这样的关键词，本身就具有思想的力量。思想，是的，只有思想，才能体现人的本质。这也正是我所希望于《书脉》的。

专人专题的做法亦可取。可以把有个性的思想聚焦为火热的光点。

编读之间的互动是刊物的内在动力，要重视。《开卷》的成功与这方面的努力有关。可以设想在扉页开辟一个互动窗口，选载有力度的读者反馈。

恭贺《书脉》带着浓郁的书香问世！

呈上一篇关于《开卷》的短文略表寸心。同时，对于《开卷》的激赏，也是我对《书脉》的期待。

并祝 编祺！

子张 3.8

即复。接徐亚达稿《最是怡人小风景——读董桥〈小风景〉》；朱航满稿《精善秀雅的读书文字》。

【三月九日 星期五 晴】上午至奥林匹克体育中心附近——北京核地质研究院大院内看房一套，面积400余平方米，年租金21万，较为理想。

接丁国成先生函并推荐寄赠《书脉》名单一份（69人）；接忆明珠先生函，告知迁移新居；接顾建新教授函；接九月清霜网函如下，即复。

书香：以一函之浅，得君信任至此，除“惶恐”二字，我无以形容。

书香君实在过奖。以文字为终身所好的人，从喜欢的文字中体会作者写作时的心境，是很平常的事。深谢书香君的信任，我自评唯一可以说得上长处的，只是认真二字；我所看重书香君的，也就是对自己文字性情的认真。

能和书香君一起做自己称赞的事情，对于我是莫大的荣幸。不过我对自己能否胜任却是很踌躇。书香君如果愿意一试，我觉得可以这样操作：我先试着帮助您出两期，此期间书香休言酬金。在这期间，我们可以彼此熟悉，学会比较可行的配合方式，也让我逐步领会你的思路；两期之后，基本上就可以知道我与《书脉》、书香君缘分如何。如果继续，就按书香君提议行事；如果不能，也能为书香君以后与人合作打一个基础，标识出“不可行”方面的问题，避免以后又绕弯路。

书香君觉得这样可以吗？如果可行，我们就约一个时间面晤。我的作息时间是标准的“朝九晚五”，周末双休，请书香君酌情安排。

再谢书香君。

清霜 敬呈

寄康健《茶歇集》、《我，或者我们》、《门外漫谈》各一册；再寄出一批《书脉》创刊号并约稿函：朱先树、汪晖、杨匡汉、陈良运、杨光治、章亚昕、蒋登科、吕进、岳洪治、莫文征、周良沛、孟伟哉、丁芒、蓝棣之、洪子城、秦兆基、郑敏、杨金亭、周笃义、郑伯农、欧阳鹤、古继堂、司马云杰、吴琼、梁志学、朱东华、朱航满、尤刚、沙娜等60余人。

刁品纯寄来《律师必携》一稿清样，即转陈晓庆调改。

马嘶先生来电话，谈其著作出版事宜，甚愉快。云委托任彦芳给我捎来《魏建功传》。

下午编稿。接稼句兄网函，即复之。

【三月十日 星期六 晴】议定办公楼房，交纳定金五千元。

下午联系施工人员前来议装修事宜；随后由长征兄驾车陪我转了几个家具商场看办公家具。晚，辞饭归寓。

接徐雁兄发来厦门会议材料及邀请函，即转发明祥兄和邓暄转自牧老师。

【三月十一日 星期日 晴】董玉斌来拉走《名流周刊》各100册，转交二位画家。

接胡世宗长函并赠书《胡世宗及其创作》（白山出版社2002年版，精装本48元），即与通话致谢；任彦芳转来马嘶先生赠书二种《一代宗师魏建功》（马嘶著，文化艺术出版社2007年版）、《河北读本》（王蒙、铁凝主编，花山文艺出版社2006年版），即与马老通话致谢；接任彦芳诗歌卷文稿一包、刘瀑杨长篇纪实书稿《不死草》及光盘；分别接甘肃叶梓、博兴孙永庆网函；阿滢兄网函并稿《纽约书市一蠹鱼》、孙涛先生网函并稿《我的1976年》、伍立杨兄网函并《美与自由的深沉瞻顾——傅增湘〈藏园游记〉印象》；即一一回复。

下午至中关村订购电脑五台，复印机一台，监视设备一套，门禁系统一套，总价三万四千余元。

与家具商家议设计方案，他们提了一些很好的意见和建议。

晚，列出今年计划编辑出版的丛书目录，发给中国文史出版社编辑曾小丹。

【三月十二日 星期一 晴】签订租房协议，付半年租金十万元，押金一万元。

工人开始装修。要求他们15天之内完工。

早晨去公司时堵车厉害，司机师傅说："这哪是马路啊？简直就是停车场。六车道，十车道也没用……北京解决堵车问题？我看得二十年以后。"

接杭世金函并《日记知识百问百答》四校清样、郭华荣题签书名二纸；接万伯翱函并其主编的《中国钓鱼》杂志三期，函称："《中国钓鱼》杂志已成为中国最大和最有权威的钓鱼杂志，每期广告需排队安排，每年上交体育总局500万元纯利，在26种总局所管报刊中，它是骨干分子……座谈会和用不同方法收取意见，这当然是一个提高刊物质量的办法，另外聘请有经验有能力的专业人士参加编辑，出版和发行也是非常重要的，另外你的办刊思想、主导也是决定刊物兴衰的大事，现在市场需要也要很好研究……"

分别接子张兄、任传斗兄、康健、易水寒等网函；孙浩森发来为《日记知识百问百答》重新设计的封面。即一一回复。

【三月十三日 星期二 晴】监工一天。同学之弟耿殿军陪我去建材市场配料，甚累。鱼有鱼的道，虾有虾的道，殊不易也。殿军捉一小偷，报110后，将其扭送派出所。余赞之，小耿洋洋得意地说："这是我抓住的第六个小偷，每抓一次，都感觉很过瘾！"

接王欣荣函二，签赠《传播报道学》（王欣荣著，中国广播电视出版社1991年版）一册。函称："在我的人情圈里，于希宁、王学仲、姜宝林、陈玉圃是有市场的，他们的书画作品可以收藏。于老的梅花2~3万元/平方尺，王学仲的价格较稳，山水1万元/平方尺，大花鸟6千元/平方尺，书法3千元/平方尺，而精品更贵一些。”

分别接聂鑫森、何卫东、九月清霜、慕晓刚网函，即一一回复之。

晚，接万里之长子万伯翱电话，交谈半时许，甚愉悦。接虞坤林赠书《弘一法师日记三种》（虞坤林编，山西古籍出版社2006年版）一册，静庐有藏，拟转赠自牧师。即电话致谢，并交谈半时许。甚悦。接马国瑞兄电话，闲谈片刻。

拟定拆除方案，明日交核地质研究院审批。

设计、修改企业文化宣传图片十三幅。

【三月十四日 星期三 晴】监工一天。房屋出租方出尔反尔，不讲信用，无端生事，无奈之下每人送上一点好处，得以“审批”通过拆除方案，继续施工。

接自牧老师函并邮件一包：书法四幅（函称“我的字可在网上代售，对联、条幅、横幅均为六百元一件”），为《书脉》题签六纸（函称：“书脉二字，乃我首倡作为书名的，后借给明祥使用，效果极佳。”）、文稿《赠淡庐主人》（周退密、李心田、孙桂升、雪庐、时建林、徐重庆、李国经）、《自家颜色自己声》（赵鹤翔）、《闲话自牧》（马旷源）、《书天酒地自风流》（王雅军）、《半月日注·序》（何满子），王学仲书幅复印件一纸（内容为：滴滴不遗细，涓涓也自豪，小溪留不住，大海作波涛。），《齐风》杂志一册、《淄博文艺报》一份。

接黄永厚先生函并赠书《黄永厚文画》（三味丛书，河北教育出版社1997年版），信写在书的扉页上，抄录如下：

晓明同志：记得好像误了您多次约稿了，因为不明白贵刊性质，不敢冒犯，这次讲明是七六年，说也奇怪，我虽从不记日记，画画是少不了的。查了一下，这之前和之后都多，偏偏标明的丙辰年没有。（当然，也许在许多未标明时间的画里面，但不好随便塞责是不是）我是写成文字才画画的，这样画上的意思才有着落。而“文革”期间文字太露也是自找麻烦。比如《世上》（P51）、《海瑞图》（P197），也是四害除后重画的《自然主义》（P59），因为照片后有追记。1976年印象最深的，只有听哀乐次数最多了。其中还要忍受任祭人的比赛哀号。这种哀号比赛，使人预感到种种凶吉难卜，实话说了吧，这一年我好像没有天上掉馅饼的喜悦。实在挑不出完全对号的东西了，只好呈上这册文画集，请您自己斟酌，千万不要勉强了。

敬礼

黄永厚 二〇〇七年三月十日

接“二流堂”主唐瑜长函；接南京诗人子川签赠诗集《子川诗抄》（远方出版社2004年版）；接黄集伟函并稿《禁书事件读报后——致袁鹰吴芸红伉俪的一封信》，函称：“期望《书脉》多多刊载当今读书人讲真话之见，多多反映民间冷暖、疾苦、诉求等等的声音，杜绝任何虚夸、粉饰之类的陈腔滥调……”接李欣稿《当历史转弯的时候》；接安家正函、赠书《泰田家书》（陈泰田著，诗联文化出版社2006年版）、《我的1976》长稿及老照片两张；接权希军函并长稿《我的1976》（回忆胡耀邦的片断）；接贾植芳先生函、《我的1976》长稿、《我的后来者——潘世兹先生》并老照片（贾植芳、任敏夫妇）一张；接王雅军函并稿《尘俗中的审美境界》；接郭恒勋函；接杨郁长函并《会说话的小豌豆》书稿清样。

晚，整理编辑2006年的专辑，拟收录章诒和、袁鹰、沙叶新、冉云飞、黄集伟、贺卫方、钱钢、卢跃刚、雅可夫等人的文章若干篇。这肯定是件吃力不讨好的事，说不定还会有人来找麻烦，但我总有不吐不快之感，虽然没有写任何东西，编辑一组有分量的文章，斯愿亦足矣。

将部分《书脉》稿件发给清霜，请她帮助编辑。委托文婧寄出《书脉》十余册，寄自牧《弘一法师日记三种》一册。

与邻居——铭阳益海国际旅行社的董事长吴向阳、总经理尹荣梅座谈，甚为愉悦。他们夫妇亦同属兔龄，故较易沟通，相谈颇为投机。

分别与邹为瑞、兰剑、李建平、张果、苏炜、白志强等人通话或短信，了解业务情况及投资事宜，反馈信息较为满意。

今天甚累，不想动笔回信，不到十一时即睡。

【三月十五日 星期四 晴】监工一天。

（全国政协委员）冯培恩说，从1986年到2005年中国人均负担的年度行政管理费用由20.5元到498元，增长23倍，而同期人均GDP增长14.6倍，人均财政收入和支出分别增长12.3和12.7倍。可见20年来人均负担行政费用的增长速度明显快于人均GDP和财政收支的增长速度。（《中国人均负担行政费用20年增长23倍》,《中国新闻网》2007年3月12日）温家宝总理曾经对外国人说:“13亿，是一个很大的数字，如果你用乘法来算，一个很小的问题，乘以13亿，都会变成一个大问题。如果你用除法的话，一个很大的总量，除以13亿，都会变成一个小的数目。这是许多外国人不容易理解的。”冯委员的上述情报却是一个例外：即使使用“除法”，13亿人连婴儿在内每人每年都得贡献近500元养政府；如果再算一次除法，以1986年的负担除2005年的，它居然“变成”一个很大的数目：增长23倍!中国的问题，特别是涉及政府和金钱的问题，似乎远不是除法问题，不是算法问题，也不仅是数学问题呢!

办公室取回《书脉》准印证书，京内资准字2007-L0028号，发证机关：北京市新闻出版局。同时取回于香港注册的中国文化教育出版社批准文件及印鉴三枚。

接于坚稿《实际上我什么都读》；接刘松萝长稿《我的父亲刘绍棠先生在“文革”十年》（46000字）；接吴昕孺兄稿《日常物事的诗意》。拟分别刊于《书脉》。

晚八时许，向阳兄打来急电，告知院里领导制止改墙事宜，要我速到。饭刚吃了一半，急忙打车从南三环直奔北四环，三刻钟到。原来墙体并没有圈梁加固，此前物业提供给我们的信息有误。如此，在墙上打洞安门，当然非常危险！多亏发现及时，否则酿成大祸后果不堪设想。与王总、吴总沟通后，答应妥善处理，工程明日按计划继续实施。十时半归寓。

今天想到一个绝佳的广告载体：水桶。目下，家用、办公室用饮水大多数由水站提供，水桶的周转量较大，小小水桶，将大有文章可做。待细考察市场后定夺。

【三月十六日　星期五　晴】上午在装修现场。下午至碧露轩茶楼晤陆晓晶总经理。谈杂志合作事宜。晚，卫戍区李显臣处长来接往泰运来大酒店聚餐，赵常贵营长做东，较腐败。李处明天赴怀柔报到就读研究生，200余人录取了25人，谨致祝贺。高兴，微醉。

与大豪家具厂订购办公家具一宗，近三万元。

寄李新宇、萧启明、曾园、袁继宏、徐玉成等人《书脉》各一册；张璇EMS寄来我的港澳通行证，回寄《门外漫谈》、《茶歇集》、《我，或者我们》、《书脉》各一册，《名流周刊》四册。接徐卫东、戴海、杨郁等人函。与九十高龄的李锐先生通话，预约登门拜访时间。

晚间收看温家宝总理回答中外记者的提问，简要记录如下：

1. 必须懂得一个真理，这就是政府的一切权力都是人民赋予的，一切属于人民，一切为了人民，一切依靠人民，一切归功于人民。必须秉持一种精神，这就是公仆精神。政府工作人员除了当好人民的公仆以外，没有任何权力。第三，必须要坚定一个信念，只要解放思想，与时俱进，追求真理，只要改革开放，只要坚持和平发展、科学发展、和谐发展，我们就一定能够把中国建设成为一个富强、民主、文明、和谐的现代化国家。

2. 中国实行外汇储备多元化；建立成熟资本市场。

3. 解决民生问题制度不会因为政府的更替和领导人的变化而发生变化；缩小收入分配差距，建立覆盖城乡社保体系。

4. 解决民生问题要首先着眼于困难群体，特别是农民。如果我们改善了困难群体的生活状况，也就改善了整个社会的生活状况。

5. 如果说安倍首相去年 10 月访问中国是一次破冰之旅，我希望我 4 月份对日本的访问将成为一次融冰之旅。

6. 坚决反对台湾“法理独立”等任何形式的分裂活动；台海两岸和平发展是大势所趋。

7. 权力过于集中而又得不到有效的制约和监督，是造成腐败最重要的原因；遏制行政领域权钱交易现象；学习先进文明成果，走中国民主道路。

8. 肯定香港回归十年表现，特殊地位不可替代。

9. 中国在温室气体排放方面认真履行国际义务；保持中国经济平稳高速增长任务艰巨但充满信心。

10. 中国经济存在着巨大问题，依然是不稳定、不平衡、不协调、不可持续的结构性的问题。所谓不稳定，就是投资增长率过高，信贷投放过多，货币流动性过大，外贸和国际收支不平衡。所谓不平衡，就是说城乡之间、地区之间、经济与社会发展之间不平衡。所谓不协调，就是一、二、三产业不协调，投资与消费之间不协调，经济增长过多的依赖于投资和外贸出口。所谓不可持续，就是我们还没能很好地解决节能降耗问题和生态环境问题。

11. 对达赖喇嘛，我们不仅要看他说些什么，更要看他做些什么。我们希望达赖喇嘛能够为了祖国的统一、西藏的发展多做有益的事情。

12. 中国最近进行的空间试验，不是针对任何一个国家，也没有威胁任何一个国家，也不违反国际有关条约。

13. 中国坚持走和平发展道路，国防政策完全透明。

【三月十七日　星期六　晴】上午至南郊大豪家具厂参观订货。中午，洪昌利厂长请餐。

下午于寓所理《中国硬笔书法报》稿。夕，小睡一时许。

接《工人日报》韩三洲兄网函并稿《听启功先生讲课》；接北京大学孙继成发来许渊冲先生的稿件《我的 1976》；接《株洲日报》聂鑫森先生网函。即复之。

接孙方之、沈琪、张果、江水弱年诸兄电话或信息。赤峰团市委传真来《全国中小学生“寻龙根・迎奥运・草原之旅夏令营”活动日程安排》，较好。张果兄与蒙牛集团商洽冠名赞助事宜。

【三月十八日　星期日　阴】上午与任彦芳商议其文集出版、发布会及《白洋淀》、《风云初记》、《血色家族》拍摄影视诸事宜。午于圣朝酒家共餐。席间谈了他的五个遗憾：

1. 他是最熟悉焦裕禄的人，最深交的人，也是第一个写出焦裕禄剧本的人，却因为政治原因，《焦裕禄》没有被长影拍成，也没有被北影拍成，“文革”后被峨眉电影制片厂抢了去。

2. 他写成《白洋淀》剧本，孙犁看了非常满意。长影在筹拍时，却因干涸无水滞拍，导演请示厂里，建坝蓄水，厂里因为经费问题没有同意。最后导演罢拍，换由一个南方的年轻导演拍，却删删减减，把四季的景改为一季的景，完全丧失了白洋淀的原生态之美和小说的味道。

3.《风云初记》剧本写成，也是因为政治原因，流拍。

4. 由长影厂调至河北省歌剧院，因为主持正义，坚持真理，与院领导就分房问题产生对立，他力排众议，扳倒了贪官，使知识分子分到了住房。省委第一书记高阳钦佩他的胆识和敢于说真话的性格，举荐他出任省文化厅厅长一职，被他坚辞。仅做了文学研究所副所长。后晋京，被评剧院要去。

5. 揭露贪官腐败之歌舞剧《阴阳宅》，还是政治原因，没有拍成。

他说，如果我这一生没有这五个遗憾，或者其中的哪个遗憾成功了，今天的我就不会是这个样子，我还是我，水平还是这样，但名气是要大多了。你看我的同学：谢晃、张炯、吴泰昌、刘绍棠、高占祥、冉怀舟……他们就不一样了，他们抓住了机遇。

手机突然坏掉，不能接听，路上耗费两个小时至服务中心修理。

接韩三洲兄稿六篇；徐波稿三篇；叶梓、姜晓铭、黄岳年等网函。即一一复之。

列出今年的图书出版计划（计 20 余种），分别发给中国文史出版社曾小丹和文化艺术出版社总编辑喻静。

办公楼今天装修完毕。明天铺地毯，装窗帘，进办公家具。

晚，观电影《爱情呼叫转移》。看后冒出一个疑问：现今社会还有正常的女人吗？

【三月十九日　星期一　晴】工人来铺地毯、安装窗帘和安全门。

接任彦芳网函并沈泽宜致任彦芳函；接冯传友兄网函，建议考虑包头、乌海和巴彦淖尔市业务，即复；接筱堂网函并稿《流年碎影书后》；接孙继成网函；接嘉兴于能网函。即一一回复。

《书脉》创刊消息在天涯网“闲闲书话”里的点击数已达六千余人次。中华日记网的点击数亦超过2700人次了。

接友手机短信：现代社会太疯狂了，绵羊可以吃狼了，猫和老鼠上床了，兔子开始吃香肠了，没外遇就色盲了，女人九成出墙了，包二奶也渐渐正常了。

晚，理稿。迟睡。

【三月二十日　星期二　晴】工人来安装走廊饰画。嘱长征兄至电信局安装五部电话。至花卉市场看花和鱼缸。

寄于能《书脉》。起草了一份《合作协议》Email给许盘清教授；修改了《致容城县委》的信，发给任老。嘱他强调两点：一是此书是容城烈士的事迹，是容城人民的骄傲，此次首发式将有哪些（政界、文化学术界、艺术界、新闻媒体等）人出席，这是容城市的荣誉和商机；第二，此书出版后，即着手电视剧的筹备，可吸引容城的企业和相关单位参与。估计他们会感兴趣。

父亲担心山西投资有诈，写信来嘱咐小心行事，三思后行，即电话安慰之。

先后接杨玉泰兄、童银舫、孙永庆、黄新燕、肖红、韩健、于能等人信息或网函，即复。

办公室转来一堆邮件：

傅艾以信并赠其主编之闲书十种，皆我不读者；

史晓风信并致叶至善函复印件、蒋仲仁逝世讣告、生平；

段存章信并稿《拨开谜雾见晴天——回忆1976年我在大寨采访的日子》；

裴显生信，谈《书脉》并荐识陈辽、冯亦同、奚金芳等人；

陈桥驿信，谈其1976年的经历；稿二：《陈桥驿教授改变我的一生》（叶光庭）、《哈佛大学的录取标准》（何如）；

王世家信，谈《书脉》并赠书《青年必读书——1925年〈京报副刊〉"二大征求"资料汇编》，王世家编，河南大学2006年版；

鲁枢元信、赠其著作二种：《超越语言——文学言语学刍议》，中国社会科学出版社1994年版，精装本。扉页题写："古农先生：此卷初版问世，曾多蒙创作界人士赏识，而同时又遭国内语言学界权威迎头痛击。二次重印，即此册，因种种原因，极少上市，却因印刷粗劣为书界不齿。友人谓余，此乃余生平著述最佳者，余自谓，意气之作尔。盼指正。鲁枢元，丁亥正月 苏州"；《苍茫朝圣路——鲁枢元当代文学论集》，江苏人民出版社2005年版。扉页题写："古农先生：这是我们学院'报点'时匆匆赶印的一套书中的一种，几乎没有上市，无疑是人力财力的浪费，而书中的每一篇文字，无论优劣，我都是认真书写的，可谓有怨无悔也。权作留念。枢元 丁亥年正月 姑苏城外"

徐重庆信；龚明德信；王仿子信。

傍晚，至任彦芳寓所取书款三万元。

晚，观电影《双子神偷》。

【三月二十一日 星期三 晴】接昕孺兄网函并稿《马明博的可盛心》；接黄新燕网函并稿《张婕：19岁征服库克海峡》；接任彦芳先生网函；接袁滨兄网函，告知拙作在《淄博晚报》发表。即一一回复。

接黄岳年兄稿《读灯心草》、《梦里苏州枕上书》；林伟光兄稿《书架风景最堪赏》、《晚窗分得读书灯》、《半床闲情半床书》。

程千帆在《桑榆忆往》中说：记得我读书的时候，有一天到胡小石先生家去，胡先生正在读唐诗，读的是柳宗元《酬曹侍御过象县见寄》：“破额山前碧玉流，骚人遥驻木兰舟。春风无限潇湘意，欲采蘋花不自由。”讲着讲着，拿着书唱起来，念了一遍又一遍，总有五六遍，把书一摔，说，你们走吧，我什么都告诉你们了……他就是用自己的心灵去感触唐人的心，心与心相通，是一种精神上的交流。

该书中还引用了荀子的一段话：“以仁心说，以学心听，以公心辨。”

【三月二十二日 阴 小雨】与许盘清议定合作协议，许老师发来成本预算。

接淄博周村区文化旅游局局长孙方之网函并稿《一九七六年一月：寒冷的记忆》、照片一张。

得清代才女陈端生所撰《再生缘》，上下册，华夏出版社2002年第1版。陈寅恪晚年所谓“著书唯剩颂红妆”，“红妆”者，柳如是也，陈端生也。他在《论再生缘》一文中将女性分为三类：“第一类为专议中馈酒食之管家婆。第二类为忙于往来酬酢之交际花。至于第三类，则为端生心中之孟丽君，即其本身之写照，亦即杜少陵所谓‘世人皆欲杀’者。前此二类滔滔皆是，而第三类恐止端生一人或极少数人而已。”评价之高殊不多见。

另，刘再复在《父女两地书》序中曾说：“莎士比亚笔下众多美丽而聪明的女子，每一个都是引导我前行的女神……（托尔斯泰）在《战争与和平》中塑造了娜塔莎，在《安娜·卡列尼娜》中塑造了安娜，在《复活》中塑造了玛丝洛娃。这三个不朽的女性正是托尔斯泰的精神导引者。”佛教的菩萨、基督的圣母、但丁的贝雅特丽丝、郭沫若的“女神”，乃至学人心目中的林徽因，都可作如是观。“不可思议的，在此地完成；永恒的女性，引我们上升。”(《浮士德》) 贾宝玉所谓“泥做”、“水做”之说，当深信之。可惜，当今非古，冰清玉洁者日少，而搔首弄姿者渐多。

【三月二十三日 阴冷】接一大堆书信。浩淼兄发来《血色家族》封面及立体效果图，甚好。即委托小宋将书稿清样和封面清样给任彦芳先生送去。一会他打电话来，很高兴。

接凌可新兄网函，即复。

每一次听刘欢所唱的《从头再来》，心中总有一种异样的感觉。记得鄢烈山有一篇文章，谈《长大后我就成了你》：“听得我凄然欲泣。这是一支忧伤和哀怨的歌。”读过之后，始终难以忘记。

《从头再来》，他人听得出激昂与奋进，我却从中感到普通劳动者的无奈和辛酸：昨天所有的荣誉，已变成遥远的回忆。勤勤苦苦已度过半生，今夜重又走进风雨。我不能随波浮沉，为了我至爱的亲人。再苦再难也要坚强，只为那些期待眼神。心若在梦就在，天地之间还有真爱。看成败人生豪迈，只不过是从头再来。

而这无奈和辛酸，源于他们不能左右的命运，他们自己并没有过错，而他们却必须承担……

鄢烈山有篇文章题目是《中国的心病》,《从头再来》所诠释的则是“中国（人）的宿命”。

【三月二十四日　周六　阴】电信局来安装五部电话。董送来《门外漫谈》一千八百册。订购的鱼缸送来。

苏炜说来，电话却一直不通。

与中国文史出版社马威社长谈《血色家族》出版事宜。接湖州师院沈泽宜教授评论稿《一部回首与瞻望的大书——读〈血色家族〉有感》。

晚，整理毕物品，书籍资料有三十余箱，打捆者十余包。

【三月二十五日】起床后发现今天天气出奇的好，阳光明媚，气温回升，天高气朗。

上午八时许开始搬家，至午后二时毕。由南三环草桥迁至北三环惠新北里北京核地质研究院西小楼，来京一年半载，终于进城矣。此地距中国文联、作家协会、现代文学馆、中国科技馆、奥体中心、亚运村、鼓楼、故宫等地皆非常近便。

下午，包头冯传友长兄至——这是我搬家后新址的第一位客人——畅谈时许，意犹未尽。晚饭因其同学杨贵昌已经安排，只好相约改日。

五时许，律师刁品纯兄由其夫人驾车至。嫂夫人称，老兄中午喝酒不少，四人喝了五瓶茅台、一瓶干红。他们来时酒宴还未结束，刁兄坚辞，来为我祝贺搬迁——早在前天已经电话约好，由此可见刁律言必行、行必果的为人处世之道——受赠其书法作品一幅。晚，于陕西菜馆宴请品纯兄嫂，结果饭毕时他却抢着买了单，说是特意前来为我祝贺，他应该请客的。钱虽不多，话却令我感动。席间，自然又少不了谈协会的人事，我的意见始终如一：不管什么人争名夺利、勾心斗角，均与我无关，因为我不是他们的人，更不会参与任何派系的无聊的争斗。帮协会编报纸，纯粹是为了感谢庞老师的知遇之恩。但义务不是必须，如果协会以为我应该如何如何，我就会把报纸交回给庞老师。至于其他人，有的朋友而已，有的连朋友都不是，躲得他们越远越好。品纯兄亦有同感，同意我的意见。九时许散。

晚，甚疲惫，早睡。

【三月二十六日　晴】收拾整理办公室，下午宫驾车至玉泉营花乡订购花木四十余棵（盆）。风甚大，气温回升，柳树已吐绿色。五时许归，将花木摆放齐列，面貌焕然一新矣，心为之大悦。

赵营长电话催询祁洁工作事宜，同意先试用后再说。

接董大中先生网函并稿《序宋如删女士〈从伤痕文学到寻根文学〉》、《失眠》，即复。

接李先志先生网函并稿《百态千姿品不尽——读古农 2004 年日记〈茶歇集〉》，有些很中肯，有些显系美誉。即复。

接清霜书友网函，接许盘清老师网函，即复。

【三月二十七日　晴】工人来安装监控系统；家具厂工人来组装办公家具；网通公司工人来调试电脑网络，安装交换机一台。

付董印刷费五千元；支付监控系统设备款五千元，交换机款一千余元。

中午于小关东里看住房一套，价二千元/月。

接胡大勇网函，接桑农先生网函并稿《炼句功深石补天——读王元化日记》，接书友葛筱强网函；即复之。

【三月二十八日　晴】签订住房合同，交付租金及押金一万余元。

友发一文，谈范曾，有几则内闻颇堪玩味，辑录于下：

杨宪益曾写一诗曰《无题》(1993 年春）称："痞儿走运悲王朔，浪子回头笑范曾。我自闭门家里坐，老来留个好名声。"范曾回敬《答杨宪益赘诗》："痞儿未必真王朔，谀上何能借范曾。老去原应多戒德，闭门是假为名声。"

香港有人买过他的画，在酒席上听闻他"文革"时打沈（从文）老，当场把画撕毁。

（范曾）在巴黎与情人结婚，市长都出席了。

范曾就学于中央美院，时将毕业，美院成例，凡毕业生例须交作品一幅。范曾绘事已毕，则每日潜伺于恭门府花园外，冀得郭乐山一言之褒。乐山素以通天教主自命，乃亲为题笔书数语以志其端。范曾遂以此幅呈彼师。师见之极不忿，而亦无可奈何。范氏之得名，盖多类此。

接李先志先生网函；接葛筱强先生网函；接孙正荃稿《走近贾植芳》。

【三月二十九日　阴雨】任彦芳来西小楼，商议其书出版及座谈会事宜，我出示给他书稿内文、封面、插页照片清样，并与之确定研讨会邀请人员名单。

下午安装电脑上网宽带。夕，张果兄偕鄂尔多斯热电公司的谢总、苏总至，于信和轩酒店设宴招待之。因为我做东，故按山东规矩饮酒，基本都放卫星了。我回寓所时，在小区门口大吐，被宫主任搀到房间后，即昏然睡去。

【三月三十日　阴雨】上午至中国戏曲学院看望在此就读的范君宜表妹，给她买了一大包零食，并留币五百元。中午于团结湖附近爆肚李饭馆吃老北京菜。饭毕，至中国文联出版社谈《血色家族》出版事宜。任老与其签订出版合同。

下午办公桌椅及书柜等送来。晚，谢总于大宅门酒店回请我等，饮一瓶红星珍品二锅头，后改饮啤酒，以免出现昨日之醺状也。此酒店饭时有两个小时的节目：舞蹈、杂技、武术、变脸、京剧、古筝、歌曲等等，我们预定台前第一桌，饮美酒观佳丽闻妙曼之音，确是难得之人生一乐。

饭毕邀请诸兄至碧露轩茶馆议事品茗，与谢总、苏总等进行相关项目合作的深谈，非常愉快。谢是一个不爱说话的人，但讲起他的事业的宏伟蓝图，却滔滔不绝，我祝愿他取得成功。结账时一壶茶竟高达一千一百余元。收了茶费还要茶艺费，收了包间费还要茶座费，双层收费，甚不合理。

零时许归寓，仍然处于兴奋状态，观电视剧至后夜二时方睡。

【三月三十一日　周六　阴】《农民日报·大地书画》主编王耀东、编辑部主任樊继承来访，谈夏令营合作事宜。张果的两位朋友后至，一位是雍和宫的副主持，一位是内蒙古大学的副教授（研究社会学和佛学的留日博士），大家交谈甚欢。俄尔，李显臣夫妇及河北廊坊某印刷厂的姚经理至。中午，于泰运楼酒店宴请诸友，张果及宫主任作陪。饭毕，李显臣处长抢先买了单，弄得我很不好意思。

下午，与张果兄议事。晚，至陕西小饭馆吃油泼面、羊肉泡馍。

接王欣荣稿《胡愈之、王任叔与〈鲁迅全集〉》；接袁滨兄网函并稿《理想主义光辉下的大地诗情》；桑农稿《炼句功深石补天》；接程韶荣兄评论《书籍伴他闲与忙——评于晓明新著〈茶歇集〉》。即一一回复。

夜，理稿。迟睡。

二〇〇七年四月日记

【四月一日　晴 冷】接严晓星兄函；接吕伦函；接康健兄函并稿三篇《孔庆东谈日记》、《自牧书简字字情》、《活出高贵的精神世界——读阿滢〈寻找精神家园〉札记》。

与史航兄电话交谈，谈到他讲课有没有学生睡觉时，他说："当然有啊。我觉得还好，一定都会有人睡觉，但是睡觉第一点证明我的课很环保，我声音不是很吵的。再一点，我经常上课的时候说，现在有的人会错过一个特别好的话题了，咱们最好声音小一点，就不让他听到。这时当然我们其他人都非常高兴。这个有很多种方式，其实很好玩。上课的时候你在想，这个睡觉的人他会不会梦到我，等他醒来以后我们会跟他讨论你刚才梦了什么，我们会有这样的环节。"这番话让我哑然失笑，也使我沉思。这样的老师怎么可能教不好学生呢？这样的处理方法怎么可能不使自己出类拔萃呢？近年来，史航一边在中央戏剧学院教书，一边创作不断，几部作品都非常有影响，若《铁齿铜牙纪晓岚》、《雷雨》（话剧）、《射雕英雄传》，电影《艳遇》、《琥珀》……若《艺术人生》策划等等。

《新京报》倪记者来，谈上稿事。

晚，参加友宴，九时归寓。作工作计划。

【四月二日　晴 冷】裔兆宏自南京来，谈合作事宜，甚不爽。下午董玉斌来，弄清账目，结果还是他记错了，多算了四千元，却反说风凉话；文史出版社韩军约见，无法分身，约明日；清霜来，谈《书脉》编辑思路，她对文字的把握能力很强，有些意见很独到，甚悦。

宋肇水、牛牧野、于封云来电话，拟近日到京。

许盘清老师从深圳来电话，一喜一恼：在香港谈的还算顺利，只是订量不大，出版基金的事还是有希望的；恼的是自己的笔记本电脑和全部行李都丢失了。

接张学新先生稿《“争鸣”是个好东西》；接浩淼设计的《书香茶韵》封面；接朱健先生稿《彭燕郊的诗：四五“斤”》；接徐鸿喜先生函并为《书脉》题词：“是人生路上清淳之地，是喧嚣世间一片绿荫。”

晚，于新悦酒楼宴请中央办公厅胡锦涛办公室秘书谢远学（“八荣八耻”的起草者），张家界航空工业职业技术学院周仲春书记、袁坚院长、张华副院长等一行六人，张果、宫长征作陪。饮珍品二锅头两瓶，啤酒若干。

【四月三日　周二　晴】上午在办公室处理公务。工人来布网线并安装电话交换机。

下午至中国文史出版社与韩其彤谈合作出书事宜。夕，邹亚来，谈二时许。

接九一高龄甘惜分先生函并长稿《1976：我大哭、大乐、大反思》、老照片三张，即复。

吕浩兄赠书《王渔洋先生书跋》（民国版），较珍贵，即复致谢。

接袁滨兄网函并寄来《淄博晚报》（2007年3月20日）一份，“夜聊斋”副刊载拙文《拜访吴泰昌先生》。

晚，在公司议事，迟睡。

【四月四日　周三　晴】讨论编撰《1039北京生活手册》事宜。祈洁来上班，安排与王猛先把《中国硬笔书法报》排出来。

安排人员招聘事宜。

协会转来邮件一包：

赠书：彦涵《彦涵艺术研究》二册；陈跃军《飞翔的梦》（诗集）、《都市作家》报；聪聪《彩色的山冲》（诗集，希望出版社1993年版）、《蜗牛庄园》（童话集，明天出版社1998年版）；种福元《古旧书刊报收藏》（0701）；许楼山《泰山杂吟百首》四册，拟转赠周郢兄二册；罗同松《中国集报信息》；武汉作协主席任蒙《任蒙散文选》；河南文联周同宾《豆的系念》；淄博文联许淇《齐风》杂志三册。

来稿：聪聪《唐山地震记》、照片一张；钱今昔《坚持教学迎黎明——1976年手札》、照片两张、荐稿《昔日文坛骁将，今朝地学大家》（原载《华东师大校刊》）；许渊冲《我的1976》、照片一张；甘肃作协名誉主席高平《古典文学的现代价值》、《冷眼看名著》，为《书脉》题词："如果世界没有了书，人类的脉搏将停止跳动。敬贺《书脉》杂志创刊"；马嘶《1976：生命在震荡中蜕变》、马嘶小传；伊丕聪《"清诗第一志"王士禛志出版》；凌鼎年稿《梅村遗恨座谈会召开》；李欣《朱老总已逝三十载，在我心中永远活着》、《超然物外，得象其中》；孙幼军《我们这群洋教头——我的1976年日记片断》。

来信：杨牧、喻宜萱、陈跃军、谷林（劳祖德）、张安奇、朱先树、李峰、周同宾、马嘶、李欣、孙幼军。

下午阅稿、复信。

周同宾先生评《书脉》曰："《书脉》读完，感到80%都极好，耐品，有余味。或者说，有满纸书香——世间一切香中，惟有书香最可人，最持久。编排、版式等也佳。封面刊名字似太小，且是黑体，可请书法较好的学者、作家写个？再，可否多介绍些好书，并标明何处可邮购？如袁鹰先生的《风云侧记》，我四处搜求，终不可得，一直遗憾着……"随复信寄赠静庐藏《风云侧记》一册。

朱先树先生函曰："面对当今图书市场，良莠杂陈，你编辑这本刊物破财而费神，其精神的确可嘉，对读者也是大有益处的。《书脉》编得很好，很有文化品位，许多赠送的书、报、刊，说实在话，我都无暇一一阅读，但《书脉》我从拿到手便大致翻阅了一遍，才得出不错的结论。内容丰厚，图文并茂，很好看，让我增加了很多知识，很好。在面对高层次读者的同时，能有一些为一般读者感兴趣的内容可能更好，也可扩大读者面，如怎样看当今图书的一些热点问题；图书的市场价值和文化价值；现代年轻人应该读些什么书才好——阅读兴趣的时代变化等等。当然这些都是随便说及，不一定有道理……”

晚，张果兄于西贝莜面村请饭，食物颇有特色。饭毕，足疗。近期颇感压力甚大，舒缓一下也。十时许，归而议事。许盘清发来史记、汉书、三国等拟出的书目一份（六十种），工程浩大，须分阶段实施，可缓而细议。

【四月五日 周四 清明节 阴】清明时节阴沉沉，居京思儿思祭坟。公务冗杂苦奈何，遥望南天表素心。百事初兴待东风，万缕归一略有痕。君亲孝祖人子事，恨无天公借二身。

接湖南唐致远、江苏孙小多、呼和浩特曲利成、西安高信、淄博袁滨、南通钦鸿诸友网函，即一一回复。接王耀东发来《协议书》二份。

理稿。八一电影制片厂童小钢、欧阳等人来。

晚，李威和其合伙人张博于九头鸟酒店请饭，请教公司注册及管理事宜。俩人凑了20万元注册公司，却没有任何业务资源和具体规划，惟有一腔热情，真为他们捏把汗。

【四月六日 周五 晴】杂志各地办事处的管理工作没有跟上，造成有些人在下边捣乱，需要反省。更需要整顿，以防不测。济南的不义、辽宁的无诚信、大连的疑点、太原的拖拉……该动“手术”了。

画家宋肇水夫妇来。受赠书法绘画作品11幅，即由长征兄驾车至亚运村古玩城装裱，付费一千余元。另购置纸、墨、毡、笔等一应物品，费币五百余元。

交办公室发出复信及《书脉》二十余件。

接秦兆基网函并稿《小品拿来玩是不行的》；接慧远、张翀网函，即一一复之。接宗西磊发来中国第五届人力资源高峰论坛相关资料。

今日报载：天津遗体火化最低收费：装尸费30元；卫生包120元；骨灰袋5元；遗体整理费10元；美容费30元；消毒费15元；焚化园费25元；馆内卸尸费90元；鲜花费50元；殡仪车费340元；火化费280元；10分钟内告别礼厅520元，总计1515元。总结称，殡仪馆垄断经营，生者感慨"死不起"。

夕，送张果兄返呼市。晚，于大自然酒店宴请肇水兄夫妇及文靖、李巍，宫主任作陪。九时许散。同耿殿台来公司叙谈，零时许散。

【四月七日 周六 晴】许盘清自南京来，谈与中央十台及易中天、王立群合作事宜，《史记》等书出版事宜。

清霜发来初编的《书脉》二期稿件，甚为仔细。发件时间是昨夜二时许，熬夜编辑《书脉》，令我感动。即复致谢！有清霜相助，《书脉》有望也。修改《编者按》，草成如下文字：

《书脉》自今年年初创刊面世后，即得到各方书友的大力支持，编者源源不断地收到各方来稿、来信，为我们指出不足，提出建议，其中有资深大家，也有文坛新锐；无论旧雨新知，其拳拳之意皆昭如日月，令编者深深感激！唯思尽心竭力，以《书脉》的繁花满枝图报各位好朋友的厚爱。

今以姚桐椿先生的来信为代表，作为本期刊首语，一谢书友盛情，二明编者之志：将以之为镜，时时自检，以警懈怠。

我们将始终恪守自己的信念：让一切因阅读而有可能，使优美与深思获得应有的尊重！

再次谢谢姚桐椿先生及各位书友。在大家共同的努力下，《书脉》一定能成为我们共享的第二书房。让书香绕梁，使清灯不孤。

上午委托宫主任陪同宋肇水夫妇游览雍和宫、颐和园。

中午《地球》杂志副主编黄新燕于上青天口味堂酒店请饭，特邀许老师参加。

下午至邹为瑞兄处取书稿和主办单位的印鉴。顺路至莱泰花卉市场购花木四棵。

接昕孺兄发来《我的1976》，即复。

晚，请肇水兄、许老师至陕西面馆吃泡馍、油泼面等。归而观肇水兄写字。十时许，归寓。与许议事，初步计划先编著《三国演义手册》、《赤壁之战》。后者的影片已于前日在河北开拍，吴宇森导演，周润发、刘德华、金城武、林志玲、赵薇、张丰毅等主演。这是做此书的东风。前者估计不会畅销，但肯定常销。

【四月八日　周日　晴】安排宫主任陪肇水兄一家人至圆明园游玩。我则与许老师在公司议事。

辽宁苏炜兄来，白志强、张杰来。中午饭毕送走肇水兄夫妇。下午与张、白长谈，就下一步工作作了部署和要求。晚，于上青天口味堂酒店宴请他们一行。并邀请首都师大国学网尹小林所长、北京工大王国华教授、中国佛教学院李德成主任、蟹岛度假村艺术总监刘习飞、许盘清老师等同席，宫主任作陪。饮红星二锅头，九时许散。

陪苏总参观我的公司并畅谈时许。十一时许委托宫主任驾车送苏总回华侨宾馆，我则与尹小林兄、许盘清老师继续商议出版及国学数据库开发建设事宜，送尹兄杂志二册、拙著三种。后夜一时许尹兄驾车送我回寓。甚感疲惫，不顾洗浴，倒头即睡去。

【四月九日 周一 晴】调整《书脉》稿件，配图毕，交文靖转清霜。终审报纸稿件。祈洁突然离职，原因是“昨天又找到一份在外资企业做销售的工作”，我哭笑不得。只好重新调整本周的工作计划。得陇望蜀，求职大忌也。

接陈乐民网函并稿《也谈“谁说得对就听谁的”》；接杨稼生网函并稿《自由·自律·士精神》；接孙幼军网函并稿《1976日记摘录》；接《宁波日报》李广华网函；接西安文泉清兄网函。即一一回复。

通知王猛来排报纸。邹亚电告，庞中华明日自深圳返京，相约一聚。

听人力资源部汇报近期工作，并翻看了部分应聘人员材料，较为满意。

中国社科院历史所宫长为教授来；白、张来辞行；《大公报》记者李淑梅来。送白、张、李拙著各三种。送宫教授杂志二册、《门外漫谈》一册。

下午及晚，梳理《三国演义人物志》书稿。

【四月十日 周二 晴】上午面试编辑、校对等六人。葛凯珺主任来。

接眉睫网函并稿四篇：《黄梅喻氏家族考略》、《有关苏州太守石昆玉》、《读书人的精神家园》、《关于文人自杀》，图四帧；接陈礼贤稿《读〈耕堂劫后十种〉记》；接秦楠稿《致远于宁静之中——记学者型书法家何炳武》；接周晶先生电话，闲谈半时许；接文泉清兄网函，来京工作事我尽量提供帮助，嘱他可“五一”假期后来京。

快递公司送来邹为瑞书法集《江山多娇》书稿资料，转编辑处理。

编《书脉》史航（网名：北方影武士）专辑：《那饥寒交迫的灵魂刚刚路过——肖毛译〈佛兰德斯的狗〉读后》、《七十年代到底有多少好日子》、《书事琐忆》、《谁的故乡里都有那样一个美丽的公园》、《我的电影浮生》。

接眉睫信：

于老师：收到《书脉》，欣喜不已，贵刊大气，有品位，真翘楚于民间报刊也！窃以为，《书脉》在《崇文》之上，直逼《开卷》，若假以时日，终成大器。《书脉》最为难得之处是，不仅大量发表民间书人的作品，更关键是它对民间书刊进行了研究，回顾，总结。希望贵刊坚持这一风格和做法，成为民间书刊中具“史”的价值的一种刊物！上次给您寄一文《读书人的精神家园》，后又发现敝处尚有数稿，想一并寄与兄，做一个小辑，不知可否？所附四张照片，“寻找精神家园”配《读书人的精神家园》一文，“林黛玉笔记”配《黄梅喻氏家族考略》一文，“墨庄书院”两图配《有关苏州太守石昆玉》一文。

眉睫 敬上

下午至京郊蟹岛度假村参观，刘习飞副总陪同介绍。据刘介绍，该度假村占地3600亩，集休闲娱乐、旅游观光、餐饮住宿、文化交流、文艺演出、会议培训等功能于一体，大型的垂钓处有近百个，仅此一项的月营业额即达二百余万元，整个度假村的年营业收入达10亿元以上。前段时间热播的电视连续剧《刘老根》剧本即由蟹岛创作，现在准备再策划一部电视剧，故请我们前来商谈合作事宜。晚，刘总于开饭楼木耳厅请饭，特别邀请了舞蹈教师陈，工程师兰、袁，公安局王等作陪。六人饮杏花村酒三瓶、红星二锅头二瓶、啤酒六瓶。

晚，校毕《书脉》一稿清样，零时许归寓休息。二十一时接庞中华电话，告知已经返京，改日来公司祝贺乔迁之喜。

【四月十一日 周三 晴】接长春王国华兄网函并稿四篇：《犯人格》、《一定要表态吗》、《薄薄的一生》、《不笑的权利》；接姚宏越兄网函并稿《韩石山散文的真》；接眉睫兄网函并稿四。即一一复之。接管炳圣《足迹》（66）；接安是瞻、梅柏刚、求缺客、鱼书房等人网函，索要《书脉》，即交办公室嘱寄；接董大中赠书《高鲁冲突——鲁迅与高长虹论争始末》（中国工人出版社 2007 年 2 月版）；接湖南堪震函，赠书《新译新评古文观止》、《秦汉隋唐史》、《呼唤英雄》，均为自印本。稿《评五柳先生传》、《长眠在八宝山的王爷》、《堪震：一个老报人的史学情结》（罗燕 / 文）；接史晓风致温家宝总理谈诗词的信（复印件）；接毕克官函，即嘱办公室速先办理毕老交代退照片及补赠杂志事宜。

王猛来排报纸版。董玉斌来结清印刷款。嘱交邵印信封及草原夏令营征稿函。

联系《中华读书报》、《文汇读书周报》、《中国图书商报》、《环球时报》、《参考消息》等广告刊例，拟上征（书）稿广告。

晚，宴请核工业地质研究院王处长，物业刘经理。

【四月十二日 晴】出差长沙，路上读毕《读库》（0700），受益良多。立宪兄的敬业精神值得学习。没有这样一种对事业近乎挑剔、追求完美的职业心态，是不会有现在看到的《读库》文本的。

【四月十三日 晴】上午十一时许抵达长沙火车站，熟悉的小辣椒（火车站广场标志），熟悉的广场，离别九年的长沙，使我感到亲切。所不同的，是马路宽了，高楼多了，绿树密了……

打车至芙蓉路新闻大厦，宿郑艳为我预订的2718房间。稍事休息，宋肇水夫妇至，宿2717房间。交我自牧托他捎来的书稿清样两部及《尚宽集》、《竹风文韵》数本，转赠湖南文友。半小时后，郑艳来接我们去金太阳酒店，新宇招呼了一帮子朋友在等我呢。寒暄落座，新宇一一介绍：《书屋》杂志的周实、王平，《潇湘晨报》的袁复生，《湘声报》的向继东，湖南出版集团的郑艳、梁威，长沙市委组织部刘建海等。周实先生我们神交已久，今天得以幸会；建海是1989年前的老朋友，我在长沙工作时他还在湖南师范大学读书、鼓捣黑蚂蚁诗社呢。

下午彭国梁来，交谈半时许，相约至彭燕郊先生府上拜望。国梁兄即电话告知彭老，老人很高兴地同意我们前往。步行十五分钟，至湖南省博物馆彭寓，送上书，老人非常高兴。闲谈时许，参观两套书房，拍照，请彭老题字。彭老欣然题曰：

万金宝剑藏秋水，一片冰心在玉壶。
古农先生正腕。　　彭燕郊　　二〇〇七年四月

受赠《彭燕郊诗文集》一套四卷，湖南文艺出版社2007年版。

告别彭老，国梁兄驱车带我们去参观他的书房——近楼。这是座四层小楼，装修简单而书味浓郁，七八个书房分门别类装载着不同内容的书籍，每间房屋里都是通上而下的书架，阵容颇为壮观，直令我大开眼界、叹为观止。难怪被卓雅称为“中国最美丽的书房”呢。拍照若干。国梁兄近来迷恋上钢笔画，乘兴也在我的册页上画了一幅。我建议他在《书脉》开一个专栏，一文一画，肯定好玩。他欣然同意。受赠国梁兄编的《跟鲁迅评图品画》中国卷、外国卷各一册（岳麓书社2003年版）。

逗留一时许，乘坐公交大巴返回住处。国梁兄相约湖南师

范大学魏剑美先生、《教育导刊》编辑夏昕至又一庄湘菜老店陪我等晚餐。饭毕，至住处闲谈，零时许方散。

后夜，隔壁2719房间传来年轻男女肆无忌惮的欢快呻吟和有节奏的撞击声，令我难以入睡。

【四月十四日　中雨转晴】萧金鉴先生陪同前往拜访钟叔河先生，谈时许，意犹未尽。钟老主要告诫两点：一是办刊一定要细心，从约稿到稿件的处理到校对，都马虎不得。很多稿件能删就删，能改则改，不要因为"政治"问题而影响刊物。二是国内的刊物林立，要想办好刊物，必须有自己的特色和办刊理念。另外，钟老盛赞了《日记报》和《书脉》杂志。我请钟老题字，他用毛笔写下：

万卷纵观当具眼，一言惟恕可铭旌。

放翁诗句录奉古农先生　　钟叔河

中午萧老请我们吃家常菜。约请孙浩淼来晤，一起午餐。我以为是个艺术另类呢，原来是个很帅气的小伙，还有点腼腆。下午张国强兄驾车送我们至岳麓书院游览，原湖南师范大学副书记戴海先生陪同并讲解。"惟楚有材，于斯为盛"，建立于唐末的岳麓书院，历经宋元明清民国，一直弦歌不绝，不仅造就了一代又一代的大家学者，更在中国哲学思想史上写下了浓浓的一笔。因此被誉为"千年学府"、"潇湘洙泗"。岳麓书院坐落在岳麓山下，白墙、青瓦、红檐构成了整座建筑的基本色调，掩映在一片苍松绿树之中，显得古朴、典雅、庄重，有点像古代大户人家的庄园，同时又兼有南方园林的特色，如今是湖南大学的一部分。岳麓书院占地面积21000平方米，现存建筑大部分为明清遗物，主体建筑有头门、二门、讲堂、半学斋、教学斋、百泉轩、御书楼、湘水校经堂、文庙等，分为讲学、藏书、供祀三大部分，各部分互相连接，合为整体，完整地展现了中国古代建筑气势恢宏的壮阔景象。

在中国古代四大书院中，与其它三大书院不同的是，岳麓书院自创办以来，几乎是惟一一所办学一直绵延不断的书院。元朝时期，岳麓书院的教学体制恢复后，由朱熹、张栻所奠定的文化教育传统也得以继承和发扬。明代岳麓书院教育进一步发展，规制更加完备。尤其是明中叶以后王守仁及其弟子们纷纷来岳麓书院讲学，他们所倡导的心学思潮对岳麓书院的学术、教育发展也起到了一定的推动作用。

清初，岳麓书院更多地得到官方的支持。雍正十一年（1733年），雍正发布上谕，扶持一些省会重点书院，称之为“省城书院”。岳麓书院名列其中，进一步确立了它作为湖南地方高等学府的地位。乾隆八年，乾隆赐御书“道南正脉”匾额，以表彰书院传播理学之功。

游览是处，更令我想起八九年前，我的工作单位就在这岳麓山下，湘江之畔。一帮子热血青年为生计结缘于此，工作之余，经常聚首岳麓山上爱晚亭内，激扬文字，畅谈人生。更有湖南大学、湖南师大的一些文学青年，比如朝暾文学社、黑蚂蚁诗社的同学们，我们一起把酒吟诗，感慨时事，颇有“数风流人物还看今朝”的架势。今日思之，既亲切又好笑。

晚，戴海老师于火宫殿请吃长沙小吃：臭豆腐、姊妹团子、红烧猪脚、馓子、神仙钵饭、兰花干子、东安子鸡等，并自带一瓶家酿的米酒，殊为难得。据戴老介绍，火宫殿被誉为湖南风味小吃的源头，湘菜的主要代表。从清末一直到民国初期，此处摊担罗列，支棚撑伞，逐渐成为祭祀、看戏、听书、观艺、小吃的闹市，集宗教、民族、饮食文化为一体，乃长沙一个特别之地也。在火宫殿的门口，我抄下了这样一副对联：

五味邹厨诚旨矣饮和食德宫扬阑闾新风
千年鲁殿尚岿然起凤腾蛟火享湖湘盛誉

戴海先生为我题写了李孔授（清·乾隆时人）的《访岳麓景德寺雨松和尚》，诗曰：

满天风雨隔江城，夜叩禅关月色清。
一榻疏钟清俗虑，双渠活水见幽情。
竹声滴沥空阶静，石齿参差古道横。
拨火烹茶谭永夕，豁然吾道亦分明。

九时许，回到房间。国梁兄来叙，并相约去足疗。交谈甚惬。零时许话别，回宾馆休息。

【四月十五日 阵雨转晴】早饭毕，国强兄驾车送我们前往岳阳。午，大明集团牛传京总经理于华瑞丹枫大酒店圆缘厅请饭，并安排入住于此酒店（五星）。下午，牛总、《岳阳晚报》罗群女士等陪同前往有“爱情岛”之称的君山游览。君山古称洞庭山、湘山、有缘山，是八百里洞庭湖中的一个小岛，与千古名楼岳阳楼遥遥相对，由大小七十二座山峰组成，被“道书”列为天下第十一福地。君山名胜古迹众多，文化底蕴深厚，相传君山岛有5井4台、36亭、48庙。历代文人墨客围绕君山的“奇”、“小”、“巧”、“幽”、“古”，或著文赋诗，或题书刻石。有中国发现的历史上最早的摩崖石刻、“星云图”、新石器遗址；有惊天地、泣鬼神的爱情见证——斑竹、二妃墓、柳毅井；有秦始皇的封山印，汉武帝的射蛟台，宋代农民起义的飞来钟、杨幺寨等。每一个古迹都是一段厚重的历史，每一个故事都是一段悠远的记忆，浩气连远古，衷肠诉神州。一螺小岛，七十二峰，绾结如髻，披浪若飘，恰似仙女出浴，对镜梳妆。正是：“遥望洞庭山水翠，白银盘里一青螺。”“淡扫明湖开玉镜，丹青画出是君山。”“风吹楚水光摇汉，浪飓君山翠入城。”漫山竹发新枝，满园茶吐雀舌，青翠的君山，怎不令人心旷神怡继而心驰神往呢？

唐代高骈有诗云：“帝舜南巡去不还，二妃幽怨水云间。当时珠泪垂多少？直到如今竹尚斑。”君山声名远播，始于“斑竹一枝千滴泪”的美丽传说。相传四千多年前，舜帝南巡，不幸死于九嶷山下。他的两个爱妃娥皇、女英奔丧，船到洞庭湖被风浪打翻，湖上飘来七十二只青螺，聚成君山将她们托起。二妃南望茫茫湖水，扶竹痛哭，血泪染竹成斑，后人称为湘妃竹。从君山东麓登陆，抬头可见二妃墓映在簇簇斑竹丛中。一方青石墓碑，上刻“虞帝二妃之墓”。两侧麻石联柱，为清代湘军名将彭玉麟在光绪七年（公元 1881 年）重修现存的二妃墓时所撰：“君妃二魄芳千古，山竹诸斑泪一人。”扶竹思幽古，焚香吊芳魄。离墓不远的北侧，建有湘妃祠，香火极旺。据《史记》载，当年威赫的秦始皇过洞庭湖，船近湘妃祠，忽然狂风大作，几不得渡。秦始皇大怒，派刑徒三千人伐尽君山岛上的竹木，赭其山，并在临湘岸石上盖上“封山印”。谁知“野火烧不尽，春风吹又生”，花草林木争奇斗艳，君山绿岛万古长青。若有知己好友同行，只管离开那车道游路，径直往那密林深处去。茂林修竹，自多有情趣。那满山翠竹，亭亭玉立，枝嫩叶新，青翠欲滴。除黄绿枝节紫褐斑痕的斑竹之外，还有袒肚露腹的罗汉竹、棱角方正的四方竹、节纹龟裂的龟背竹、喇叭形象的圣音竹，还有梅花竹、实心水竹、连理竹等等十几种奇竹。“未出土时先有节，待到凌云更虚心”，踏青赏竹，真得游览君山的趣味。

唯一遗憾的是，我们来的季节恰属枯水期，八百里洞庭浩浩荡荡的景象，只能在脑海中想象。眼前所见，却是芳草碧连天，青翠迷眼，清香醉人。风清日丽，坐拥青山绿野，遥对湖光帆影，且歇脚把盏喝杯茶去。盛情的主人亲自为我们泡上君山特产——银针茶，并娓娓给我们讲解。君山的满湖春色，便随着微微一小撮茶叶热气腾腾地进入杯中。先闻其清香，饱以鼻福，尚未入口，便足以引人入胜，神清气爽。汤色橙黄明净，底叶嫩黄匀亮。如此清泉玉液，万万不可牛饮。捧杯近鼻，闻香知味，轻吹清气，啜饮品咂，顿觉香气清纯，滋味甜爽，沁人肺腑，齿颊留香。

晚，牛总于天然居酒店请饭，办公室袁道庆主任、蔡学杰、罗群、彭丽新等作陪。众人饮“五粮液”二瓶，啤酒一箱。后至 KTV 唱歌。张国强唱《虔诚》时突然双膝跪倒，言歌为心声，唱《虔诚》需以虔诚之心对之，引得众人一片喝彩。由此可知此君性情之一斑也。他贩书之余竟然斥资购置了六亩地欲建藏书楼，租了三十余亩地种瓜果蔬菜、养鸡鸭鱼，亦是少见。歌毕众人散去，牛总单独请我足疗，并去小店吃米线。后夜二时许归憩。

【四月十六日　晴】早餐后牛总、罗主任陪同前往岳阳楼游览。屹立在洞庭湖畔的岳阳楼，是我国古建筑中的瑰宝，自古有“洞庭天下水，岳阳天下楼”之誉。

岳阳楼是什么时候建的，说法不一。一般都认为它始建于唐，后毁于兵燹，北宋年间重修和扩建。岳阳楼的出名，在很大程度上是由于北宋著名文学家范仲淹（989—1052）写了一篇不朽的散文《岳阳楼记》。据说当时巴陵郡守（岳阳在宋时属巴陵郡）滕子京集资重修了岳阳楼。滕子京是很有才学的人，在楼落成之时，凭栏远眺，不禁诗兴大发，写了一首词：“湖水连天天连水，秋来分外澄清。君山自是小蓬瀛，气蒸云梦泽，波撼岳阳城。帝子有灵能鼓瑟，凄然依旧伤情。微闻兰芷动芳馨，曲终人不见，江上数峰青。”60 个字写景抒情，很有气势。但是范仲淹应滕子京之请，为岳阳楼作记，写得就更好。《岳阳楼记》

共360字，文情并茂，读之感人肺腑。文中许多警句已成为后人处世待人的格言，其中“先天下之忧而忧，后天下之乐而乐”两句，更为人所传诵。

但是，滕子京重修的岳阳楼，在明崇祯十一年（1639年），毁于战火，翌年重修。清代多次进行修缮。清光绪六年（1880年），知府张德容对岳阳楼进行了一次大规模的整修，将楼址内迁6丈有余。新中国成立后，政府多次进行维修，1983年又进行了一次落架重修，把已腐朽的构件，按原件复制更新。

岳阳楼所处的位置极好。它屹立于岳阳古城之上，背靠岳阳城，俯瞰洞庭湖，遥对君山岛，北依长江，南通湘江，登楼远眺，一碧无垠，白帆点点，云影波光，气象万千。

岳阳楼的建筑很有特色。主楼3层，楼高15米，以4根楠木大柱承负全楼重量，再用12根圆木柱子支撑2楼，外以12根梓木檐柱，顶起飞檐。彼此牵制，结为整体，全楼梁、柱、檩、椽全靠榫头衔接，相互咬合，稳如磐石。其建筑的另一特色，是楼顶的形状酷似一顶将军头盔，既雄伟又不同于一般。

岳阳楼侧旁有仙梅亭、三醉亭、怀甫亭等建筑。

在岳阳楼下的沙滩上，有三具枷锁形状的铁制物品，重达1500斤，也吸引不少游人观看。其用途为何，至今说法不一。

参观岳阳楼时，其中的楹联给我留下了深刻的印象，导游在讲解《岳阳楼记》，我却在默念四壁的楹联。特抄录数则存览：

一楼何奇？杜少陵五言绝唱，范希文两字关情，滕子京百废俱兴，吕纯阳三过必醉：诗耶？儒耶？吏耶？仙耶？前不见古人，使我怆然涕下！

诸君试看：洞庭湖南极潇湘，扬子江北通巫峡，巴陵山西来爽气，岳州城东道严疆：潴者，流者，峙者，镇者。此中有真意，问

谁领会得来？（清代窦垿撰、何绍基书）

呼来风月招来神仙诗酒重逢应识我
流尽兴亡滔尽豪杰江湖放荡此登山（清·黄家骥撰书）

四面湖山归眼底 万家忧乐到心头（清·陈大纲撰 周立中书）

盘膝曲肱 醉倒檐前君莫笑
明心见性 浪游世外我为真（吕洞宾）

中午，南湖宾馆（岳阳市委接待处，五星级。有“东方日内瓦”之称）黎新祥副总经理请饭，饮五粮液酒。饭毕，邀请宋肇水兄写字作画。三时许，蔡师傅驾车送我们往凤凰小城，至晚零时许方至，颇累。夜宿天下凤凰大酒店（刘飞勇副县长代为安排）6208房间。

接彭建德网函并稿三篇；接向继东兄网函；接葛筱强兄网函，即一一回复。

接北京朋友电话，告悉著名画家、散文家郁风因病逝世，享年90岁。闻之黯然。郁风先生曾为《书脉》题词鼓励，至今难忘。

【四月十七日 阴转晴】上午由凤凰县委办公室杨主任陪同，前往游览。凤凰古城打出来的广告是：“为了你，我已经等了一千年。”这座小镇有“东方威尼斯”之称，新西兰著名作家路易·艾黎称它为“中国最美丽的小城”。这颗“湘西明珠”是名副其实的“小”，小到城内仅有一条像样的东西大街，可它却是一条绿色长廊。这里与吉首的德夯苗寨，永顺的猛洞河，贵州的梵净山相毗邻，是怀化、吉首、贵州铜仁三地之间的必经之路。相传天方国（古印度）神鸟“菲尼克司”满五百岁后，集香木自焚。复从死灰中复生，鲜美异常，不再死。此鸟即中国百鸟之王凤凰也。凤凰古城西南有一山酷似展翅而飞的凤凰，故以此而得名。

昨晚雨水伴随着雷声下了一晚，今天早上小雨仍然不止。撑着雨伞，走在古城青石板铺就的小巷内，倒是别有一番风味的。我们先从沈从文先生的故居游起，故居位于古城内中营街的石板小巷深处，共两进两厢，颇像北京的小四合院，整个故居都是砖木结构，青瓦白墙，木格花窗。一到门前，我便肃然起敬，在他的铜像前，我鞠了两躬，一为表达我的敬仰之情，一为戴海先生之托，代他鞠躬。出得沈从文故居，我们先后游览了熊希龄故居、老城门、沱江、凤凰民俗博物馆（主要看看黄永玉的画展）等。

凤凰古城分为新旧两个城区，老城依山傍水，清浅的沱江穿城而过，红色砂岩砌成的城墙伫立在岸边，南华山衬着古老的城楼。城楼还是清朝年间的，锈迹斑斑的铁门，还看得出当年威武的模样。北城门下宽宽的河面上横着一条窄窄的木桥，以石为墩，两人对面都要侧身而过，这里曾是当年出城的唯一通道。

沱江两岸，是新旧相间的吊脚楼。一幢幢古色古香、富有浓郁土家族风韵的吊脚楼，细脚伶仃的木柱立在河中，托起一段沉沉的历史。也为蜂拥而来的游客提供了食宿的方便。只是，当我看到河畔的浣衣妇女、洗菜的少年男女、涮洗拖把的青年男子并列杂陈，还有小酒楼将泔水倒进河里，有人在冲洗着马桶……时，感觉有些煞了风景。好在马上又看到，听到了苗族、土家族漂亮的妹子唱起了山歌，曼妙的旋律和清脆的嗓音，很快使我又快乐起来。

就像沈从文早已仙去，凤凰古城并不是一幅完整的水墨丹青画卷，但你还是能从一个个的局部来感受到她灵光一现的魅力。凤凰古城其实更适合一两个人在这样的小雨天气慢慢地走，用心去品味那曾有的过去。

中午于水上居酒楼吃凤凰小吃：凤凰的苗家土鸡、苗家腊肉、酸鱼和血粑鸭是一定要尝尝的。苗家自酿的糯米酒也喝了几杯，虽然甜甜的，但有些后劲。在东门内的东正街口有一对夫妇，在卖米线、面、包子、煎饺、猪耳朵、猪头肉、猪肘子、卤蛋。花两元钱吃一碗排骨米线，再切一块钱的猪头肉，吃得真是痛快。

饭毕，蔡文杰驾车直奔张家界。路上，与航天工业大学周书记联系。等我们到达时，他已经安排好了住房和酒宴，在等候我们一行。晚，周书记于航苑宾馆贵宾厅宴请我等，座有院长助理李亚、张华，院纪检处田科长，就业处丁处长等。酒过六巡，陪周书记至隔壁房间敬酒，姜书记喝酒甚猛，干了一大杯（至少三两），我只好舍命陪君子，也干了一大杯。

饭毕，周书记请足疗。回房间后，小田来聊天，相约至楼下吃米线。每人又喝了一瓶啤酒，有点高了。后夜近二时回宾馆休息。

【四月十八日 晴】 李爱平助理陪同我们游览袁家界和天子山，风景奇特，拍照若干。偶然幸会我国台湾来的星云大和尚，与之合影留念。下午五时许返回宾馆，周总设宴为我饯行。饭毕，丁主任送我至荷花机场，并代我办理行李托运诸事宜，又请朋友把我送进 VIP 候机贵宾室方辞别。宋肇水夫妇直接返鲁。回北京的飞机晚点一小时，无奈之下，打开电脑观《三国演义》电子书。十时许，乘坐南方航空 3717 航班返京。零时许抵首都机场，宫主任来接归寓。

接天水市政协薛林荣网函并稿两篇；接孙幼军先生网函并照片三张，即复。

【四月十九日 晴 周四】上午听取各部门工作汇报。

下午分别致电湖南的师友，感谢他们在湘的盛情款待。在湘数日，感受到朋友们的深情厚谊，使我非常感动。借用汪国真的一句话："本想摘取一片红叶，却得到了整个秋天。"脑子里出来几个文章的题目：《深情长沙》、《厚谊岳阳》、《湿漉漉的凤凰》、《心醉张家界》。

接中国出版协会外文研究会李景端会长发来"数字化时代图书营销与宣传"研讨会邀请函，拟与会。

【四月二十日　周五　晴】任彦芳送来书稿清样，交谈二时许。答应周一陪他前往河北教育出版社商谈出版事宜。他对现在的风气（学术无禁区，创作有自由，出版有纪律，党员讲政治）表示疑问。贺丹来，欲来公司上班。面试应聘人员三人。

下午处理，回复近日邮件：泉州作家协会副主席陈瑞统函并赠书《心灵咏叹》（中国国际广播出版社）、《人生如行船》（作家出版社），稿《握笔如戈意未休》；秦兆基先生函并赠书《红楼流韵》（古吴轩出版社）、《错失沧海》（国际华文出版社）；《文化交流》杂志副总编辑姚振发函并稿二篇；福建李贞刚稿《四季读书情趣浓》等四篇；山东费县李成文稿二篇；画家王今栋先生函并稿《蓬累而行的 1976 年》、素描照片 18 幅；季涤尘先生函；《宁波日报》李广华函；西藏王永东函……

晚，闭门写湖南纪游。十一时许归寓，调小菜四样：水果沙拉、菠菜粉丝、清炒蚕蛹、糖拌西红柿，自斟土家贡酒一小瓶。悠悠然也！

【四月二十一日　周六　晴】接《湘声报》副刊部主任向继东兄网函并稿《傅国涌的写作》；彭建德网函、薛林荣网函；葛筱强兄网函并稿五篇；四川阿土网函并稿三篇；即一一回复之。发向继东稿《马踏湖上读苏轼》、《刘项原来不读书》、《阅读巴金》、《魏晋风流之达者艰辛》四篇。

上午去鱼市，购金鱼数十条。《地球》杂志副总编辑黄新燕来谈合作事宜。

张果夫人自呼市来京，中午安排接待。

发出夏令营征稿启事函近千封。送交王耀东三千份。

下午至三味书屋听台湾学者周志文讲座《台湾文化的发展与困境》，简要笔记。

台湾学者温雅而平和，说话软软的，礼貌周到，周志文先生也如此。他极富激情而又不失理性的讲座结束后，对每位上前交流的听众表示感谢，鞠躬、握手、送名片、耐心解答问题，感觉特别舒服。彭林先生说大陆地区失去礼仪文化，彼此间表示温情和敬意的礼貌被当作繁文缛节，看到周先生的仪态作派，想起他讲座说对大陆文化政策和现状的委婉批评，实在没有什么可以辩解的。周先生说台湾学生的素质整体比大陆强，尤其是国文方面，在台湾的语文教科书中，文言文占一半，反观我们，简体字政策（周先生对简体字做出严厉的批评）、不断的反传统，我们还剩下什么？全盘西化既不可能，也不现实。如果某天有人要求取消方块字，让我用其他“发达”的文字写作或表达思想甚至处理日常事务，我会想是不是回到殖民时代。台湾日据后二十五年，台湾人民被迫用日文写作，结果光复后近二十年间没有一位本土的文学家！余光中先生说他选女婿有一个起码的条件，即国语一定要灵光！

周先生有一双自备的简易筷子，外形像一支笔，美观大方。很多时候环保需要我们落实在具体行动，而不是说说而已。勿以善小而不为。

周先生关于台湾文化的介绍我记住的不多，不过他对文化的执念让人非常感动。他讲了一件真事：一位台商在广西玉林办学，教那里的小孩子亲近传统文化。作为受邀者，周先生和另外几个同事经过长途颠簸，来到这个偏僻的山村。一个两岁的小朋友，为台下的远方来客表演唐诗，当小朋友用稚嫩的童声呀呀朗诵“离离原上草，一岁一枯荣。野火烧不尽，春风吹又生”的时候，台下的教授们眼泪止不住流下来。周先生重述往事的时候，眼眶红红的。作为听众，我的眼泪也悄悄滑落，拼命克制，一点用都没有。很多时候，我们的理智显得苍白无力，也许这就是文化的魅力。

有听众问到李登辉，周先生说政治和政客与文化传承相比，不过过眼云烟，商业亦如是。他对文化的发展持有乐观的态度，说只要有人努力，哪怕是很少人，只要还有人在做，就有希望。“今天来这里听我如此枯燥的讲座，就是明证！”不要指望政客或别的什么人为我们铺好路，不管前途看起来多么渺茫，都要三五同志一起努力去创造。

周先生提到冯友兰和钱穆先生晚年的一段佚闻：周先生到大陆访问，见到冯先生，冯先生问起故友，听说周先生负责钱穆先生著作的出版，希望周先生能给他带一本钱穆先生题词的书（《晚学盲言》）。周先生回台后，与钱穆先生提及此事，钱先生淡淡地说：“我老了，眼睛不好了，恐怕无法题词了。”说完在书的扉页写了“钱穆”二字。拒绝之意尽在不言中。这本书到底没有送到冯先生手中。

今天我们很难况味老辈人的曲折心思，如果是梁漱溟先生，会不会是另一番结果?

晚，准备下周员工岗位培训事宜。

【四月二十二日　晴　周一】先后接待来访人员六七拨，甚疲累。

宫主任取回《邹为瑞画集》、《衣惠春画集》。

晚，北京市新闻出版局左文兄来访，有相见恨晚之感。交谈二时许请他至信和轩一起晚餐。张果夫妇及韩林作陪，气氛非常热烈，又畅谈时许。受赠《北京志·期刊志》精装本一厚册，北京出版社2006年版，定价180元。回赠他拙著拙编数种、宋肇水书法卷轴一件。

【四月二十三日　阴转小雨】宫主任驾车陪任彦芳出差石家庄，至河北教育出版社晤谭湘副总编辑。就图书出版合作事宜交谈二时许，甚好。傍晚返京。

接毕向东（萧金鉴）先生赠诗：

春雨潇潇不绝，杜鹃艳艳正开。
古农携带书香，风尘仆仆南来。
遍访学者大家，录下名人风采。
走进岳麓书院，敬向先贤朝拜。
岳阳楼上放眼，难抑心潮澎湃。
凤凰小城寻觅，从文脚印安在。
读万卷书增智，行万里路开怀。
肩负三刊一报，有胆有识有才。
今日又向何方，晓明步履飞快。
遥祝一路吉祥，也盼《书脉》快来。

晚，与张果、宫、韩等议事，至二十一时许散。归寓后准备明天的员工面试培训，后夜一时许方睡。

【四月二十四日　晴　周二】对新进员工20余人进行岗前培训，删繁就简，主要就公司和杂志运营情况和目前的项目作了详细的阐述和讲解。看得出来，他们群情振奋。

下午五时许散会。李助理送来修订的《公司管理制度汇编》和《岗位职责》要我审处，翻看了一部分，有些繁琐。

六时许，清霜来。通知武亿、宋文靖召开《书脉》编后总结座谈。1. 图片质量不高是本期最大的败笔；2. 文字基本说得过去，尤其错别字明显降低；3. 页眉需要重新换，不行的话干脆下期不要页眉；4. 装订不够标准，页眉页脚不对称；5. 内文用纸需要改进，换轻型蒙肯纸为纯棉纸；6. 栏目继续调整，可以变化，固定栏目有几个即可；7. 封二可以考虑“书房画室”栏目，包括书房照片、斋名由来、斋名篆章、主人简介等；8. 针对第 7 页的图片问题，批评了宋文靖，不可自作主张，敷衍塞责，不扣发工资，但须引以为戒；9. 书名题字可以考虑每期换一个，分别请人题写；10. 文章约稿方面，除了一些文化老人、学者名家的稿件之外，还需约请一些有思想有深度的中青年作者写些书话方面的稿件……

九时许，请清霜于陕西农家吃面。餐毕，帮她打上车。二十分钟后接到她的短信：“开始看史铁生的散文。看一个人在最狂妄的年纪突然成为世界弃儿时的绝望与坚忍。回首已经是多年后的通透明澈了。很古旧的文字，但其中流淌的真挚弥久长青。”

【四月二十五日　周三　晴】与张果、宫主任商议岗位设置及工资待遇、各科室岗位职责和规章制度等。

接长沙周实先生函并赠书《写给 PHOEBE 的繁星之夜》（湖南文艺 2006 年版）；接吉林《城市晚报》王国华助理函并赠书《五毛钱吵半天》（吉林大学 2003 年版）。

致庞中华函并寄书《潜庐藏书纪事》（徐明祥）二册（另册转交文怀沙）、《尚宽集》（自牧）一册、《门外漫谈》（于晓明）一册、《名流周刊》二册、《书脉》二册、《我，或者我们》一册。

下午分别与吴洁、杜雅萍长谈。收获颇多，《书脉》、讲座、俱乐部等项目，我看到了希望。

苏萍和小胡采访作家孟伟哉凯旋，带回孟老为《书脉》的题词：

有梅无雪不精神，有雪无诗俗了人。
日暮诗成天又雪，与梅并作十分春。

宋诗一首 丁亥年三月 孟伟哉书

晚，与张果等议事，十时许归寓。

俄罗斯原总统叶利钦病逝。俄罗斯国家杜马副主席日里诺夫斯基说，叶利钦最大的功绩在于，让俄罗斯获得了九年的完全自由。无论任何政党、社会团体都不会被拒绝登记注册，任何人都可以参加选举，在电视上自由表达各种不同的观点。在我看来，仅此一点，就值得向叶总统致敬。

【四月二十六日 周四 晴】分别与张玉柱、张坤、陆玲、王文思深入交谈，给我留下不错的印象。午后与张总商议，可以考虑任命张玉柱为营销部主任、张婷为副主任；张坤为编辑一部主任，主抓《名流周刊》的编务工作；王文思为企业内刊项目负责人；陆玲为记者；杜雅萍负责《书脉》编辑和图书策划编辑；吴洁为名流文化俱乐部项目负责人。

保定方面传来好消息：电影《荷花淀的女人》他们非常感兴趣，准备成立班子筹划此事。借此东风，下半年争取让这部影片投拍！

走廊的浮雕玻璃门墙今天来装毕，效果没有设想的好。电脑也发现并非我们要求的配置，这些奸商啊！

下午指导李翠访编辑《茶韵书香》，建议将周作人的《喝茶》编入。

分别接向继东、冯兵绪、袁宏越等人网函，即复之。

郭豫适的学生刘富伟发来郭老文章《1976年赴京参加“鲁编”工作记事》，即复。

晚，杨小洲兄来访，交谈甚悦。十时许归寓。读《跟鲁迅评图品画》。

【四月二十七日　周五　晴】上午往大兴访何承恕院长，实地考察了医院环境并访问了部分患者家长。就其产品的功能和研制经过与何院长进行了深入长谈。这个产品目前的临床疗效是非常明显的，更令人惊讶的是，如果在理论上能得到确认的话，它可能是150余年来攻克的国际医学难题。但目前国内医学权威们对它却是排斥的，何请求我们做的，就是想在舆论方面造造声势，然后借助媒体的资源，组织一个医学科学家的论证会。至下午二时许，我即把初步的方案思路拿了出来，并与何进行了探讨。他听后非常高兴，同意实施。我想，我们的报道应该是中性的、客观的，不作任何定论和评价的，正方的声音、反对的声音，患者的声音和官方所谓权威的声音，我们都要采访到，亮出来。

下午，与张婷、张玉柱谈组建营销队伍事宜。张婷引荐一名美术编辑，小伙子素质甚差，当场婉拒之。

晚，与张等议事，迟归寓。

【四月二十八日　周六　晴】任彦芳来。告悉：1. 保定市政府对于影片《荷花淀的女人》非常感兴趣，已经安排一个秘书长专门与我们接洽此事；2. 安新县政府对此更是表现出极大的热情，已经通知两家企业商议投资事宜；3. 此影片的消息已在《河北日报》刊出，我安排小李复印十份。拟下月分别在其他报纸继续刊发。4. 联系了长春电影制片厂的某导演夫妇，约近期面晤。我也与八一厂的导演刁勇联系，约近期面洽费用及演员事宜。5. 与中国电影协会原党委书记高鸿鹄通话，取得了他的支持。6.《血色家族》三稿清样打出两份，电影剧本打出一份，交他带走。

下午召开编辑会议，主要商议杂志改版事宜。我作了一个多小时的发言后，大家分别就版式、封面、名称、栏目设置、选题、纸张、印刷等方面作了积极发言，气氛甚好。

晚，应杨小洲约，至中华书局老巴人酒楼聚餐。座有中华书局编辑徐卫东、何明昕、翁向红，卓越网市场经理周晓斌，新浪网读书频道编辑张晓波，《新京报》记者张弘等。有几个纸上谈兵的愤青，甚书生意气。我与宫主任借故早退。赠诸位《书脉》杂志各两册，受赠《万历十五年》（增订纪念本）、《复活的历史——秦帝国的崩溃》（李开元著），均为徐卫东责编，中华书局出版。

至公司约上张果兄，往足福店足疗，边谈公务。零时许归寓。何院长那边较迫切，提出给我们一部切诺基车使用，便于记者采访云。

接陈汝洁网函并稿三篇《漫谈钱学丛刊》、《建国前〈文汇报〉中的“钱学”资料》、《一偏之见——读〈齐人物论〉偶感》；接孙浩淼为杂志改版的设计方案。

【四月二十九日　周日　晴】修订电影《荷花淀的女人》招商函并发给十余家报社。

修订《关于北京承鑫阁医学研究院治疗肌萎缩研究成果的宣传策划书（草案）》。

与王文思商议《生态旅游》或《蟹岛》杂志编辑事宜。

面试求职人员三人，对出身南开大学、法国里昂大学传媒硕士毕业的李楠印象最佳。

指导我的助理李翠访开始记《工作日志》。我说，这本《工作日志》不仅仅是你的工作记录，还是公司的大事记，是一家出版机构、一群青年杂志人的心灵日志，是一本传媒行业的指导教材。所以，不仅纪实，文笔还需生动，要注意细节。

下午开会，我再次强调了一个观点：公司目前的人员结构从五十年代人到八十年代人都有，平均年龄不到三十岁。在这样一个年龄段组成的团队里，我们不能再用浪漫主义、理想主义和二元对立的方式看待问题和解决问题。一要生存，二要发展，发展才是硬道理，这是邓小平说的。我很赞同这样的认识，但不是发展，而是持续发展。如何持续经营、稳健地递增式发展，才是我们要考虑的大问题。我对所谓的清谈之士、激愤之士、理学之士，不是特别欣赏，我更欣赏隐忍、会妥协但意志坚定的人。低头耕耘比抬头吆喝更配得到敬意。振臂高呼是容易的，庸俗地说，如何可操作地步步推进才难。刻苦、脚踏实地、清醒的自我意识、敬业和团队精神，这才是我们要奉行的准则。把所有大而空的问题细化再细化，具体再具体，就不再空。把我们的智慧在大量的琐碎的日常事物的把握中展现出来。我们必须低调地浮出水面，扎稳根基，而不是过度张扬，甚至轰轰烈烈。

与孙浩淼通过电子邮件反复磋商杂志改版的一些细节问题。

傍晚时分，回复朋友们的电子信函。聂鑫森、吴新宇、彭国梁、萧金鉴等人的约稿至。

张果与宫主任出师告捷，和承鑫的项目合同签了。对方给我们调配一部切诺基越野车采访使用。

【四月三十日 晴】上午开会。下午放假。

四时许，宫主任驾车陪我离京返淄探亲。一路高速，中途遇一车祸事故，延误时间，至张店时已二十一时许。直奔市人大知味斋大酒店，杨军董事长、宋肇水兄夫妇等已在等候多时了。令我感动和不安的是，杨军兄近来连日输液，今天六点刚输完，却一直在等着我。席至近零时方散，饭毕参观酒楼，颇有文化品位和格调。

零时许归寓，宫驱车奔泰安探望父母。

二〇〇七年五月日记

【五月一日　晴】早上壮儿醒来后，见我站在他的床前，他的眼里充满了陌生。他扭头看看墙上挂着的我的照片，再看看他眼前的我，又扭头看照片，又看我，如此几次之后，他的脸上开始明朗起来，张开手臂，让我抱了。我在心里惊叹他的机敏，同时也感到了愧疚。

早饭后，家兄的司机小郭驾车，送秀娜和壮儿去烟台莱阳岳父母家小住，父亲陪同前往。壮儿甚听话，表现也很乖巧。在车上可能晕车所致，呕吐并伴咳嗽，吓得我不轻，壮儿却没有任何哭闹，给他喂了几口水，还吧嗒了几下嘴，躺在我的怀里睡去了。路上父亲告诉我，平时壮儿在家甚乖巧懂事：爷爷一开门回家，他便跑上去，给爷爷拿拖鞋换上；奶奶准备吃药，一倒上水，他便把药取出来递到奶奶手里；两个姐姐放学回来，进门后不换拖鞋，他便拽着她们到门口，直到换上为止，才和她们一起玩耍……看着怀里这个不到两岁的小家伙，我简直不敢相信他有这样的“智商”。

在姥姥家，小家伙也很快适应了新的环境。不多久就接受了姥姥、姥爷的抱抱，并开始欢快地在门里门外走动，推着比他还高的木凳在房子里玩耍，自得其乐。我给他拍了很多照片，定格下这难得的童真童趣。

收到朋友们发来的祝福节日的短信数十条，简直让我惊叹编写短信的这些高手们。

午饭后回淄。接汪秀枝网函并写张静庐稿《对书籍的热爱成就了他的事业》；接王国华网函；接向继东网函；接郝焕灵网函并简历等。

晚，辞友宴，约卓凡兄聚饮并畅聊。二人于马路边小酒店要几盘小菜，啤酒数瓶，边饮边聊，甚为自在惬意。近零时许归寓。

【五月二日　晴】早饭后随光成兄的车陪父母至乡下旧居探望。其实我不主张继续在旧居上投资装修，但父母心愿如此，作为儿子，是责无旁贷，必须支持的。

上午慧博来小叙。

午饭后，乘公交车返回张店。至爱客家书刊市场小逛，不期又得书若干：

“王志纲战略思想库”丛书一套，分别是《城市中国》、《城变——一个中国传统城市的细胞再造》、《谋事在人——王志纲策划实录》、《大盘时代——中国泛地产革命》、《策划旋风——王志纲演讲录》、《行成于思——中国走势思考录》，人民出版社 2007 年版，243 元。

《深艳——艺术的张爱玲》（附《张爱玲看名画》小册），王一心著，陕西人民 2007 年版，26 元。

《在路上》，杰克·凯鲁亚克著，王永年译，上海译文 2007 年版，23 元。

《中国人史纲》（插图版），柏杨著，同心出版社 2007 年版，75 元。

《思想者独行》，冯骥才著，花山文艺出版社 2005 年版，38 元。

《历史深处的误会》，傅国涌著，东方出版社 2006 年版，28 元。

《七零一代的鸡零狗碎》，万一著，北方文艺出版社 2006 年版，20元。

以淄博“著名”文学网站“后窗”菜鸟的身份，得以享受七折优惠，所需不足300元。

晚，沈淇、张洪春诸兄于石蛤馍酒店约饭，每人饮啤酒四瓶，聊得甚为投机亦甚为开心尽兴。张洪春原来是张洪兴兄的亲弟弟，今天初识，更是高兴。我嘱沈兄，调整思路，把文化产业化，把文学数字化。所谓数字化，即要充分利用现代科技的传播技术和手段，把自己在书斋里的学术成果和文学作品，推向社会大众。比如影视之途，比如网络之途。我们固然需要坚守洁净的精神，但没有必要抱残守缺，自命清高。好的作品，需要以不同的形式和方式推出来，才会更加彰显其价值。诸兄深以为然。

沈兄送我市文联刊物《齐风》杂志（2007.2）六册，本期第二篇为我的小说《黄河渔佬》。

【五月三日　晴】上午至桓台一中访同砚王鲁芹，当年是全校唯一的女班长，现在已是学校团委书记。午，鲁芹约请了于亦强（原班主任）、黄树裕（原化学老师）、同班学友孙玉萍、张展、张昭等人作陪，于老河道鲁菜馆宴请我。分赠诸师友《名流周刊》、《书脉》、《门外漫谈》、《我，或者我们》等书刊若干。师友皆赞之。

下午，至桓台一中老宿舍看望在家养病的王渔洋专家伊丕聪先生，交谈三时许，初步谈妥《桓台诗词校注》、《王渔洋》（四十集剧本）合作事宜。受赠《王士禛志》（齐鲁书社2006年版）一册、《一代诗坛领袖王渔洋》（作家2003年版）三册。这些材料对我写作《王渔洋》剧本将会是有帮助的。

晚，家兄于老京味火锅酒店为我饯行。座有宗昌夫妇及孩子，宗延斌兄、王涛兄、于莉姐、家兄一家等，饮啤酒若干。八时许，尽兴散。

【五月四日 晴】上午乘坐大宇车至济南，宫主任至车站接我至省委机关医院淡庐，明祥兄、培志兄等已至。午，自牧师于天天新酒家请饭。席间，诸师友嘱我编稿时加强政治觉悟，把握政治、台湾问题、宗教问题的话语分寸，拿不准的干脆删去，不必因此招致麻烦。

取《逝水》（杨克和著诗集）二十二册、《尚宽集》（自牧著）十册、《日记杂志》（第四十卷）二十册、《潮起潮落》（张洪兴著长篇小说）七册，《澈堂鱼素》清样一包。明祥兄赠《潜庐藏书纪事》毛边本两种（一底边齐者，潜庐称为正宗；一竖边齐者，亦别有风味。）并题署“走进书中不难，从书中走出来难”。其实我倒觉得，从书中走出来后再走回进去，斯更难也。徐兄另纸书赠：

读《茶歇集》有感

徐明祥

静思默默望星空，激情澎湃心潮涌。
逝者如斯茶烟歇，诗书酒泉入彀中。

丁亥春，读晓明新著《我，或者我们》、《门外漫谈》，联想其移师京城，搞“硬笔”，编“名流”，办公司，创“书脉”，专心商海而诗书不能忘情，颇慰。俗语云，是金子总会发光的。而现代社会崇尚效率和效益，还是越早发光越好，时不我待。重读其日记选《茶歇集》，叹成长之艰、发展之难，打油一首，略抒感想，愿以之与静庐共勉。

钤“求拙”、“弄闲斋”、“山中白云”三章。

饭毕，至英雄山下明祥兄府邸拉上二百册《潜庐藏书纪事》，返京。一路时睡时醒，七时许抵寓。放下行李后直奔办公室看我的那些鱼儿们，四天不在家，把它们饿坏了，一见我，马上涌上来，翕动着小嘴，惹人怜爱。取出鱼食给它们喂上后，见它们又欢快起来，我也乐了。

致王鲁芹网函并把在学校拍的照片一并发给她。

【五月五日 晴】汇父亲现金三千元，以支持他装修旧居。

在办公室读《思想者独行》。下午校《澈堂鱼素》。

看到阿滢兄的一段日志：“收于晓明从北京寄来新著《茶歇集》(2006年4月中国文史版)，周退密题签，扉页绘画刘二刚，题字丰一吟，陈左高、来新夏、止庵分别作序。在该书中，于晓明首次使用古农这个笔名。晚上，回到家后即开始阅读，饭后继读，一口气读完了该书。该书收录了于晓明2004年的日记，以‘书’贯穿始终，皆为书人书事，喜、乐、苦、痛亦与书有关，对一些较为敏感的问题亦未隐去，毫无忌讳，大胆直书，保持了日记的‘真’。通过此书亦可看出于晓明经营的公司为何屡遭挫折，他大部分精力都放在书上，爱好影响了事业，这也是值得我警惕的。”

【五月六日 晴】张玉柱来公司，与其谈组建营销队伍事宜。王文思来，郝焕灵来。

读《思想者独行》。

接深圳海天出版社于志斌兄网函：

晓明兄:《书脉》收到，已经快阅读完了，却还不很舍得放手，总是试图再找一找有关的感兴趣内容。比如《半月书谱》跋，学者老去，您写的《创刊词》，等等。这在其他的杂志于我，当读得七七八八的时候就撂在了一边。我当下读书甚快。前一阵子老朋友柯文辉来深圳，谈到读书写文的事，我告谈感受：越读书越觉得自己和当下时髦文化人的惭愧，还谈得上什么是学问吗？还谈得上什么是“文化散文”之谓吗？老柯同感。前一阵子读《稗史汇编》，知道宋代有一个人物因为不读书看报成为当时一个“大儒”，很意外又很切合实际。这“大儒”没给我留下什么印象，倒叫我联想到今世的一些人来。今世重快餐，重炒作，“大儒”迭起，风起云涌，各领风骚，一时从者甚众。这成了今天的文化现象了。没奈何，如此而已。真正读书人当厚积薄发，不去管他。当后世子孙转入冷静阅读，有选择的还是真正读书人的发凡。存书一脉，理想甚高，人文薪火相传，却是有为的善事。

可徐雁说的“不信书香唤不回来”，其实可哀。我是出版人，依愚见：在制造垃圾的时代，书鱼子个个像堂吉诃德——糖饥渴得。书香如甘甜，我辈如饥似渴欲得之；垃圾却是腐臭，人当避之不及。我倾心于书香社会的早日来临，而当务之急却是清除垃圾！无论书鱼子们办什么样的读书刊物，我都赞成，向其景仰。而愚敢献言的是，请真正读书人不仅高扬书香，还当加大力度去荡涤污秽、清除垃圾。“咬文嚼字”多是从汉语言规范入手，书鱼子们还要从思想、学术、情感等入手，将那些伪学问、假深沉、虚情谬意，大白于世人。

您的《书脉》引起我初步的思考，仅供参考，谢谢；也许我还会往下想想。

我写文章大都上了自己的博客。没有做链接，只作为自己的一个文档。兄若有兴致可登录。今年我想出一本个人集子，名字想好了，叫《三欸宅存稿》，如策划有什么读书人的丛书，望提供机会。

握手！

于志斌 2007 年 4 月 26 日

【五月八日 晴】今日上班。上午开会：

今天是个祥瑞的日子。我非常欢迎大家走进书脉公司，成为一家人。既然是一家人了，就不说两家的话。今天的会议，长话短说，还是就事论事，全部是务实的东西。

首先，人力资源部把人员任命情况通报一下；接下来，我把最近这几天的工作进展情况和大家的具体岗位内容向大家简要说明。

杂志改版的初步方案已经于 6 日发了过来，等会散会后我与编辑部的同志单独交流讨论；另外，辽宁版争取 20 日出刊。

《浙商》编辑马上驻进来，和我们一起办公，他们出版六期，我们本刊今年出版六期。加上地方专刊，可能有18–24期出刊。

草原之旅夏令营的报名情况进展良好，我们合作单位已经有200余个并近千篇稿件，假期我回山东，回母校见了校长和书记，给他们讲了夏令营的具体情况。他们很感兴趣，虽然面临中考、高考，但表示抓紧组织，本月中下旬把稿件发来。初中在校生2000人，高中在校生6000余人。这个路子可以借鉴。大家就做母校的工作，我们优先照顾获奖名额。另外，熟悉的教委，可以联系。（江苏东台、邳州，山东潍坊、莱州，山西阳城，苏州，锦州等等）本月中旬，我和张总去科尔沁商定具体会务事宜。

《律师必携》手册，三样已经看完，目前作者正在请司法部岳部长题词。他还要吸引企业参与，我们的百家律师事务所征稿工作已经启动。

电影《荷花淀的女人》提前两个月进入我们的议事日程。进展情况出乎我们意料的顺利。目前省委宣传部、保定市政府、安新县委县政府等均已作出回应。长春电影制片厂的导演我们已经面谈过了，八一厂的导演也准备今明两天见面，商定拍摄的具体事宜。接下来，我们做的第一个工作可能就是演员的海选，河北和北京为主。这个片子因为拍摄时时间比较不集中，所以和《燕赵儿女》（20集）一起拍。

蟹岛的项目，王文思已经把初步方案拿出来了，回头我再看看，即可与张总前往度假村与他们商定具体的合作事宜。

《茶韵书香》，小李正在积极准备稿件，搜集材料。15号之前把清样拿出来，月底出刊。压力很大，因为它是季刊，六月份即出第二期。

小杜开始接手《书脉》的编辑，月底前出清样。国学书脉讲堂也要尽快与首都师范大学接洽，制定具体的实施方案和计划，争取六月初开讲。

另外，吴洁的与晋商协会的合作、名流俱乐部的活动策划与实施，也需尽快启动。越细化越具体越好。宋文静暂时离开《书脉》的编辑，主要负责书画集和艺术交流活动的编辑和策划。目前急需编辑出版的有邹为瑞、宋肇水、牛牧野、石丹、峻青等人的书画作品集，和“首都书画家西部行·敦煌画展”（争取八月成行）、“宋肇水画展”（11月）的筹划和实施。

图书策划这块，目前是个弱项。现有十几本书稿，需要与出版社接洽，但是可能市场情况不很乐观。除了《律师必携》手册已经成熟，其他的还没有找到市场的切合点。《三国演义手册》目前已有人物、服饰、兵器等基本整理完毕，战役、诗词、风俗等还没有整理完。“红色经典漫画书系”你们几个人可参与论证，如果市场可行，马上上马。这一块，我单独和小杜、小吕你们讲。

我们杂志各省市的办事机构，从上月开始，张总正在进行全面调整和整顿。本着“合则聚，聚则兴，不合则散”的原则，全部梳理一遍，重新议定合作权限和内容，着手建立我们自己真正的网络。

大家既然选择了《书脉》，那么既来之，则安之，不要得陇望蜀。我们坚决杜绝在外兼职和不敬业的种种行为。为了团队，也为了你自己，我们必须具备起码的责任意识。德者第一，才者兼顾。德不正，其行必不端。

沟通交流，择善而从。没有人喜欢蝇营狗苟，没有人喜欢猥猥琐琐，没有人喜欢鬼鬼祟祟。也没有人喜欢沉默或故作深沉。有句话叫“一人向隅满堂不乐”，还有一句话叫“独乐乐与人乐乐，孰乐？”事无不可对人言，只要我们做事坦荡，只要我们心怀真诚，只要我们彼此理解。没有尽善尽美的人，更没有尽善尽美的管理，但我坚信一点：没有谈不开的话题，没有解决不了的矛盾。矛盾都是由猜疑产生，猜疑都是由不敞亮（或者说自私）产生。我们提倡的永远是：团队第一，个人第二。效率第一，兼顾公平（扳道工的故事）。我们要关心一个问题：如何才不被吃掉？（羚羊与狮子的故事）我始终坚持一个理念：只认功劳，不认苦劳！

一定要有危机意识。张瑞敏：战战兢兢，如履薄冰。任正非：华为冬天注定要到来。那时候谁有棉衣，谁就会度过冬天。中国有句古语："生于忧患，死于安乐"也是这个道理。（猫和老鼠斗法的故事）

慎独。我读一段话，希望不要在我们这里发生。

做，不要光想。（心理学家的试验）心理自我设限游戏。不要找理由，任何主管喜欢听的是解决问题的方法，而不是种种理由和借口。

最后我衷心希望，大家能在《书脉》这条船上相扶相伴，一起快乐地走得远些，再远些。动起来吧，是骡子还是良驹，我们二十天后见分晓！相信天道酬勤，在《书脉》，你一定会有收获！

下午，分别与编辑部、市场部、策划部人员开会座谈。

晚，八一电影制片厂导演刁勇来，请他至碧露轩茶馆喝"观音王"。商议《荷花淀的女人》及《燕赵儿女》拍摄事宜。一拍即合，甚为惬意。二十三时许归寓。

【五月九日　晴】上午开各科室主任会。中午时间再次通读了一遍《荷花淀的女人》剧本。

分别接曹正文、郝焕灵、文泉清、姚振发、刘德水、党振成、梅柏、眉睫等人网函；接阿滢兄网函并稿《丁亥春网上淘书记》；徐亚达网函并稿《我与黄世中先生的十年书缘》；彭国梁兄网函并漫画稿十幅。即一一回复。

与紫禁城影音公司李小彤副总联系去广电局报批事宜。

分别与图书编辑、夏令营会务人员开会座谈。

嘱财务将徐明祥兄的书款汇走。

晚，宴请刁品纯律师，商议《律师必携》手册出版发行事宜。三个人干了两瓶四星二锅头，八瓶啤酒，都高了。

【五月十日　晴】将《中国日记史略》、《日记知识百问百答》等五部书稿清样快递给远方出版社。寄峻青先生函并拙著二种、杂志二种；致王学仲先生函并拙著三种、杂志二种。

下午至中国地质博物馆《地球》杂志社，与黄新燕、张亚钧等谈合作事宜，受赠《中国地质博物馆》（程利伟著，地质出版社 2006 版，68 元）、《中国地质博物馆专题展览》（地质版）。交谈一时半，效果甚佳，有望能够合作。

与营销部开会座谈时许，就如何建设全国销售市场网络事宜进行讨论和规划。

公司的各色人等开始粉墨登场，有几个甚至出现戏剧性的变化，静观其变吧，很好玩。

协会转来邮件一宗，分别有：

赠书：杨郁寄《七哥和八哥》四册，胡山源著，江苏文艺出版社 2007 年版，10 元；徐重庆寄《顾华阳集》影印仿线装本二册，启功、周退密题署，顾易生整理；钦鸿寄《郁达夫别传》，温梓川著，钦鸿编，宁夏人民出版社 2007 年版，28 元；阿滢寄《秋缘斋书事》，阿滢著，中国文史 2007 年版，29.8 元，分别有黄裳、流沙河、谷林、来新夏、文洁若、李继生题署；沈淇寄《齐风》杂志（2007.02）二册，内刊拙作《黄河渔佬》；姚振发寄《文化交流》杂志（2007.02）二册；许进寄《书香》二册；阿滢寄《泰山周刊》（总第 798 期），内刊阿滢评论拙著《茶歇集》一文；王金魁寄《书简》（第九辑）一册，略有改观，诚不易也。

书信：郭豫适札二，杨郁札二，杨适冬、杨静远、王金魁、徐中玉、郭青、皇甫束玉、孟繁海、钦鸿、潘亚暾……

《我的 1976》稿件：杨静远、杨适冬、潘亚暾、徐中玉、皇甫束玉、史晓风、文洁若。

【五月十一日 晴 周五】上午至厂洼访张穆舒老人，谈《短诗选》编印事时许。归而晤编剧梁知，谈《荷花淀的女人》、《燕赵儿女》改编事宜。

左文兄送来第 36 届世界期刊大会的请柬和 VIP 贵宾证。

下午复信。致周退密先生函并拙著二种、杂志二种；致贺敬之先生函并拙著三种、杂志三种；致彦涵先生函并拙著三种、杂志二种；致沈鹏先生函并拙著三种、杂志二种；致李锐先生函并拙著三种、杂志二种。

《会说话的小豌豆》英文版清样送来，即致电陈晓庆，商谈“红色经典漫画书系”合作事宜。

分别与人力资源部、编辑部开会座谈。

【五月十二日 晴】宫主任驾车，去海户西里接上任彦芳后，陪我一同前往通州区潞河中学参加“纪念著名作家刘绍棠逝世十周年暨刘绍棠乡土文学研讨会”。与会者有著名作家从维熙、房树民、张同吾、肖衍庆、程树榛、王彬、曾镇南、段宝林、郑恩波、张明、祝勇、韩英珊等，还有刘绍棠的妻子曾彩美女士、儿子刘松萝、胞弟刘绍振，学者余漂、李万武、崔志远、罗承芳、祝东力、罗兆荣、张劲鹰、沈悦玲、张玲、胡澄、王增福、钟旅安、李云雷等等，及北京文联党组书记朱明德、秘书长王升山、通州区副区长刘淑华、宣传部长张秀余、潞河中学校长张世义、老校长方田古、文化艺术出版社社长查振科、《文艺报》主编范咏戈等。约百十人参加。

据校务处孙主任介绍，潞河中学始建于1867年，由美国基督教公理会创建，始称潞河男塾，后改称潞河书院，1901年更名为协和书院，设有大学和中学二部，1912年更名为华北协和大学。1917年大学部迁到北京城内与汇文大学合并，后组成燕京大学。其中学部仍留在通州原址，为私立潞河中学。1951年由人民政府接管。1978年被北京市政府确定为首批市属重点中学。2000年通过专家组的评估成为北京市首批国家级示范高中。这里曾经培育出了著名中科院院士黄昆、侯仁之、秦馨菱，西部歌王王洛宾，著名乡土文学作家刘绍棠，著名表演艺术家李仁堂以及一大批共和国的部长和将军，如孔祥熙、费启鹤、周文彬等。这里风景秀丽，古树成林，绿树成荫，有“小北大”之称。校园内百年左右的建筑有十几座，新建教学楼和其他建筑也是仿古或仿欧洲建筑风格，保持风貌一致。

会议在解放楼（又称“文氏楼”，建于1922年）礼堂召开，内部装修参照奥地利金色音乐大厅设计，典雅而高贵，精巧而大气。礼堂的主席台上立着一块影壁，北京大学未名湖背景相片上是一行红色的大字，书写着本次会议的名称。会场的左右两面拉着细细的铁丝，用以悬挂文友们纪念刘绍棠的题词墨宝。我习惯地抄下了两幅有代表性的诗语。

一幅是郑州某同志的《刘绍棠先生逝世十周年祭》：

一纵驾鹤任翱翔，十载悲思两渺茫。
身后盛名兼令誉，生前锦藻续华章。
丹心虑国同仁赞，赤胆为民后学彰。
乡土一方成圣土，运河系列用辉煌。

神童奇迹励人心，年少风华几度春。
六月严霜并蹇运，廿年苦雨困荒村。

重挥巨笔声名显，聊发余威气象新。
著作等身真不愧，高歌时代最强音。

卅年苦乐度晨昏，儿女情长父老恩。
公与乡邻连血脉，身同蒲柳共须根。
哲人已逝精神在，文库岿然著作存。
松柏常青环墓地，波声夜月吊英魂。

另一幅为王梓夫先生所写：

十年大夜香犹艳，每谈文化倍思君。
神童罹难蒙乡眷，赤子含冤报母恩。
妙笔生花蒲柳卷，蜡炬成灰运河魂。
先生遗骨今何在，燃灯塔下泪沾巾。

还有一幅长卷，因为篇幅过长，而且悬挂时间较短，我未能抄录。

上午和下午全是发言，那些例行公事的官员们的讲话自然无甚可记，唯有从维熙、张同吾、任彦芳、曾彩美几位的发言有感情有内容有分量。发言主要围绕刘绍棠的作品、人品，刘绍棠与大运河，及他的成长经历，其作品与浩然等乡土作家作品的比较等等方面展开，虽然下午的与会者骤然减少了三分之二，但是气氛还是很高涨的。刘绍棠 9 岁即开始写作，15 岁时写出了他的成名作《青枝绿叶》，后来收入中学教材，因此被胡耀邦誉为“神童”。他的一生是坚持纯文学创作的一生，在政治上同时也是坚定的马克思主义信仰和共产党的拥护者。他在北大读书时就经常说：党是不会错的，如果自己的思想行为与党的号召发生矛盾，那肯定是自己错了。（大意）如此对党忠心耿耿的人，后来却被戏剧性地错划为“右派分子”。划为“右派”后，他仍然相信党，他说：“党是母亲，母亲错怪了自己的孩子，甚至让他吃了苦头，那也是可以理解的。自己的母亲，有什么可恨的呢？”

向与会诸位赠送《书脉》杂志。并与张同吾、从维熙、曾镇南、程树榛、房树民、肖衍庆、祝勇、郑恩波、曾彩美等人合影留念。

因公司事务繁忙，辞晚饭及明天的游览，归。

【五月十四日 晴】往中国大饭店参加“第36届世界期刊大会”。本次大会由中国新闻出版总署、北京市人民政府、国际期刊联盟主办。这是被誉为期刊界“奥林匹克大会”的世界期刊大会首次在中国举行，也是第二次在亚洲国家举行。出席开幕式的有国务委员陈至立、北京市市长王岐山、新闻出版总署署长柳斌杰、中宣部副部长李东升、国际期刊联盟主席克瑞斯·卢埃林、执行主席唐纳德·库墨菲尔德及来自全球45个国家和地区的1000多位传媒巨头和期刊出版业精英。陈至立、王岐山分别代表中国政府、北京市政府致欢迎辞。柳斌杰作了主题发言。新闻出版总署副署长、第36届世界期刊大会秘书长李东东主持开幕式。

陈至立委员在发言中表示，世界期刊大会是世界各民族优秀文化相互交流借鉴、谋求共同发展的一次盛会。她说，与国外发达期刊业相比，中国期刊业发展潜力还很大，与中国庞大的人口基数和快速发展的经济相比，中国期刊业还应加快发展。“我们要在吸收、借鉴国外优秀文化成果的同时，立足中国政治、经济、社会的实际，以传播中华民族优秀文化传统、记录中国现代化建设进程、满足人民群众的精神文化需求、传递中国人民和谐发展理念为使命，与世界期刊业同仁一道前进。”

王岐山市长在致辞中表示，与北京的历史一样，北京的期刊发展也源远流长。早在1872年，北京就创办了第一种中文期刊《中西见闻录》，在此后的130余年里，北京先后创办了各类期刊一万余种。目前，北京共有各类期刊2800多种，约占中国大陆期刊总数的27%。世界期刊传媒界最大的盛会在北京举办，必将以其最新的传媒理念和文化元素，推动北京乃至中国的期刊出版融入到世界文化之中，向着更加多元化、更具包容性的方向发展。

本届大会以“杂志丰富你的世界”为主题，会议议题主要围绕“传统期刊出版的数字化发展战略”、“商业与专业期刊：从传统出版业向多媒体的转变”、“提高期刊广告在整体广告中的份额”、“期刊从传统出版向媒体服务的转型”、“期刊高效发行的战略布局”、“发展中国家的期刊市场”、“期刊读者阅读品味和阅读习惯的变化”等诸多期刊业发展的热点问题进行。

今天发言的期刊界代表有：美国波士顿顾问集团合伙人约翰·劳斯的《传统期刊出版的数字化发展战略》；国际期刊联盟主席唐纳德·D·库墨菲尔德、中国瑞丽集团副总裁刘丹晖、英国EMAP消费传媒集团总裁保罗·基南、美国国际数据集团全球常务副总裁熊晓鸽、德国古纳亚尔集团国际公司总裁托斯恩·克莱恩、美国RODALE公司总裁史蒂文·普莱斯特·墨菲、台湾《商业周刊》社长俞定国等人的讨论《期刊数字化发展策略探讨》；美国商业媒体联合会会长戈登·休斯、中国赛迪传媒集团董事长李颖、印度网络媒体公司董事长普拉蒂·古帕等人的讨论《从传统出版业向多媒体转变》；《时尚》杂志社社长吴泓、《财富》杂志中文版总编辑汤姆·戈曼、《知音》杂志社社长胡勋壁、《故事会》杂志社社长何承伟、《家庭》杂志社社长徐春莲、中国太平洋传媒公司杰夫·斯普夫林等人的讨论《发展中国家的期刊市场：中国》。

【五月十五日　晴】继续参加期刊大会。今天发言的业界代表有国际期刊联盟主席及英国EMAP国际集团常务董事克里斯·卢埃林的《期刊的新型数字平台：手机传播》；日本电通公司总裁俣木盾夫的《广告业与期刊：亚洲与全球的趋势》；美国MEREDITH出版集团总裁杰克·格里芬、竟立中国总经理张喆翔、加拿大罗杰斯出版集团总裁布莱恩·西格尔、英国BBC期刊集团常务董事彼得·费彭等人的讨论《提高广告市场中的期刊份额》；韩国JoonAnm&b公司总裁吉烒宇的《数字出版对韩国传统印刷媒体的影响》；日本小学馆总裁相贺昌宏的《日本数字期刊出版的发展战略》；美国《大都会》杂志主编凯特·怀特、《读者》杂志集团副总经理彭长城、英国《热度》杂志主编马克·菲里斯、《中国国家地理》杂志社社长李栓科等人的讨论《紧跟不断变化的读者口味和阅读习惯》；美国PBA全球公司总裁格莱恩·汉森、中国期刊协会会长石峰、英国IFABC主席卡瑞斯·博伊德、美国Cross Border传媒公司总裁钱德尔·莱伊等人分组讨论《发展中国家的期刊市场：期刊的发行量与读者数量的统计》。

日夕散会后，因公司有事，辞闭幕式及在人民大会堂的晚宴，归。此次期刊大会，对我的冲击和触动是巨大的，开眼界之余，更加开拓了我的思路。

【五月十六日　晴】上午给编辑部、营销部开会。下午分别与吕浩、王文思、郝焕灵、吴洁、及我的助理谈话，就具体项目事宜进行指导。“名家藏书票”的选题，我尤其感兴趣，叮嘱小吕一定做好。

夕，上网，回复朋友们的邮件和短消息。与王鲁芹通话，议“书脉奖学金”及“鲁冰读书室”捐献事宜。

六时许，宫主任送我和张果至首都机场。八时半，偕张果乘东方航空班机飞往杭州，参加“数字化时代的图书营销与宣传研讨会”，两小时后抵达萧山国际机场。机场离市区较远，乘民航大巴需一小时左右。近零时许，方办理完报到手续，入住天鸿饭店 3026 房间。

【五月十七日　晴】早餐后耽误了班车，只好与张果打的去会场。没想到这么远，需要一个小时的路程，方到浙江工商大学。一进校门，除了会议的欢迎条幅外，我还看到了这样的标语：

考研，是一卷灿烂的记忆，更是一种命运的升华；
考研，是一次腾飞的过程，更是一败涂地回翱翔的享受；
考研，是一本博大精深的书籍，是一阙余音绕梁的乐章！

会场设在图书馆一楼报告厅，幸好，我们到达时，开幕仪式刚要开始。今天与会的嘉宾有新闻总署原署长宋木文，浙江省新闻出版局副局范春梅，浙江工商大学副校长张仁寿，人文学院院长徐斌，新闻总署原副署长、人民日报原副总编辑谢宏，香港联合出版集团董事长赵斌，凤凰出版传媒集团总经理陈海燕，长江出版集团副总经理周百义，人民文学出版社副社长潘凯雄，复旦大学出版社社长贺圣遂，中国图书商报社长兼总编辑孙月沐，中华读书报总编辑庄建，武汉大学信息管理学院副院长方卿，南京大学出版科学研究所所长张志强等等。另有来自全国十余省市的代表和浙商大的学生共百余人出席。

老惯例，先是领导讲话，无甚可记。全体代表合影后，宋木文、谢宏、赵斌先后发言。宋行将老朽（78 岁）其观点其语态其思想，老矣，实在乏善可陈；谢宏强调了书评对于图书发行的重要性，并引萧乾的一句话说明："图书出版如果缺少了图书评论，就像篮球比赛缺少了裁判，会一片混乱。" 其实，这个观念在今天互联网的时代，并非如此。赵斌谈得最好，主要是有实际内容，不像前面几位要么官僚，要么纸上谈兵。毕竟他在出版行业做了三十余年，在香港出版业做了 16 年。他提出的中国图书市场的几组统计数字和诸如“规模不经济”、“长尾结构市场”、“扎扎实实做好次畅销书”、“图书策划，营销先行”、“定价不是销量的主导因素”、“品种不能人均，册数可以人均”、“深耕细作，小题大做”、“利用好电子媒介”等等观点，以及介绍香港的图书出版状况和相关法规等，都是令人耳目一新的。

中午，于学校食堂“观碧波”厅就餐。与周百义、陈海燕、王振羽（江苏期刊协会副会长）、孙文清（淮阴师院学报主编）、孙赫男（苏格兰斯特灵大学出版研究中心国际业务经理）、吕慎（中华读书报总编助理）、阙超（超星数字图书网常务副总）、赖洁玉（《中国图书年鉴》编辑部主任）等同席。

下午陈海燕、周百义、潘凯雄、贺圣遂、邵敏先后发言。尤以长江出版集团总编辑周百义和人民文学出版社副社长潘凯雄讲得最好。周百义从微观角度讲了与二月河、郭敬明的合作及取得的成效和达成这些成效的具体做法，很明朗很坦诚很有启示意义。他提出的“打造一个优秀的团队”、“细节和执行力”、“充分利用好网络和数字媒体”等思路，是非常正确的。潘凯雄看起来有些玩世不恭或桀骜不驯，但讲的却很实在。他结合毕淑敏《拯救乳房》、阿来《空山》、柳建伟《突出重围》、《里根书信集》等案例，强调阐述的“话题/内容营销”、“事件营销”等概念和做法，是有说服力的。贺圣遂社长提出的“要重视自己的强势和优势，收紧拳头”和“不依赖终端市场，但必须控制终端”的一些观点，是有借鉴意义的。

六时许，乘会务专车返回市里，于西湖岸边的“红泥砂锅”酒楼晚餐，同席有孙赫男、高晔（江苏人民出版社编辑）、杨爱东（南京师范大学出版社编辑）、曹富林（江苏人民出版社营销部主任）、汤知慧（江苏科技出版社信息研发室主任）、沈珉（中国美术学院出版社编辑）、汤喜燕（浙江工商大学人文学院副教授）、吴惠英（浙商大人文学院）等等。大家交流得十分愉快。饮杭州啤酒“绿雨”二瓶。

晚八时许，回宾馆休息。上网，回复邮件。

与张果商议，取消参观，明日会后即返京。杭州的朋友们这次也不见面了，毕竟公司的事情是最重要的。他爽快地同意了。他说，这次会议给他的启发是相当大的。

二十三时许，睡下。

【五月十八日　晴】上午分别听取《中国图书商报》社长、总编孙月沐，南京大学出版科学研究所所长张志强教授，武汉大学信息管理学院副院长方卿，《中华读书报》总编辑庄建发言。

在我听来，孙月沐的发言《书业的影响力营销》自负而且偏激，完全是自说自话，纸上谈兵而已。但他讲的“高度决定影响力”的观点是可取的。张志强教授的发言《网络在图书营销与宣传中的作用》虽然偏向理论，却不失启发意义。尤其是他提出的如何利用网络进行营销的思路和方法是可行的。方卿教授从事营销学研究和教学十几年，可谓熟矣。遗憾的是，今天他讲了半天，最终却因为时间限制，没有讲“图书营销”部分。他提出的“大营销”的概念是非常正确的，我在公司里讲“全员营销”，实际上就是“大营销”的思路。庄建女士读了一篇很长的论文《书评在推动阅读中的作用》，文章写得很实在，能打动人，尤其是读书人，但听起来总有一些“卫道士”般的悲壮和无奈。面对网络和数字对纸质媒体带来的冲击，如果不与时俱进，做好转型工作，是很危险的。

午餐后，全体与会代表乘坐大巴前往梅家坞参观并品茶交流。这是一个世外桃源一般的地方，景色之美，环境之幽，空气之清新，天空之明朗，是我游历中不多见的。清风拂面，把盏香茗，面对竹楼外青山层林尽染，与室内出版界精英谈笑论道，好不惬意！谈话间，进来一位当地的农村妇女，纠缠着要给大家算命。为了不扫大家的兴，我应允让她看了我的手相并抽了几卦签。她竭尽所能，说了一些好话，比如说我34岁后才会真正“开运”，一直持续到42岁，是我的事业腾飞、财源广进的黄金时间；比如说我的再次婚姻会很稳定，百年偕老；比如说我会长寿到95岁左右；比如说我该先立业后成家云云。尽管全是未知的，可听到好话，心里总归是愉悦的。我抽了四张签，第一张便是“鼠出牛角，恶运渐脱”；第二张是婚姻百年好合的签；第三张是我平安，身体健康的签；第四张是一个大而鲜红的“财”字，旁边注解“财源广进，金玉满堂”，又一行更小的字“加收108元喜钱”。她告诉我，这最后一张签“一年内也不过有几个人抽到的”，我不相信，怀疑她手中的21张签是否全是诸如此类的好运好好话，她便一张一张地给我翻看其他的17张签。结果并没有一张内容是重复的，而且坏运气的也不少。我更加暗自窃喜，但却不会得意忘形到答应她“加收108元喜钱”，结果花了30元而已。周围的朋友边听我们谈边乐，我却是双重之乐。

十七时许，我们抵达西湖边的“饮湖上”酒楼，在此晚餐。吃饭前，大家兴致勃勃来到湖边，纷纷拍照留影。欢笑间加深了朋友们之间的交流和感情。我和张果给旁边“自恋”的几位美女编辑：花城社的张懿、湖南文艺社的谢不周、华东师大社的邓香莲、《中国编辑》社的鲍莉炜、《中华读书报》的庄建等等，抓拍了几张酷型照片。她们看了，乐得不行。我最得意的几张照片是为张果所拍。

晚餐大家更加尽兴，白酒、啤酒、果汁轮番上。我与接力出版社副社长孙红、超星数字图书网副总经理阙超、华东师范大学副教授洪九来、浙商大文化产业研究所所长梁春芳教授、苏州大学出版社副社长陈长荣、青岛出版社编审曹永毅、《中国图书商报》编辑马莹、人民文学出版社编辑王老师等人同席。除了我们开怀畅饮外，还纷纷到其他席桌上敬酒，我最倒霉，见我能喝，便公推我与其他席桌一对一地轮番敬。结果一圈下来，一瓶特曲见底了。

饭毕，我们绕湖堤漫步，观赏西湖夜景。醉眼蒙眬处，游人如织，波光潋滟，灯光与月光交融，湖山一色，山因水媚，水随山姣。湖面上除了五彩斑斓的霓虹闪烁，也有或静或动的船只，上面也是灯光缤纷，祝酒声朗朗。杭州的朋友开玩笑说，这就是“花船”。我们边走边啧啧赞叹上天赐予杭州的这个天然“尤物”，令人神醉，叫人倾倒。我更是感到这夜色里的西湖竟如微醉的善解风情的美少女，秀外慧中，妩媚而纯真，多情而不轻浮。我使劲从记忆里搜索印象中的标致美女，拿来与西湖比，好像都逊色了。西湖的夜色之美，真令我如在梦幻之中，心都酥了，醉了。

二十一时许，我和张果告别朋友们，打车前往火车站，乘坐 T32 次快速列车返北京。候车时，与张果议公司事宜。二十三时许，列车启动，告别杭州。

【五月十九日　晴】下午十四时三十分火车抵达北京，路上用我的笔记本电脑收看了余世维的《执行力》讲座，宫主任驾车来接我回公司。天甚热，加上这几天我一直在上火，口腔溃疡，喉舌疼痛，浑身也感觉非常不适。

路上，宫主任向我汇报了这几天的工作情况。

接苏炜电话，通报杂志辽宁版事宜。

【五月二十日　晴　周日】在办公室处理邮件。

【五月二十一日　晴　周一】上午开全体会议，主要谈了两个问题：杭州会议通报；各岗位人员安排及相关职责。在营销方面，提出“全员营销（大营销）”和“网络营销为主，电话营销次之，各地办事机构再次之，专职营销为辅”的战略部署。要求大家充分利用网络、手机、QQ群等电子媒质，进行杂志及相关产品的宣传与推广。会议最后送给大家三句话：1.一定要有信仰；2.培养/保持独立性和批判精神，以坚守自己的文化传承为荣；3.文化人在静悄悄地活着。下午分别与陆玲、苏萍、小马、任彦芳谈话。陆、苏、马反映其部主任张坤的问题较多，拟改日与张坤细谈。

夕，宫驾车往大百科全书出版社旁上青天酒店晚餐，与黄新燕副总编商议《地球》杂志合作出版经营事宜。52岁的黄老师事业心依然蓬勃，令我敬佩。

晚，起草《地球》杂志办刊策划方案。

【五月二十二日 小雨】上午完成《地球》杂志办刊策划方案，并Email给黄新燕。

与一编室主任张坤谈话。这是一个很固执的人，他的管理是指令性的、批判式的，他坚持自己没有任何过错，全部是手下“自私、品质太差、能力不行、太不懂事”。我问他，“众叛亲离”成了孤家寡人，你认为自己有责任吗？他很坚定地说：没有！都是这些人素质太差了！或者“我太刚直了！”开始的谈话是很艰难的，因为他的心态就像一杯满着的水，根本进不去任何一滴。我便不谈工作，改谈生活与交朋友。慢慢地，他开始安静下来，开始点头，开始说：“对，对。”我没有给他讲任何道理，只是告诉他，在他遇到的那些问题的处理上，我是如何去做，去说。不管怎样，他能接受就好。

下午往《地球》杂志社晤张亚钧副馆长及李玉华书记。商议合作事宜。目前来看，情况朝着良性发展。送给张副馆长宋肇水画一幅，杂志二种，《门外漫谈》一册。

【五月二十三日 小雨转阴】上午给编辑部开会，讨论杂志改版事宜及如何正确理解，建设理事会，如何处理有偿刊登等问题。下午看辽宁版清样，竟然出现了长诗和十几个页码的摄影作品，再就是版式的单一和呆板，及错字连篇。从来没有见过如此“杂志”，全是敷衍塞责！发火。训斥编辑部人员并责令一天内整改。

太原李建平来，带了一位企业的老板，说是发展成了杂志的理事会单位，跟人家要了20万元，自己要求拿10万元回扣。企业对杂志社的要求是，贷款1500万元给这家企业无偿使用！真是荒唐，可气又可笑。

济南李某来。对于此类只要嘴皮子，不干实事的人，我的态度是，畏而远之。

姐被检查出患盆腔肿瘤，急需手术，甚虑之。汇款二千元，并联系医院的同学安排住院事宜。

接孟庆德先生评论《书脉》的文章，有称：“不是广告地说，《书脉》是本好杂志，第一眼印象就好，封面干净，典雅，亮堂，手感也不错，版式设计也比较讲究，其中的一些图片也珍贵，看得出编者是用了心的，就连一些书讯，也大小适中，放得是地方，从装帧设计上看，整个杂志不让《读书》……”兄之谬奖，作为编者自然得意，但更是激励。

同时看到鲁亥灌园的文章《书与杂志》，其中有言：“《书脉》之静止于《书脉》本身，书脉之动不仅仅囿于书房。《书脉》之纯止于《书脉》本身，书脉之神在于流传。把一份民刊保留下来，若干年后或多或少或许能够让我们的后人看出一点什么。”心里也是暖暖的。

晚，与宫、武、韩等一起用餐，谈公司人事。归而读《思想者独行》。

【五月二十四日　晴】中国地质博物馆副馆长张亚钧、《地球》杂志副总编王等来公司考察。

下午校《澉堂鱼素》。

与小杜讨论一本知青的书，原本由工人出版社出，后来责编退休搁浅，我倒有些兴趣。

晚，应《光明日报》荆时光邀请，往裕龙大酒店赴宴。某房地产副总杜博宁做东，座有《光明日报》两位编辑，博集天卷图书公司编辑刘杰辉及我等。九时许归寓。

编辑《地球》彩版样刊，这是最后的“杀手锏”。迟睡。

【五月二十五日　晴】上午李建平、王晓、兰剑来。陈霞与其公司总经理张万文来，谈图书发行合作事宜。方彪来谈杂志电子版建设事宜。中午宴请李建平等人一行。

下午往《光明日报》参加余秋雨题为《文化的意义》的讲座。他提出文化在广泛定义里指地球上留下的有关人类的痕迹；在狭义定义里指以人为本的精神价值和生活方式。他主要讲了三个问题。一，文化在困惑中寻找意义。具体从价值困惑、文本困惑、身份困惑、国学困惑、文化冲突困惑、文化知识困惑和传播的困惑等七个方面阐述了这一问题。二，中华文化与其他民族文化相比所特有的四个光荣传统。它们分别是和平的思维、中庸之道、管理哲学和君子理想。三，中华文化四个主要的缺憾。依次为公共空间概念的缺憾、真伪之辩的缺憾、人文勇气的缺憾和创新习惯的缺憾。演讲历时近 4 小时，光明日报社部分编辑记者，清华大学、北京师范大学和北京市 101 中学等师生代表聆听了演讲。演讲很精彩，尤其他的全球视野和开放的“大文化”心态，改变了一些我对余秋雨的偏见。他提出的“与一流的人接触，读一流的书，做一流的事”与我不谋而合。时间是有限的，生命是有限的，在如此有限的时空里，我们当然要选择最有价值的存在。他说，我们除了基本的生活方式和精神价值追求以外，还要关注环保、反恐和慈善事业。他说在纪晓岚奉命编纂《四库全书》的时候，西方人却在发展科技文明。“我们在回顾，他们面向未知的未来；我们在抄袭，他们在创新；我们在搜集，他们在探索；我们在留恋过去的辉煌，他们在向荒漠挺进。”当然，他首先肯定了编纂《四库全书》对于中华民族的意义和价值。《光明日报》总编辑苟天林的主持和总结极富“幽默”：他说，“余教授高深莫测、高屋建瓴、深入浅出、极富智慧、博大精深的演讲，把我们带入了崇高、神秘、瑰丽、伟大、梦幻般的精神世界，提升了我们的灵魂，启迪了我们的愚知，开拓了我们的视野，增强了我们的信心……”如是话语，用略带“娘娘腔”的语气说出来，博得了全场热烈的鼓掌和笑声，同时也赢得了余秋雨一声表情复杂的冷笑。在他说着另外一些更肉麻的话的时候，我一直注意余秋雨的表情，他或紧皱眉头，微眯双眼，或用手掸衣袖，或抠手指，或把玩茶杯盖，或斜靠在椅背上，嘴角时时浮出一丝不自然的笑。

晚，续校《澈堂鱼素》。

【五月二十六日 晴】上午黄新燕副总编送来《地球》彩版样刊，效果之好出乎我的意料，胜出的把握应该更大了。中午宴请黄老师。

下午托娅来，可以考虑做旅游编辑。方彪来，商定电子版杂志的初步方案。

调试电脑，将笔记本电脑里的部分资料拷贝进去。

辽宁版基本定稿，张坤、苏萍等人的矛盾升级。出于工作考虑，决定将张暂时调离主任岗位。因为搞不好同事之间的关系，造成个人之间的恩怨，从而影响工作，反而抱怨公司不给他做主，抱怨我不支持他“这个主任”的工作，责怨属下员工“没有一个好东西”，如此主任，不做也罢。目前看来，编辑部其他人员的思路和做法是有利于工作的。

晚，仔细校对辽宁版终稿清样。迟睡。

接徐波投《书脉》稿件六篇。出版局左文兄约饭，婉辞。

【五月二十七日 晴】《名流》杂志辽宁版定稿。一群编辑却不能按时按质完成工作任务，反而相互推诿责任，指责不足，明争暗斗，让人可气又可笑。此种风气非但不足长，而且要狠狠地掐灭之！拟明日开编务会时强调。

一天没有电话杂事打扰，在办公室静静地校对书稿，真好！至下午三时许校毕《澉堂鱼素》，并与自牧先生通电话。校出错讹达一百余处。

下午理了理明天和下周的工作计划，事情竟然多达四十余件，不由苦笑。这种事无巨细的工作状态也必须尽快改变，腾出精力来抓好三件事即可：融资、建数据库、制定流程。期刊、图书、影视三块框架性业务是不会改变的，但在每个框架之下，都需要非常细化的、可操作性非常强的具体项目或业务来支撑和填充。战略定位是重要的，实施流程中的每个细节也是重要的。在人员使用上，坚持一个原则：合则聚，不合则散！认真做事者重用之，使奸耍滑者坚决辞退。什么是人才？学有专长、和而不同、价值观趋同、追求一致的人，对一个团队而言，方可称之为有用人才。

阅李助理的月末总结，泛泛而言，拟与之深谈一次。

晚，于国兴大厦湘水之珠宴请《地球》杂志副总编张亚钧、黄新燕，山西国土资源厅薄云山，美国留学博士蔚东英，中国地质博物馆郭晴等。宫长征作陪。

【五月二十八日 晴】上午给编辑一部、二部分别开会座谈，对期刊的改版、图书选题的甄选、《书脉》的编辑进展等等事宜，作了针对性很强的讨论。我说了一句话："是英雄是好汉，31号见！"要求两个部门的所有人员31号拿出各自的方案汇总。方式可以灵活，原则不可动摇。

中国文联出版社编辑阎晓霞来，谈"书脉丛书·日记书系"事宜，基本谈妥。她取走书稿清样四本。

协会转来邮件一宗：上海艾以函并怀念田仲济、张善琨的稿件二篇，签赠书《上海电影大王张善琨》（上海人民出版社2007年版）；天津杨敬年先生签赠书《期颐述怀》（南开大学出版社2007年版）；王学仲先生赠书《穿旅游鞋的舞神们——第三条道路代表诗人作品集》（谯达摩等人编，九州出版社2007年版）；喻静赠刊《传记文学》（2007.5）；吴营洲副总编函并赠刊《杂文月刊》三册、稿《人淡如菊——桂向明印象》；杨栋函；杨郁函；黄伟经函；张贵华函；翟明帅函……

庞中华主席来电话，邀请六月一日至炎黄艺术馆参加全国青少年硬笔书法大展，应允。

与李锐联系采访事宜。下午分别与张果、王文思谈话。在一个团队里，只有分工的不同，没有等级的差别。副总经理首先应该承担起相应的责任，做好大家的服务工作，而不是像"官老爷"一样高高在上，等着大家来伺候。管理，首先是服务，其次是尽责。反而小王的工作有些出乎我的意料，她与客户处得关系很好，方案也做得很到位，其他相关合作事项也在积极争取、进展之中。她很自信，我很高兴。

晚，与苏萍、武亿、吕浩同餐。闲谈之余，自然不失时机地给他们灌输公司的企业文化和管理理念，气氛甚好。十时许，苏、武等与印刷厂签订协议，辽宁版及《茶韵书香》付印。

《中华读书报》、《文汇读书周报》的广告也见报了。

【五月二十九日 晴】要求办公室向各个科室发出倡议通知：美化办公室，案头一盆花、十本书活动。让我想不到的是，居然有人出来反对，说什么“如果被人偷了怎么办”，“搞形式主义”云云，让人哭笑不得。这就是人性，牵扯到具体利益的时候，人首先是自私的。不过对于有益于大家的事，我是不会让步的。这让我想起前两天提议每月由公司财务部负责给每位员工的父母寄二百元钱，从本人工资中扣除，结果也是遭到了几个人的反对，他们的理由是：“我自己都不够花的，凭什么还寄钱给他们？”还有一个理由：“我的父母根本不需要，他们还给我寄钱花呢！”看看说这些话的人，正是那几个“80后”的年轻人。在这样的事情上，我从来不会妥协，非常坚定地执行我的决定。结果是，很多父母打来电话，感动之余表示感谢，说他们的孩子在这样的公司里，他们放心。

下午给各部门主任开会。

晚，请万卷图书总经理张万文、图书编辑陈霞、杜雅萍等人晚餐。了解图书发行问题。酒至兴处，闲谈诗人。除了我和陈霞，他们对于目下的诗人们津津乐道，而且把“脱衣服诗人”看成是“有个性”，把“为了诗歌与父亲断绝父子关系而出走流浪，喝酒，打架，泡妹”的诗人看成是“值得尊敬的”，把“裸体诗人”看成是“行为艺术”……实话说，表面上我尽管也说着一些反对的话，但在内心里，是更加的惊诧和悲凉。这种心情不是来自“诗人”们本身，而是来自这些颠倒是非、以丑为美的认识，甚至是崇拜！我始终坚持自己的观点：诗人也好，什么人也罢，首先是一个“人”，先把人做好，才会写出好诗，才会把事情做好。“人”之本身，就像一棵大树，那些所谓的名誉、金钱、著作等等，就是这棵树上的果子。树直才会根深，根深才会叶茂，叶茂才会结出更多的果实，反之则不会开花结果。如是而已！

晚，继续写作《桓台历代诗词选注评》。

【五月三十日 阴转小雨】按照约定，今天一起去天津看望王学仲先生。上午九时许，张洪兴兄至公司小坐，这是稀客，自然留影纪念。不到十点，我们至国家林业局约上段华，直奔天津。三辆车在高速公路上一路飞奔，结果还是迟到了。自牧、徐明祥、宗俊海等人已经先期一个小时到达。等我们不到，他们便约了刘宗武一起至南开大学看望来新夏教授。十二时半，我们抵达津门，直接至酒楼午餐。二时半饭毕，我们来到天津大学王学仲艺术研究所。王老尚未至，我们便自由参观了他的会客室、展室、工作室，拍了若干照片。据王老的“学术秘书”刘珺称，这两年王老的很多回信都是由他代笔的。难怪前两天我收到一封寄自王学仲艺术研究所的信，虽然署了“王学仲”三个字，却分明不是王老的手迹。

三时许，王学仲先生至，行动非常不便，由秘书架着进了会客室，坐在椅子上，虽然气色尚好，但眼神呆滞，面无表情了。他的手脚因为中风留下了严重的后遗症，说话发音也不是很清楚。他说，自己“行将就木，成了废人了”；说“山东的朋友、老朋友都到了，很高兴”；说“我不写日记，但是很喜欢看日记”；说“《书脉》办得很好”……他端坐在椅子上，力气很弱。他身后的博古架上贴着一张手书字纸：“来宾谈话，请不要超过十分钟。”所以大家都争先恐后地与王老合影留念，说话时间并不多。大约半个小时，我们便告辞出来，怕王老劳累。实际上大家的心里、王老的心里，是很希望能多待一会，多聊一会的。

转道刘宗武家，拉上几包孙犁的纪念集，大家相互握手分别。我和段华一道返京。自牧先生留书稿清样六部，剪报资料一袋。

晚，公司部分员工聚餐。男男女女共二十七个人（有几个人缺席），竟然喝掉了一百多瓶啤酒，这个世界真是疯狂啦。席间有两个女职员竟然要与我“彪”酒，实在无趣。好歹劝下，让宫主任送她们回家。二十三时许，归寓。

【五月三十一日　小雨转阴】一早醒来，头还隐隐有些发晕。虽然昨晚喝得很尽兴，但有些过度了，得意则忘形，则失态，则招怨，实在不该。不过据大家的反映，他们是很高兴的，平时很难说出口的一些话，也借酒劲说出来了，有的人甚至在楼下哭起来，说是好长时间没有这么痛快地发泄一次了。但不管怎样，不能这样了。

上午至国土资源部地质博物馆，与张亚钧副馆长商定《合作办刊协议书》细节。毕，返回公司，赶紧修改，至午时全部改讫，连同《办刊策划方案》打印六份并装订成册，嘱宫主任三点前送达。明天馆里党组开会要讨论这些材料。

下午分别与编辑一部、二部开会。杂志改版方案我比较满意，要求按照这个思路定好进度，下月中旬一定保证出新刊。几个编辑热情很高，纷纷表示按时完成任务。二部的图书编辑们也很活跃，出了几个选题进行细致讨论，最后我看好几个：黄裳的《数学与我》；《汉服》（作者忘了）；还有一套民国版旧籍新印的书。这些书估计不会畅销，但以我们现有的销售渠道和目标读者群来看，也肯定不会赔钱的。另外我要求吕浩和文靖，重点做好自费出书和书画集、藏书票的编辑制作。这也是一个很大的市场。

夕，尤宁宁、侯水珍递来报告，建议很好。立马请她们俩到我的办公室具体商谈，交流出一些很有针对性的问题。发挥各人的特长，人尽其才，这是我一贯的用人和做事态度。

接清霜网函，称：

书香，回来看了史老《依依惜别至善兄》文章，其中两处大的错误的确是我在校对稿子时没有发现的漏改之处，由此导致作者生气，让书香君为难，真是十分歉意，在此向书香君谢罪。这本期刊要办好，的确需要专人专职负责，花足够的时间，览充分资料，并就涉及内容反复与作者沟通；而此三条都是上期我所未能做到的。因此造成如此大的遗憾，抱歉。

看到了小杜拟的第四期目录，新意迭出；因为五月初小宋也给我发过一些文档资料，我也理了一份，就不揣冒昧，发过来供书香过目而已，其中用或不用，尽可无忌。对于《书脉》，清霜是真心喜欢，书香一定明了；因此以后希望始终能成为《书脉》的读者，还盼书香成全。

这次拜访，感觉书香身畔人才济济，公司面目一新，殊为可贺；但压力益重，又多少有些为君“杞人忧天”。或者这次错误，让书香君对清霜信心大减，但我依然向书香提出：关于《书脉》与书香，但凡清霜能做的，请直言以告。

夏日炎炎，事务烦杂，遥祝诸事顺意，心怡神爽。清霜

接蔚东英博士网函，称：“于总，很高兴在黄老师的介绍下跟你认识，谢谢你的款待也谢谢你送的书。读你的管理随笔，看杂志，听评价，感觉到你像一本内蕴深厚的书，一版再版，适应时代的变化不断地调整，吸收或新或旧的经验和感悟，而核心内涵一直坚守……”哈哈，好话总是受用，不过这些话让我有些脸红。

接余玮、吴志菲稿件四篇（写宋祖英、习近平、徐光春、余秋雨）；接任彦芳函。

晚，写《〈澈堂鱼素〉编后记》一文，凡2700余字。迟睡。

二〇〇七年六月日记

【六月一日　晴】应庞中华先生邀请，上午至炎黄艺术馆参加“全国青少年硬笔书法大展”开幕典礼。与会的嘉宾有文史学者文怀沙、著名美术教育家王琦、歌唱家马玉涛、中国文联副主席李维康、中国侨联原主席庄炎林、社会活动家万伯翱、中国硬笔书法协会主席庞中华、著名画家黄胄的夫人郑闻慧、公安部消防局政委陈家强、宣传局副局长刘家伟、政治处主任周立超等。中央电视台少儿节目主持人鞠萍、演员王平主持了开幕式。文怀沙为此次大展题词：“好的开始成功了一半，故学书应趁少年。”

分别与王琦、庄炎林、万伯翱、张响涛、郑闻慧、陈联合、鞠萍等人交谈并合影留念。

午，辞饭回公司。下午安排《会说话的小豌豆》、《不死草》、《译文小辑》等书稿发排。

给图书编辑开会，再次强调目前的战略是充分利用现有资源，以自费书（文史、书画类）为主，兼顾市场书，稳扎稳打，不能好高骛远、主观冒进。

修改毕与天下书图公司的合作协议书，并传真给张万文总经理。

与小王讨论《蟹岛》杂志版样，我翻看了二十余页，还是基本满意的。首先，我感觉到她在用心做事，这是最难得的。我提了一些具体意见，如照片的取舍、版式的美化、色彩的搭配等，还着重谈了如何持续编辑发行的问题，以及后续项目的跟进合作问题。

晚，与小韩、小尤一起晚餐。就速录业务的开展交换了一些意见。我提出，必须首先找到这项业务与市场需求的切入点，这就要和我们自身现有的相关资源和条件结合起来。我建议她们不妨从星级酒店、咨询公司开始着手联系一些合作。

【六月二日　晴】早起阅报，悉黄菊凌晨二时因病逝世，享年 69 岁，新闻通稿没有说什么病。又想到前几天刚判死刑的国家医药管理局局长、国家食品药品监督管理局局长郑筱萸（63 岁，贪污受贿六百余万元），可怜郑振铎泉下有知，知道自己的孙子如此作为，真不知作何感想。

上午与编辑一部讨论杂志改版事宜。他们策划的“本期关注”——北大“游学”人物，是有创意的，也是有价值的。我的意见是，要么不上，要上就必须全力做好，做出深度和影响。同时我建议，既然突出的是“游学人物”，就未必只限于北大，清华、复旦、人民大学等等名牌大学中类似的人物同样值得关注。

其他的栏目设置或调整都不错，有些栏目是很新颖活泼的，内容也丰富了不少，我要求一定要在“可读性”上下功夫。内容为王，不是口号，而是必须体现在我们的编辑思路和流程里面。这也是对编辑能力和策划能力的考验。在人物选择方面，本期还是偏重了人文。这是需要调整的。各行各业的精英、甚至所谓“草根”里的“英雄”，我们都要兼顾。我随手举了一个例子：云南的张正祥。他是一个农民，但积极投身环保事业而且成效显著。他曾宣称：“谁敢破坏滇池，我就和谁拼命！”这样的人，这样的事，就是值得关注的。他的身上有闪光点。

下午泡网，继续下载充实人物图库。还发现了一些做得非常不错的电子杂志，如《澜》、《静》、《草根文学》、《丹巴藏寨》、《北京纪事》等等。更加坚定了我建设《名流周刊》、《书脉》、《地球》等电子杂志的决心和信心。

修改毕为铭阳益海旅行社编辑内刊的策划方案，拟名《行》。

修改毕代理图书编辑出版业务的简章，要求美编在设计上下功夫，制作时也要采用特种纸及特殊工艺印制。这种广告性的文本设计制作好了，其实也是一种品牌的宣传与推广。

改毕《邹为瑞书法艺术作品展作品集》书稿清样，责令编辑仔细，再仔细！

为王鲁芹书记联系心理学专家，为桓台一中的女学生进行关于防止“早恋”的讲座。

与孙浩淼商议封面及版式设计制作问题；向凌鼎年、王振羽、方成、文洁若、张立宪、蔚东英、吕浩等人约《半月日志》（2006 年 12 月 16–31 日）日记稿。

《名流周刊》改版编辑计划：4~9 日将所有图文发给浩淼；10~15 日设计排版；16~17 日校对；18 日修改，三校，终审定稿。晚七点之前付印；19~22 日印刷装订；23~25 日发行；30 日举行座谈会。浩淼说：“可以交叉进行，先确定的部分先开工，具体问题具体对待，包括四封都可以先下厂印刷。咱们不怕打硬战！具体流程都太熟悉了，放心吧。决不会出差错！”好，我有些放心了。

晚饭毕，与殿台晤。

【六月三日　晴　周日】上午至国家图书馆古籍部参加学者夏晓虹教授的讲座，题为《晚清北京的戏曲改良与女子教育》，讲得有些枯燥，“这个”、“啊”等口语甚多。听众仅二十余人。课毕，与夏教授小谈，送她《茶歇集》并《书脉》二册，她很高兴地为《书脉》题字：“读书益智”。后打车至王府井书店听中国科学院王绶琯院士的报告《诺贝尔奖离我们有多近》。

午饭后，与孙浩淼电话商议《名流周刊》改版的一些编辑、设计、排版、印刷等具体流程问题。与黄新燕副总编商议修改《关于〈地球〉杂志改版改制情况的报告》。与张果副社长、宫长征主任商议融资及营销工作问题。

接湖南76岁老人黎树祥网函、日记稿二万余字（1948年-2004年）并评论文章《刻骨之思，炽热之情——评长沙晚报〈与共和国同行：黎树祥日记〉》（易允武）。黎树祥从1948年1月12日至今，坚持每天记日记；共写了72本，1300多万字。即复。

接柳萌女士网函："古农主编，多谢寄赠杂志。很喜欢。特别是久违的毛边本，让我想起许多往事。待有合适稿件，一定寄去求教。顺颂编安！柳萌"

【六月四日　晴】给营销部门开会，讨论业务流程和开展业务进度及营销人员的完善和培训等事宜。我的意见，大而空的东西全部细化、深化，所有业务的开展必须有很明确的目标和针对性很强的操作规程。目前阶段，做稳夯实基础性工作，比盲目出击、四处碰壁去联系业务要重要。阵营布不好，如何打胜仗？我以具体项目为例，逐步分解细化，将目前的工作和要求全部责任到人。他们很振奋，但我并不乐观，因为肯定会走样。所以一件事情能否成功，除了完善的标准和制度，关键还要看在执行过程中的偏差，能把控多少。

往文化艺术出版社与喻静主编、查振科社长谈图书出版合作相关事宜。

任彦芳来取走《不死草》书稿、光盘、清样。赤裸裸地著书批评体制，发牢骚话，其实大可不必。一是对社会有何益处？二是惹来不必要的麻烦；三是现行体制下，不可能有地方给你出版、发表。只有自己印一些，小范围传播，徒伤财而已。你骂了别人，自己就一定好像很有正义感了吗？有此工夫，有此财力，做点独善其身的事不是更有实际价值和作用吗？

改毕与天下书图公司图书发行的合作协议，并传真张万文。

接孙浩淼发来设计排版合作协议，要十五万元费用，于其行业而言可能不是很高，但于公司目前的实际情况而言，是不堪重负的。拟再议。

晚，与韩琳、王谨瑜等人一起就餐。与她们谈人事工作和财务工作。归寓后续写《桓台历代诗词选注评》，后夜二时许睡。

【六月五日　晴】上午开编辑会议，讨论改版事宜。十时许，往华侨大厦访苏炜兄。对于辽宁版，我的意见是各打五十大板，双方都有责任。不要扯皮，更不要吵架，而要查阙补漏，总结教训，全力以赴做好下期的编辑工作。需要我们来做的，全力支持；需要你们做好、做扎实的工作，也不要推卸责任。我重点强调了责任心和沟通的问题。后与苏炜兄单独交谈时许，很多事情的意见我们是一致的。他提出给辽宁办配车的事，我很高兴，表示全力支持。

因为下午有采访任务，就没有强留苏炜、张杰、白志强等人一行午餐。急忙赶回公司。

用一个小时时间，阅读李维康资料。匆匆吃了点饭后即带小陆、小尤赴西子湖茶馆，晤庞中华、李维康。访谈进行了三个小时，很愉快。有“梨园皇后”之誉的李维康女士（已60岁），看起来很年轻，尤其心态，非常平易近人，谈笑间也很洒脱和坦诚。她向我们讲述了自己的学艺经历，讲述了家庭，讲述了中国京剧事业的一些历史和现状，对于出现的京剧走样（西化）、演员浮躁、断代等现象深表担忧而又无可奈何。若不是晚上有约，真想多与李老师、庞老师交流交流，听听他们的精彩人生故事。

晚，于渔公渔婆亚运村店宴请黄新燕副总编、蔚东英博士，宫长征作陪。谈《地球》杂志及相关项目合作事宜，甚愉悦。饭毕，往碧露轩茶馆喝茶，继续聊天。十一时许，归寓。

洗澡后，写评论衣惠春书画作品一文。

【六月六日 晴】今天收到的两封信：

郝一匡谈《书脉》

古农兄台鉴：昨日又意外地收到您寄来的《书脉》二集，真是不知该怎么感谢兄了。无功受禄，实在是受之有愧。

收到您给我的日记大作后曾讲过本人对日记的看法，可能会使您感到逆耳，也没给贵刊什么稿件，也很抱憾。今发去我文档中的几篇小文，我以为可能符合《书脉》的宗旨。准备写点个人与书有关的故事，忙过这一阵后再发给您吧。

前一本《书脉》我是在旅游的列车上读完的，当然很和我这样的书人的口味。味之甘醇，品味再三。希望它越办越好！

郝一匡 上

附：郝一匡谈日记

古农君敬启：收到大作《茶歇集》，虽然颇感意外，仍要表示谢忱。大约两个月前曾收到过邀请，参加有关日记的学术会议。因是此中的外行，就没有应邀。我想凡是搞文化的人，是都读过日记的，当然我也读过浦江清先生的《西行日记·清华日记》；清人的《望山庐日记》,《坦园日记》等，而且本人很早就读过陈左高先生的编著，但并未在这方面下过功夫，也非专家，承蒙厚爱，惠赠佳作，无故受之实在不敢当。

本人自小写日记，但是总是时断时续，写写停停，然后销毁，不留下一些痕迹。所以不成气候，也无意在这上面要留下些什么传之后人。最初写日记是在小学，那时老师说写日记可以提高作文水平，要求每个学生都要写日记，作为作业上交。记得最初写日记是一天只写一句话，如“今天我跳高跳过了一米”云云。老师的这个办法对于提高写作水平有无帮助已经记不得了，却的确使我所在那个班的同学养成了写日记的习惯。

对于日记我认为，它应该是最隐私的文字，写下来的文字绝不是为了让别人看的，我之所以几次销毁了自己以前的日记，就是因为事后翻看只觉得难堪，有“年五十而觉四十九皆非”的感觉。况且日记中还记了许多家庭矛盾的琐事，如夫妻吵架，人在一时气愤时写下的胡思乱想，胡言乱语。时过境迁，事后再看肯定会有悔意。或者朋友往还，月旦人物，真话直言只能在日记里说说。如果想让别人看就不会那么写了，或者删盾一番，经过了修饰。那样的日记其实已经失去了本来面目，示众还有何益？所以我认为，公布的日记在某种程度上可以说是已经造了假，是有意让他人阅读的文字，总带着做作的迹象，已经无复真实性矣。

但是真实的日记正好相反。上世纪八十年代初，在重修毛泽东原配杨开慧的故居时，无意中在她家老屋的夹壁里发现了杨 1923 年的部分日记，其中记录了两个人当年争吵的事情，遂解开了毛那年写的词《贺新郎》的本事。这一事件最好地说明了日记越是隐私就越有价值。至于我自己，记得二十年前在贵阳的两个月时间，每天的日记写的都是当时的见闻，同时也有苦恼。后来在整理旧物时轻易销毁了，今日思之十分后悔，因为当时记下的一些事情今天看来十分珍贵，已经无法复制，追悔莫及。

去秋随旅游团去西安延安旅游，也写了一路的日记。友人阅后说，文字平平，倒是诗很有趣，算是给了我一个客观的评介。在使上电脑后，就在电脑上开了一个日记的文件夹，逐日记下每天的事情。可是也发现了电脑日记的一个缺陷：记者可以补记忘记记的日记，甚至可以修改多日以前的事实！事实可以随意修改，日记更无真实性了，以后想证实个人的历史事实，岂不等于伪造？呜呼，吾辈夫复何言？

我的老前辈张报已经去世十年之久，享年九十三岁。他在美国住过十五年，在苏联住过二十五年，一生行踪极具传奇性。他生前曾记有多年的日记，我曾戏言，可以从他的日记里记的当年美苏以及旧中国的物价变化，研究那个时代的经济状况得到历史的真相。

可惜他甫一去世，后老伴就把他那些弥足珍贵的东西处理掉了，我们也痛失掉了一份宝贵的资源。

拉杂说了这么多废话，言多语失，很可能不对你这位专家的心意，那就请恕我直言了。

郝一匡于京寓中，2006. 11. 23

九月清霜的信

书香：谢谢你的宽厚。但这个教训，我会记在心里，并希望在以后的日子里能有机会尽量补过。

书香的肺腑之言，我感同身受。这份信任，是彼此的缘分，也是我的荣耀，自当好好珍惜。

其实做《书脉》，与书香这样值得信赖的人一起，向一个目标共同努力，为别人，为文字，也为自己的未来留下些纯粹的真性情的点滴，对于真正爱敬文字的人，是件幸福得奢侈的事，我很喜欢。书香最初取中我，也是为着这份喜欢吧？我也觉得自己比较能领会书香、《书脉》的宗旨，若全力以赴地做这个事情，一定能比大部分人做得好。但是这个机会，我现在不能争取。

我现在的领导万文是我进入这个领域的引路人，也是位真君子，他花了一年时间来培养我。今年四月，他最得力的一个编辑去南开读博士了，几经轮换，一直没有找到可以替代的人。《书脉》三期出刊时也正是我压力最大的时候，所以错漏有失，真是抱歉。现在公司缺人，我还能帮着多做些事，书香自己是领导，这种情形，想来是很能明白的。而且书香对于“情谊”二字，同样是视为泰山之重的。

待这边找到合适的人选时，若《书脉》还有我的所用之地，那么，我一定不揣冒昧，向书香君提出申请。不过，更希望书香君能尽快建立起自己稳固的团队，宁可我这样的机会迟迟不得到来。

对于人员管理与团队建设，书香君只能处处操心，从点滴积累。诚如你所言，真正的人才是很难得的，团队建设和企业文化的渗透，绝不是一朝一夕的事情。而在这期间，我希望自己能一直在旁边，做一双真诚倾听的耳朵。

但愿经过一段时间的努力后，我们能多一些时间，在屏幕与文字前，做回真正的自己。

清霜 2007.6.6

上午与编辑一起改稿阅稿。与浩淼确定合作协议，每期杂志向其支付设计排版费三万元。

与小胡谈话，询问夏令营活动进展情况及出现的一些问题；与小柯、小杜等人谈话，讨论图书选题及《书脉》（第四期）编辑情况。

下午与张果、宫长征谈心。人心不足蛇吞象，什么事情只是一味考虑自己的利益，不顾全大局，只能是让人避而远之。这两位自称与我"同甘共苦"的兄弟，因为请假和迟到被人力资源部按规定扣发了一百元的工资，就气势汹汹来找我讨要说法，此举使我深感寒心。我反问他们：你们的电话费、招待费公司全报销，公司为张提供住宿，你整天泡在网上，晚上上网聊天到下半夜，两个月没有任何业绩，怎么还理直气壮？你们做着高管的职位，难道就没有一点责任心和付出的义务？对别人严格要求，对自己宽大放松，凡事强调理由，出现事故推卸责任，这样的"同甘共苦"，去之也罢！

闷闷不乐，竟无食欲。夜观《新上海滩》三集。

【六月七日　晴】今天高考第一天。早晨看新闻，有报道称，现今考试作弊的工具已经电子化：高科技的耳脉、无声传感器、电子鞋、透视眼镜等等，五花八门，令人吃惊和忧虑。

上午统稿。

发出自牧老师《澉堂鱼素》书稿清样，去年生日照片、去天津看望王学仲先生合影照片若干，《静庐日记》（2006 年 12 月 16–31 日）一组；发淄博文联沈淇兄《静庐日记》（2007 年 1 月 1~15 日）一组，照片六张。

接古远清、姚桐椿、郝一匡、刘向阳等人文稿计二十篇。即一一回复。

接明祥兄网函，即复：

晓明：那首小诗又略有修改，你看如何？

赠静庐

静思默默望星空，暗香阵阵心潮涌。

我或我们茶烟歇，诗书酒泉入彀中。

一首小诗，改来改去，可见我的文思已近枯竭。尽管费力费神，但我觉得这样改，有点意思了。是否可以定稿？请赐正。

又，不知本周发票能否寄出？谢谢！

明祥上 6.6

晚，蔚东英约我和黄新燕于北京师范大学京师俱乐部八楼晚餐。

【六月八日　晴】乘坐刚开通不久的D字号列车（俗称“子弹头”）回淄博，为父亲祝寿。原本六七个小时的路程，现今不到四个小时即安全抵达。

一路审校《书脉》终稿清样，错误还是很多。

晚，与家人一起晚餐。

【六月九日　周六　晴】上午亲友陆续前来，为父亲祝寿。中午，我安排亲友们在市人大知味斋大酒店仁和厅就餐。特意安排服务人员举行了一个小小的仪式——父亲六十年来，第一次面对这么大的生日蛋糕，第一次有人为他唱生日快乐歌，第一次吹生日蜡烛，而且是这么多人一起，简单而隆重，所以他显得非常激动，内心的喜悦溢于言表。每个人都是需要爱和关怀的，只是表现的方式不同而已。即便像父亲这样的农民，其内心也是丰富的，只是限于条件，无法表达或表达不同而已。今天，我看到了父亲写在脸上的陶醉和幸福。作为儿女，能做的也应该去做的，就是把这份幸福延续，再延续。把对父母的爱，完整地表达出来。

下午与亲友聊天。

晚，于宏状元酒楼宴请挚友付慧博夫妇。

【六月十日　周日　晴】乘坐大巴返京。天热，车坏在半路，空调关闭，汗湿衣衫，甚疲累也。

晚，莫名烦躁。再冲澡，逼迫自己静下来，打开电脑，做下周的工作计划。

吕浩替我买了一本严大椿编著的《有趣的日记》，商务印书馆民国三十六年初版。此为朱农经、沈百英主编之“新小学文库第一集”之一种，25元。

【六月十一日　晴】上午例行周会。我强调了心态问题（突出沟通和服务意识）、职业素养（突出礼仪、反对自由主义和自私自利行为）问题、组织学习（自觉性）问题、同化问题（树立正气）、方法问题（实事求是、细化、可操作性、掌握流程）。我说，约定俗成的东西非常可怕，人性中的一些弱点和不良习气非常可怕，所以我们必须提高警惕，必须努力克服，必须树立浩然正气。

我重申并阐释了我坚信的理念：有冲突就是沟通不好，有困难就是用心不够，有问题就是方法不对，有抱怨就是心态不端。我希望大家都能记住这几句话，并体现在日常工作和为人处世之中。我相信这几句话对一个追求上进的人来说，是有启发和帮助的。

下午，约请张果、宫长征至碧露轩茶馆喝茶聊天。主要是做张果的思想工作。作为公司的副总经理，不作为，两个多月来没有任何工作成绩，反而散布一些负面情绪化的言论，是不应该的。今天我把问题全部谈开，该批评的批评，该说明的说明，希望他能悬崖勒马，对自己有个清醒的认识和正确的角色定位。以大局为重，以工作为重，宽宏大量一些，尤其不要跟员工为琐事纠缠不清。不是一心向佛么，更应该明事理才是呀。今天他的态度很好，结果如何，日后见分晓吧。

通知孙方来上班。面临的第一件事，就是处理陆玲、杜雅萍、吴洁的问题。工作敷衍，推卸责任，拉帮结伙，散布谣言，看看这些人！

【六月十二日 晴】上午终审《血色家族》书稿，并与作者任彦芳就宣传和座谈会事宜进行交流。《邹为瑞书法作品集》印出，尚可。为瑞兄要给钱，拒之。

下午，王耀东夫妇来。就草原夏令营活动进展情况进行交流。我作了详细的工作部署：1. 初选，6 月 30 日截稿；2. 组织评委会，进行复审和评选，7 月 5 日前结束评选。全部署明获奖理由；3. 7 月 5~15 日用特快专递寄发获奖通知，并电话与获奖学生家长沟通参加颁奖典礼事宜，同时准备奖品、奖杯、奖牌、证书、礼品等；4. 才艺展示的节目名单和相关材料，7 月 15 日前全部提交到位；5. 确定出席开幕式和颁奖晚会的嘉宾及领导。商定张果 20 日去科尔沁，与团市委相关人员确定：①日程安排，包括食宿、开幕式、颁奖晚会、助学仪式、才艺展示联欢晚会、旅游观光等；②确定当地出席的领导和嘉宾；③确定组委会名单（赤峰方面）；④确定会务组人员名单及两个以上联系方式，责任到人；⑤具体费用预算及赞助事宜。

接黄新燕网函，主要谈了：1.《地球》杂志拟策划的五个重大选题；2. 目前可以同步开展的具体工作计划；3. 她个人的几点要求（做常务副主编、月薪三千元、20% 股份、30% 业务提成等等）。即复之。有些想法很好，需要全力支持；有些则需要商议。

接杭世金函并稿件两篇，补入《日记知识百问百答》一书，越来越像一本“日记小百科”了。《作家教授谈日记》二稿清样印出，嘱小李连同《从皕宋楼到静嘉堂访书日记》一并补交出版社审批。

《我的1976》书稿二校清样出。

晚，去西湖印象酒楼吃饭。其菜谱上有《馔食铭》文，读之有趣，特抄录之：

决决吾国，悠悠文化。饮食一道，足窥宏大。
燧人取火，且化膻腥。宿沙煮海，益进调烹。
伊尹负鼎，喻导成汤。孔丘馔道，礼化为良。
苍生所依，以食为天。一饱无思，三顿即安。
口腹之举，其理深悠。天人合一，此外难俦。
天地日月，宾主阴阳。星辰宇宙，四时三光。
五谷为养，五果为助。五畜为益，五菜为补。
烹作表象，调为里品。和当精髓，水火宜称。
色香味形，琴瑟笙鼓。席上厅间，堪娱耳目。
食者有心，应知礼仪。知礼而食，谁谓尊卑。
今享升平，国富民康。四海一家，但醉何妨。
肩担大任，千秋万载。西湖印象，快哉快哉！

归而审校《书脉》清样。

【六月十三日　晴】分别接到散木、周允中、柳萌、凌鼎年、黎树祥、卢礼阳、徐明祥、姚桐椿等人信稿，一一回复之。

接袁爽先生函。接夏令营稿件十余篇；接余玮、吴志菲夫妇稿件八篇。

上午分别与张果、苏萍、孙方谈话。下午与《书脉》编辑开会。以被辞退的杜雅萍为例，强调纪律和业务，更强调了职业道德问题。

分别致电邹为瑞、万伯翱、黄新燕，商议《地球》杂志事宜。下午四时，至体育报刊社晤万伯翱，谈一时许，商讨杂志事宜。随后荐识张迎建董事长，说明情况后，即与国土资源部纪委书记强旭东通电话，请他关照此事。强原为张属下干部。受赠万伯翱著《万伯翱钓鱼散文专集》一册，《中国钓鱼》杂志二册。万在看我带去的资料时，其中有一句“万里之子万伯翱”，他看了说：“把前面四个字删去，好像我什么似的，改成中国传记文学学会会长、中国体育报刊社社长兼总编辑，这样多棒啊！”另外询问了杂志和公司运作的情况，说：“要那么多人干嘛？砍掉一半！你知道国外的很多杂志，都是几个人在办，不是都办得很好吗？……学学他们（指《中国钓鱼》），看看人家，广告排着队上，全是花花绿绿的广告！挣钱了。一年上交中国体育总局六百万呢！学学人家，改天给你介绍他们认识。”巧的是，我们下楼时，正好碰见了《中国钓鱼》杂志的主编袁海娜，顺便聊了片刻。

晚，与宫长征小酌。归而早睡。

【六月十四日 晴】上午给编辑一部开会，询问杂志出刊进展情况并作了工作安排。分别与王洁、孙方、宫主任谈话，交流相关工作。我嘱孙方，在做好按章办事的同时，一定做好其他人员的安抚稳定工作。目前的相关工作交接和制度的修订，尽快规范化、流程化落实。

所有人员稳定之后，强化“自我管理”和“全员营销”。制度化要求，人性化管理，一切以提高创收和个人职业品质为基础，一切从实际出发，不要吹牛，不要轻易许诺，扎实工作，踏实做人。

孙方是个原则性很强的人，是个“铁娘子”般的人物。这样的个性，适合做人事主管和财务主管。不过我的意见，还是要恩威并济，软硬兼施，因人而异。有一点，不管什么管理方式，多沟通多交流总归没有坏处，最终的结果，必须是良性的。

改毕与蟹岛的合作协议书。签署《血色家族》印刷合同。签署“日记丛书”出版合同。

下午终审毕《书脉》（4期）清样。与编辑二部开会讨论《书脉》编辑问题和图书策划问题。

接郭华荣稿《南北朝的梁代已有对联》、照片两张；接马忠文信；接王绍仁教授信。

晚，观方彪做的电子杂志样稿，甚不满意。

接明祥兄前天发的邮件：

晓明：信悉。读后很高兴，你的事业已经开始起飞了。你干了这么多事情，我觉得是否太累？应注意适当休息，注意健康。我现在就深受困扰，一直头胀。事情头绪太多，可否有选择地重点做？我不太主张摊子铺得太大，牵扯资金太多，因为公司人手虽多，但真正承担压力的还是你一个人。也许，我太保守了。不知道你的各个部门是否有明确创收任务指标？那样你的压力会小一些，至少要他们挣出他们的工资和差旅费等，且应有盈余，不能养闲人。

发票已收到，早已短信告诉你的会计。谢谢你的帮助，以后可能还要添麻烦。

今天文泉清来邮件，让我选择王学仲先生书画作品发他，做藏书票用。近期我会选定。

发去唐国和文章，似乎发去过，记不清了。马旷源约我写了一篇文章，他很满意，要收到他的书中，他希望寄你发一下。两文均发去，你酌情处理吧。

明祥 6.13

即复之，我说了一些略带偏执的话，想明祥兄能够理解。

接管炳圣网函，即复之：“我的意见，节约财力物力，筛选一些有价值的资料编印出来，可能比这样的小报更好。因为你是自己掏钱，更要突出实际意义和其将来的传承价值。”

接稼句兄网函：

晓明小兄：来信收悉，即覆。《书脉》收到过两期，名家云集，文章也都可看，你做了件好事。惟错字较多，第三期卷首既刊姚某的信，可见已引起重视，但仍有许多错，望能核校几遍才好，宁文的《开卷》、阿泉的《清泉》就比较干净。拙作未必有意思，特别是关于鄙乡的，外地读者会很陌生，找机会吧，其实让我找自己的书，更是无趣的事。奉上《闲话》两册，一册给吕浩，此乃选辑诸家议论，多溢美之词，千万不可当真。地址、电话已记下，可随时联系。馀言后叙，顺颂

安好。

王稼句 谨覆 六月十四日

接黄裳先生函：

古农先生：惠函并《书脉》一册，拜收，谢谢。

贵刊编得十分精致，篇篇可读，皆佳制也。于目前近读书刊物中，可为上驷，佩甚。

我最近忙于整理近作编著，久未作文，一时不能供稿，乞谅之。

专此复谢，即请

夏安

黄裳 2007/6/13

【六月十五日 晴】协会转来一包邮件：杭世金信稿各二；韩青稿二；张乃予赠民报《五车书》若干；郝一星赠书《翠园漫笔》（郝一星著，科华图书出版公司）；芮昌南赠书《根田诗选》（香港天马出版公司）；原草赠书《夜半钟声》（原草著，金陵书社）；章治萍赠书《诗家园创立五周年优秀作品选集》（香港天马）；忍冬赠书《读书听雨》（内蒙古人民出版社）；白振奎赠书《胡适人格》（河南人民出版社）。信件有顾骧、韩青、芮昌南、原草、梁建武、熊世俊、叶嘉新、蔡瑛、章治萍。另有原

草书幅二件，芮昌南书幅一件。

原草赠诗：书中百味醒梦魂，脉通河洛龙传人。
古贤来古勤教化，农者思农忙耕耘。
百鸟争鸣把书脉，一花独香谢古农。
品书忙，忙品书，朋友八面，八音合鸣把书脉；
鉴古乐，乐鉴古，天地一方，一花独香酬古农。

调改《书脉》清样，把小说连载和干巴巴的书评文章删去。与吕浩配图。

【六月十六日　晴】从本周开始，例会改为周六上午召开。我主要谈了开门办公、工作配合、安全使用网络等问题。孙方谈了很多，主要是人事制度方面。会后，张果大为不满，觉得孙方提出的“所有工资和奖金，都应按税前发放”是针对他的。尽管会上已经强调“历史不可回溯，原来签订的税后的不要更改”，“这项制度从于总到任何人如没有异议，都该遵照执行”，但被私心拽住的张果老兄，还是把孙方叫到办公室，狠狠批了一顿，终于两人激烈争吵，不欢而散。他甚至说出了“如果所有的人都按照法律教条去做，还能活吗？在必要的时候，就必须允许犯罪分子存在”的谬论。

下午殿台来，畅谈数时，并一起晚餐。他目前面临的一些管理上的问题，我是能理解并深有感触的。接受他的推荐，我报了一个培训班的名。七月份开课。

【六月十七日　周日　晴】上午在公司读书。下午，宫主任陪同往联通公司选购手机一部，预存话费 12480 元，送一部价值 7580 元的诺基亚 7280B 酷派手机，要求每月基本话费达 520 元方可。以我的电话使用情况，这种方式是合适的。

晚，整理编写《桓台历代诗词选注评》十一首。

【六月十八日 晴】上午与张果谈话，就大家反映的在工作中的一些表现和周六事件向其核实，本着有则改之，无则加勉的原则，就他承认的一些不妥的做法提出批评和改正意见。他却是满杯状态，拒不接受任何批评意见，强调自己没有任何过错，最后竟然跟我拍了桌子瞪了眼。最后我接受了他的口头辞呈，马上安排人事主管和财务主管跟他交接工作、结算工资。私欲膨胀、嫉妒造成的心态失衡、脾气暴躁是他的致命弱点。

下午张果夫人从呼和浩特市打来电话，向我求情留下他，并替他给我赔礼道歉云。我们聊了半个小时，感觉这还是个通情达理的人。

托娅来电话，说了一些吴洁的事。硬着头皮听了一会，赶紧打断她，借故挂了电话。我实在没有兴趣更没有时间，听这些无中生有是是非非的事情。很多时候我在想，如果这些人拿出做是是非非的事的一半时间来读点书，来做点有益的事，哪怕去琢磨赚点钱，都会好些。

接谷林先生信，反映了上期《书脉》在编校、投递过程中出现的一些失误，类似的意见，还有王稼句等人反映，非常值得重视和警醒。特为此召开编辑会议，作了相应要求和处理。并建议编辑征求谷林先生同意，将此信和我们的回信加编者按刊发。

【六月十九日 晴】上午分别与一编室、二编室人员座谈，询问工作进度情况。孙方来谈话二时许，嘱她做好人力资源工作，我会全力支持。中午，张果来找我谈话，他很诚恳地表示歉意，认识到自己的错误，愿意继续留在公司工作，我说容我考虑后再说。心胸狭窄、以怨报德的人，对于他的“诚恳”，我现在有些怀疑了。

下午接到华夏人瑞公司白璐电话并相关表格，我认真填写后 Email 给了她。

《从皕宋楼到静嘉堂访书日记》校毕。与康健通话，相约周日见面，商议《作家教授谈日记》出版事宜。

审阅毕《名流周刊》四稿清样。浩淼发来改版杂志封面，非常满意。这小子还是有才！内文版式部分欠佳。

画店送来装裱的四十八幅书画作品。峻青和流沙河先生的两幅，我是最珍爱的，却装裱得最差，花花绿绿，令我非常不满。他们虽答应重新给我装裱，我还是很生气。我担心的是，他们的粗糙手艺，损坏了画面和画质。为了钱就偷工减料，为了钱而敷衍了事，不顾质量，真是让人气愤。

【六月二十日　晴】早起。读了一个小时的《荀子》后去吃早点，至办公室，写信五封，分致黄裳、峻青、周退密、流沙河、冯其庸。交办公室寄出。

上午如约至公安部群众出版社与李红珠编辑商议合作出版手续相关事宜。

下午至华夏人瑞公司晤白璐。

签印《血色家族》；签印《当代名家藏书票》（宋肇水）。

要求中国文联出版社鄢晓霞编辑退回“日记书系”的四本书稿清样，教条主义、官僚作风、人浮于事，真是害死人！

晚，陪编辑一部加班调改杂志。夜宿公司接待室。

【六月二十一日　晴】与孙方交代三件事：1. 周六上午组织员工进行职业教育培训（主要围绕商务礼仪、责任心、顾全大局）；2. 与编辑部主任协同修改落实编辑部的奖惩条例（编辑、记者、校对、排版设计、录入）；3. 近期人员招聘和培训计划。

陪同编辑一部调改杂志，下午定稿。随心所欲、自以为是、自作主张，是造成时间耽搁的主要原因。要求深圳方面抓紧出数码清样。

列了列编辑部近期工作中出现的一些问题，拟找时间和编辑们沟通一下。

督促李建平等人尽快落实资金到位。

接姨父荣钦山办理退休手续的相关材料传真件，即请自牧师、张洪兴部长等人帮助协调之。

接柳萌、陶安黎、徐亚达、乔忠延、曹培根、余凤高、黎树祥等人网函并致《书脉》稿。即一一复之。

张亚钧馆长自上海学习考察回京，晚于大宅门饭庄为其接风。同席有福建国土资源厅厅长林坚飞、广东国土资源厅副厅长李再文、安徽国土资源厅副厅长张祖旺、《地球》副总编黄新燕、中建一局律师张东珠、同天视地空间技术公司马宁、留美博士蔚东英、公司办公室主任宫长征。饮五粮液酒两瓶，饭毕，一起去钱柜歌厅唱歌，十时许散。

【六月二十二日　晴】上午与王文思谈《蟹岛》杂志编辑及字画拍卖事宜。印刷厂来谈《名流周刊》印刷事宜，交办公室与编辑部协同处理。

协会转来邮件一包：张安奇信、《我的 1976》稿件并照片；晓雪信、《我的 1976》稿件并照片；辛亥老报人朱峙三之子胡香生信及稿《朱峙三游记》；杨郁、卓署、梁春、朱树人、任小峰等人信；任士荣信并稿《手风琴演奏出精彩人生——记原空政文工团一级演奏员任士荣》（谭毅挺文）并新老照片 11 张。

交办公室李助理，代我先电话回复。

下午，督促杂志定版事宜。孙浩淼在最后紧要关头，竟然提出加价的要求，让人难以接受。年轻人总归是靠不住的，反复性太强而且不顾后果。沟通不成，他竟然关闭了手机！召集苏萍、宫长征、武亿、马兆峰等人马上开会，一方面积极争取，另一方面准备按照第二套方案执行。

晚十时许，李建平、兰剑偕山西煤老板蔡文华抵办公室。小坐后至碧露轩请他们喝茶议事。所委托之事，我只能尽力协调之。十二时许归寓。安排他们住华戎城宾馆。

【六月二十三日 晴 周六】昨晚直到夜里三点，苏萍他们还在与孙浩淼及其在北京的朋友交涉杂志清样交接事宜。孙关闭手机，其朋友邹态度蛮横，甚不讲理。致使不欢而散，无果而归。同事们甚为气愤，恨恨地说要修理修理这个不知天高地厚的家伙。我劝慰住大家，一方面要求按照第二方案着手弥补，一方面与吴新宇兄通电话，通告了孙浩淼的种种不妥做法。半小时后，新宇兄来电，替孙说好话，表示歉意。我告诉新宇兄，鉴于目前的紧急情况，让孙抓紧与我通话，商议补救措施。但我等到晚上，也没有接到孙的电话。

我们自己的补救工作至晚十时许全部做完。通知印刷厂来拷贝文件，出数码清样。苏萍、小武已经两天两夜没有休息了。

上午任彦芳引北京天遂京愿商贸公司、温居园宾馆董事长王茵女士来访，交谈二时许，甚洽。李建平、兰剑来，交代下一步工作并嘱凡事量力而行，以杂志业务为工作之重，兼顾其他。

下午终审杂志最后清样。

阅李翠访整理的近期公司会议纪要，做得很好。即复她一信。

接赵秀娜网信，即复之。

改毕《书脉》卷首语《阅读·边缘》，并发给自牧、徐明祥求正。

【六月二十四日 晴 周日】据悉，昨晚八时许，著名相声演员侯耀文先生因心脏病发作在北京去世，终年59岁。慨叹之余，不免深思：如果说因为一个人的去世而断言“一个时代的终结”有些言过其实，而近五年来相声界国宝级人物的相继离去，再加上被视作中坚力量的代表人物侯耀文的辞世，相声的萎缩确已显现，相声艺术的黯然也已不可避免……

2002年2月14日，高英培去世，从此相声界少了一位擅长展现天津市民生活的艺术家。

2003年2月11日，马三立去世，最后一位民间相声大师走了。

2004年7月12日，郭全宝去世，相声界又失国宝。

2006年12月20日，马季去世，最后的相声大师走了。

2007年5月9日，赵世忠去世，“第一捧哏”驾鹤西去。

2007年6月23日，侯耀文去世，相声侯门从此无掌门……

短短五年的时间，我们至少送走了六位重量级的笑的使者，一个创伤尚未平复，一个噩耗又接踵而来，但愿尚不到花甲之年的侯耀文的离去能为相声星空巨星的陨落画上沉甸甸的句号。在大师云集的年代，我们不曾珍惜，甚至视他们的每一次出场、每一个包袱都是理所当然，难道非要用死亡这种最让人难以释怀的方式警醒世人——大师是不可复制的。然而往事只能回味，难怪有人感叹：相声的黄金时代确实已经过去了，大师云集的时代已不复存在。

细数这一个个令后人景仰的前辈，他们无一不是低调而又与世无争的人，见过大世面又获得过无数荣耀的人大抵如此。在那个时代，我们看到的是老一辈相声大师身着长衫、手拿折扇、捧逗抖包的书卷气，而这些，在新一代的相声演员身上大多早已荡然无存。然而把相声当作职业、当作事业甚至是当成生命的人对于今天相声界所面临的现状不仅忧心，甚至无比焦虑。马季先生曾斥责某些弟子不务正业，不够敬业，没有参透相声之精髓，又因为缺少生活而无法提炼真知灼见，使得作品大都流于平庸。

的确，笑是廉价的，因为每个人每天都离不开这个简单的面部动作；但笑又是无价的，因为每一个笑声都是发自内心的，相声只有真实可感才能打动观众的心扉。说相声前辈与人世间的告别，不如说是他们与艺术人生的告别，说他们与相声艺术的告别，不如说是他们与观众的告别。

今后，大师们还将一个个的消逝，但新的奇迹却尚未出现，仅有一个郭德纲是不够的，难道我们真的要在多年以后告诉我们的后代，相声是属于上个世纪的艺术？在后马三立时代、后马季时代，我们除了为艺术家痛惜扼腕，更应直面相声的悲情现实，相声该何去何从？

与自牧老师通电话，就姨父荣钦山办理事业单位退休事宜听取意见。与明祥兄通电话，征询《书脉》卷首语的意见并约写茶稿。

杂志数码样送来，签署意见后付印。日夕降大雨，与杨玉泰相约喝酒的计划泡汤了。

接明祥兄网函："晓明：卷首语写得很好。个别处有点不简洁，我略作校订和补充，你看如何？不妥处你再修改吧。重视卷首语，我以为是应该的，这些文字将来可以收入你的文集，记录你在一定阶段的思路和感想，故不可不慎重。明祥 2007.6.24"即复。

【六月二十五日　晴　周一】上午开会，讲了讲角色定位和心态问题，对本周的工作作了部署安排；对上周六他们在例会上提出的一些问题做了解释说明。我严肃强调：对于那些不良习气和不正之风，会像控制 SARS 病毒一样，坚决不容许在书脉公司滋生发芽。同时，凡是为公司作出积极贡献的员工，一定会得到相应补偿和回报。不能让"雷锋"吃亏。

接蒋义海信并为《书脉》题词：书本为智慧圣地，知识乃力量源泉；接卓署信并为《书脉》题词：书香人间，多书不厌看还读。

接黎裕盛、邱忆君、段宝林、丁国成、周允中等人信函；接段宝林稿《谭达先著〈澳门民族文学〉阅后琐记》；接周允中寄其父周楞伽先生一九九一年下半年日记稿复印件一本；接丁国成先生提供六十余人赠书名单一份。

接福建文联副主席陈瑞统赠书《人生如行船》一册；齐鲁书社周晶先生寄《藏书家》（12）毛边本一册。

即一一签署回复意见，交助理电话回复。

复邱忆君、周晶函，并各赠《门外漫谈》、《我，或者我们》各一册。

【六月二十六日　晴】印厂余小勇经理来，谈定长期印刷合同。《书脉》、《名流周刊》签印。

下午至中关村海龙电脑城，购投影仪一台。

马国瑞兄至公司叙谈，晚，约请他一起就餐。两套丛书出版事宜请他找新星社帮忙。

饭毕至华侨饭店晤苏炜兄。畅谈至后夜二时许方归，宫主任一直在楼下受累等候。辽宁的工作是扎实有效的，其发展速度和重视程度出乎我的意料。同时我也有一些担忧，人一多必生乱，如何加强培训教育和监管机制很严峻地摆在我的面前。苏总虽然不是个文化人，但他做事情的务实谨慎、认真负责、勇于开拓的精神是可取的。资源优势互补，必须加强沟通和交流。

接吴新宇网函及稿《成功的作家是贡献出人物》，写湖南作家王跃文的。接翟新兵《新营销思维》（北京大学音像出版社）讲座光盘一套、《销售经营10堂必修课》（北京理工大学出版社）一册。几年没有翟老师的消息，现在俨然是清华大学、北京大学、上海交通大学及美国北弗吉尼亚大学、澳洲国立巴拉瑞特大学等高等学府的客座教授了。观其书籍和讲座光盘，发现其讲授内容和深度，仍是五六年之前的状态。但有一点，翟老师很会融会贯通，比如讲销售的和人力资源的，企业文化和战略的，比如教师的和公务员的……他的高明之处在于，能恰到好处地穿插起来，并且绘声绘色地讲出来。同样是一盘豆腐，他能做出很多种花样来，而且都很可口，这也是需要功夫的。他志在做“中国一流的培训师”，实际上可惜了这支文学的笔杆子。

晚，整理《桓台历代诗词选注评》。

【六月二十七日　晴】上午与孙方议人事计划；与王文思议蟹岛度假村项目。

工人来安装投影仪和音响。

云南薛波涛偕《云南法制报》杨副主编和严记者来，彼此介绍了工作情况。午，于九头鸟酒店宴请薛波涛一行，饮红星二锅头陈酿一瓶。

饭毕安排他们去雍和宫游览，我给佛教学院刘德成主任通话，得以顺利免费入内并安排导游。

下午，于办公室翻书。《书脉·刘绍棠纪念专辑》编完，安排吕浩配插图。

晚，去蟹岛度假村晤刘习飞经理并饮酒。此公在企业管理方面的一些见解，我是深有体会的，赞同的。在合作项目上，我坚持自己的意见，必须本着平等、尊重、互惠的原则，协商施行，不存在谁迁就谁，谁买谁的账的问题。合作不是意气用事，更不是你争我夺，而是共赢。

十一时许归寓，微醉。

【六月二十八日　晴】任彦芳著《血色家族》印出，上午送来样书。

接解放军艺术学院邢军纪函；接海宁陈伯良函并稿《宋云彬早年的革命活动》等；接合肥程静昭函；接四川诗人木斧赠书《车到低谷》（木斧著诗集，中国三峡出版社）；接种福元赠书《古旧书刊报收藏》（0702）；接《济南日报》逄金一兄赠书《大地繁华》（诗集，新世界出版社）；接余玮、吴志菲夫妇投稿五篇。

接王国华、戴天恩、蔡瑛、周允中网函并投稿，即一一复之。

改毕“草原之旅夏令营”获奖通知书内容。下午王耀东等来，与之议夏令营稿件评选事宜。我坚持自己的意见：质量第一，宁缺毋滥，杜绝人情奖！

晚，参加友宴。九时许归寓。

【六月二十九日 周五 晴】组织员工培训。目的是进一步优化队伍和统一思想认识，提升大家的职业素养和做人做事的品质，改进方法，提高工作效率。培训分三部分进行：1. 余世维主讲的情商（EQ）管理（观摩光盘）；2. 北京大学民营经济研究所翟景行主讲的《性格量化分析》；3. 知名培训师翟新兵主讲的《职业道德管理》、《职业价值管理》、《职业目标管理》（观摩光盘）。员工情绪高涨，效果极佳。余世维所言：“我个人从事管理工作多年，也因公或求学在欧美、日韩、新港等多地来往，发现国与国、人与人、企业与企业之间，之所以有优劣良窳之分，都无关乎人种、地区或智商之别，其根本原因均在思想或意识动辄相去千里。孙中山先生所言：‘国者人之积，人者心之器。’当属至理。迩近在国内，人人倡导学习型组织，甚至学习型城市。顷刻之间，各个企业或职场员工莫不汲汲于管理知识的研读或教育训练的参与。事实上，培训工作可概分为三个层次：①管理思想的启发②管理工具和方法的应用③管理效果的追踪。惟不少企业总在工具、方法上热衷引进，囫囵吞枣，最终却是成效有限。我管窥所见，自审整个企业，由最高主管以迄基层员工，大多未能在基本思想与行为规范上着力，徒然东施效颦，也是难以奏效。”我深以为然。

牛牧野兄抵京，相约聚饮。宫主任开车，至大方宾馆接上合肥友人潘诚董事长，同往京丰宾馆赴宴。座有该宾馆左总、刘书记、张副总等人作陪。潘董不善饮，勉强喝了四小杯，即退席，打车回宾馆。一刻钟后发短信称：不胜酒力，头晕而且呕吐了。表示歉意。我倒感到非常的不安和歉疚。

六人饮“伊利特曲”四瓶，皆有醉意。又至闻香阁茶馆饮茶解酒，十一时许，我示意宫主任，提前告辞归寓。

【六月三十日　晴】组织员工随旅行社至北戴河游玩，中午抵达，宿公安部在北戴河的秦公宾馆。天不作美，在北京很晴朗的天气，至北戴河则成濛濛细雨，且伴凉风。大多数人穿着都甚单薄，甚至短衣短裤，故而在海边立于风雨中便感瑟瑟。宫主任第一个着泳衣下海，苏萍紧随其后，很快带动了大家的情绪，纷纷下水。我这极少下水的旱鸭子也被拉进了海里。这是我第一次下海，感觉有些异样，但学会了“狗刨”。大家在海水里嬉戏，在沙滩上打闹，甚至躺下来，用沙子埋住自己，玩得非常高兴。我抢拍了一些难得的镜头。

晚，我做东请大家至碧海天酒店吃海鲜，经理安排我们于浪淘沙厅，这是这家酒楼最大也是最豪华的一间，最低消费一千元。大家饮当地名酒“求仙贡”白酒三瓶。席间谈笑风生，又唱又跳，尽兴而归。回房间后，与宫主任、苏主任、文泉清、王文思一起玩扑克牌“保皇”至后夜一时许方睡。

今天是许久以来彻底放松、非常开心的一天！

二〇〇七年七月日记

【七月一日　周日　北戴河　阴雨】早起后，发现窗外依然小雨濛濛。赶去餐厅早餐，导游通知大家依然自由活动！花了钱却没办法游览，旅行社假借天气原因找出种种理由推卸责任，是非常不应该的。征求大家的意见，分了两组，一组去海边游玩，一组在宾馆内打牌。午餐后，起程返京。北京的天却是艳阳高照，热气逼人。

第三期《名流周刊》杂志印毕送来，整体感觉不错。

观香港回归十周年电视系列报道，及胡锦涛总书记在庆祝会上的讲话。

八时许，至夜市啖羊肉夹馍、烧烤肉串及各种小吃，饮啤酒一瓶。

【七月二日　周一　晴】上午例会：1. 每个人上月的工作总结发言。2. 部署本月重要工作：杂志改版成功座谈会；夏令营；地球签约后，营销队伍的建设和培训；企业变更事宜；任彦芳《血色家族》作品研讨会；月底的全体员工封闭式培训；下期杂志选题会及采访计划；藏书票项目的全面铺开；蟹岛项目的实施……3. 评选“金鹿奖”、“蜗牛奖”。强调了工作协调配合问题，加强学习、提高业务技能和综合素质问题，全员营销问题，沟通问题。

会后召开各科室主任会议：强调部门之间工作配合问题，财务报销问题，各项规章制度落实问题，工作方法问题。要求原则性与灵活性并重，事务性向经营性转变，公私分明。

会后召开全体编辑会议：就本期杂志在编辑校对出版过程中出现的问题进行深入而坦诚地交流，分自述和讨论两部分进行，每个人的发言都很好。此次出现的最突出的问题是缺乏计划、流程混乱、随意性大、变化频繁而且多是自以为是的变更。我要求所有编辑先解决好内部之间的人事矛盾，再谈工作。如果再出现忙得忙死、闲得闲死的情况，不但直接责任人将受到相应的处罚，编辑部主任也一并受罚。要求每个人都应重视细节问题，比如标题的制作，比如文字的校对，比如印刷的纸墨，比如与作者、读者的沟通等等。细节不小，每个细节都可能带来意想不到的结果。

会开到一点半。黄新燕副主编二点至，我顾不上吃午饭，与她商议《地球》改版第一期（9月出刊）的编辑思路和内容选择。我通知托娅协助黄老师工作。托娅非常高兴。

吴洁来谈工作事宜。

五时许，北京温居园宾馆董事长王茵偕中国民营经济联合会会长郑富林、常务副会长刘海龙至，闲谈，寻找有无合作的可能。对于《民营经济周刊》（报纸）的合作提议，我婉拒之。但对于商务活动的合作，我表示可以考虑。请他们至碧露轩喝了两个小时的茶。

晚，听取韩林的财务工作汇报。与孙方、韩林谈话。强调了一点：所有的工作必须掌握主动权，不懂不会没有关系，学！关键是不要不懂装懂或似懂非懂，更不能被别人牵着鼻子走。九时许，至大方酒家吃水饺，饮啤酒。庞中华来电，约采访侨联主席庄炎林。

归寓翻阅员工的月度总结报告二十余份。观电视剧《局中局》。

【七月三日 周二 晴】邀请北京军区政治部文艺创作室主

任、歌词作家石祥，中国诗歌学会理事陈有才，书画家张永海、李欣雨，雕塑师刘文亮，诗歌评论家王耀东，中央电视台艺术总监崔国安等十余人，组成评审委员会，对经过初选、复选出来的四百余件作文稿件和书画作品进行终审选评。晚七时许结束。

接吴洁网函，接桑农网函；即复之。新宇发来作家王跃文的照片三张。

【七月四日　周三　晴】上午张果来，就克旗团委方面的会务组织情况及具体费用预算作了详细汇报。结果是比起初的报价增加了一倍，竟然达至20余万元！很多会务方面的细节也没有谈妥。他关心的首先是差旅费能不能报销。

下午至总参一所中外名流书画院给邹为瑞院长送杂志一百六十册。就改版座谈会、草原夏令营邀请嘉宾等事宜征询他的意见。

接季羡林先生为《书脉》题词："弘扬中华传统文化，构建和谐美好社会。"

分别接谷林、季涤尘、段宝林、陈桥驿、周良沛、颖川、郭豫适等人信。

接季涤尘稿《总是难忘——怀念巴金先生》；顾杏娣《余思于斯——记红学名家郭豫适》；陈真（段宝林）稿《学术创新的误区》；颖川稿《书情偶寄》；陈桥驿《郦学札记》。

接周良沛赠书《浪漫与现实的手记》，台湾人间出版社2004年版。

晚，宴请牛牧野、马国瑞，宫主任作陪。归而撰《桓台历代诗词选注评》。

【七月五日　周四　晴】与王耀东等人商议夏令营事宜。我的意见是不能轻言放弃，先去赤峰实地考察后再行定夺。嘱宫主任订票。

支付物业管理处下半年办公楼房租十万元。

下午，开《名流》今年第四期选题会。对于编辑人员的敷衍塞责和自以为是，我详细询问原因和症结所在，引导他们自己正视问题并拿出解决方案。

接北京大学孙继成稿件《朱虹与朱光潜》。

晚，与宫主任乘坐2259次列车前往内蒙古赤峰市。一路满脑子是公司的人与事。

【七月六日 周五 晴】晨七时抵达赤峰站。敖汉旗司法局局长于封云、解放军战友旅行社黄先清总经理及两名员工接站。在福兴酒楼用毕早餐后，于局长安排司机驾乘司法局的警车送我和宫主任前往克什克腾旗。约三个小时后抵达，旗团委左志勇副书记、奇石旅行社总经理王敬宇等人驱车来接。在巴彦德力海（“富饶的世界”之意）酒店午餐，饮当地名酒“金青稞”一瓶。

饭毕，王敬宇驾车陪同我们至曼陀山庄景区和达里湖景区实地考察。这里位于克旗（经棚镇）西北大约90公里，最大特色是玄武岩台地、风沙地貌、湖泊地貌等类型构成的达里诺尔国家级自然保护区。亚洲最大的风力发电厂也位于此处。景区于占林总经理、曹副总接待陪同。先后看了蒙古包住宿情况、餐饮情况、会议场地、地质博物馆、达里湖、曼陀山奇石和其他几个景点。最大的感受还是偏远、贫穷。但空气是清新的，景色是优美的，人是朴实的。在草原上漫步的牛羊最能表现出草原的悠闲、安详、平和。拍了一些照片。

晚，旗人大主任李俊清在克什克腾旗饭店做东，宴请我和宫主任。旗政协秘书长孙长江、旗党办主任马鹏飞、人大常委韩主任、旗团委副书记左志勇、旗工商联主席宝希强、景区于占林书记等人作陪。气氛友好而热烈，饮“金青稞”四瓶。蒙古人的热情好客也表现在酒上，酒风甚盛。

受赠《克什克腾蒙古族》（宋喜岭主编，中国戏剧出版社2006年版）一册。

晚宿王敬宇总经理的石龙山庄。农牧风味甚浓厚，但房间内的设施全是现代化的，尤其难得的是此处的天然温泉浴澡，甚解乏也。据说，温泉水中含化学元素氟、镭、特殊气体氡、硫化氢，稀有元素镓、钼、钨、锂、锶等47种微量元素。热水温泉对治疗皮肤病、风湿、高血压和心脑血管疾病有独特疗效。因水中含镭元素，形成低放射水质，对治疗神经系统的疾病有特殊效果。历来有“自然之经方，天地之良医”的美誉。康熙皇帝曾说“此为圣水，宝似金汤”。且让我们也享受一番。

【七月七日　周六　晴】人大李主任、韩主任、团委左书记、政协孙秘书长等人陪同我们用过早餐后，我推掉去景点漂流的邀请，回宾馆休息——昨晚喝酒有点过量，头一直隐隐作痛。十时许，与王敬宇总经理商议日程细节和费用预算，基本安排妥当。在宾馆看到一份资料，称“克什克腾为元太祖成吉思汗所赐军队的‘却薛台’称号，即克什克腾旗，系蒙古语译为‘番军’、‘亲军’之意。清顺治九年（1652年）始建克什克腾旗制。”“总面积20673平方千米，总人口26万人”。

中午便餐后，因为时间关系，嘱托王总全权处理与旗书记、旗长等人的接洽，把协办单位改为旗人民政府。一切联系妥当之后，团委安排车送我们回赤峰。晚，敖汉旗司法局于封云书记、战友旅行社黄先清总经理于银海酒楼丰泰号请饭，为我们饯行并送我和宫主任上了火车。殷殷厚意，浓浓真情，令我感动不已。

九时许，乘坐5560次列车返北京。

【七月八日　周日　晴】早六时许车抵北京北站。打车回寓洗浴、早餐后，至公司与编辑部人员补充选题讨论。八月份出刊的稿件和采访任务基本确定下来。重头稿件（本期策划）一是香港回归十周年的综合报道；一是针对这几年来相声界很多重量级演员的先后辞世，进行深度人物报道的同时，也反思相声艺术的现状，请相关资深人士谈相声艺术的未来。议定采访姜昆、李金斗、郭德纲。

重新调整了草原夏令营活动的日程安排，并传真给王总。

联系开幕式和颁奖典礼出席嘉宾和领导，确定19日下午在蟹岛度假村举行。

王文思拿来《悦读蟹岛》样刊请我提意见，其内容之充实，版式之得体，材料运用之丰富灵活，皆有点出乎我的意料。肯定和表扬之余，也提了几点不足，嘱正刊定样时修改调整一下。她很高兴地交差去了。

观《大家》对何泽慧（钱三强夫人，92岁。我国著名的核物理实验科学家）先生的访问，充分感受到她的坚韧和自强精神——这是一个人成功与否的很重要的因素。老太太的一句话给我留下深刻的印象："我不怕挫折，没有什么困难能打倒我！"

马国瑞来谈出版合作事宜。中国民营经济研究院院长助理崔巍来电话，约面晤时间。

晚，撰《桓台历代诗词选注评》六首。

【七月九日　周一　晴】上午至阜成门定做奖牌、证书、队旗、条幅等。

刘绍棠研究会会长郑恩波来，交谈甚悦，一起午餐。

下午任彦芳偕中国通俗文艺研究会秘书长赵功义来，商谈赵来公司上班事宜。赵报出的大众文艺出版社要四万五千元一个丛书号的价格，我是不能接受的。他想来公司就职（提了两个条件，一是给个副总职位，一是月工资不低于五千元）的请求，亦婉辞之。

送郑恩波、赵功义杂志、《门外漫谈》等书数种。

五时许，宫主任驾车陪同至蟹岛度假村考察会场及住宿房间、餐饮标准等。七时许，辞刘总、尚非经理约饭，回公司。

晚，吕浩约我去晤天涯网友注注、梁由之、段华等，婉辞之。

十时许与宫去面馆吃面谈事，归寓休息。

【七月十日　周二　晴】安排发放获奖通知。确认出席开营仪式和颁奖典礼的嘉宾，乔羽、周海婴、林非、从维熙、邓友梅、崔道怡、张炯、孟伟哉、雷抒雁等人皆答应前往，使我非常感动也非常高兴。

与印刷厂余小勇经理签订一年的印刷合同。中午，余做东，请我们吃饭。

下午与吕浩、陈霞谈《书脉》事；与宋文靖谈旅行社杂志编辑事；与王耀东、樊向东、胡天蛾谈寄发通知事，要求除了《获奖通知》外，活动日程安排、出席开营仪式和颁奖典礼的嘉宾名单、注意事项等一并寄出。

培训师崔巍来，谈月底公司培训事宜。送他杂志、书籍著作数种。

王敬宇来电，详细汇报近两天他与克旗政府相关领导面谈情况。我说，我最关心的是孩子们和家长、老师们的安全问题，包括景点设施安全和食品安全。我要求必须保证食品的新鲜和卫生；马国瑞来电，进一步协商来公司工作事宜；李建平来电，谈筹资事宜。

十时许晚餐，归寓。近零时许，刘习飞经理来电话，高兴地告诉我，《蟹岛》杂志获得一致好评，顺利通过。得到其董事长表扬，他感到脸上有光。

【七月十一日 周三 晴】与人力资源部经理孙方谈招聘及绩效考核量化问题，协助她把编辑部的量化标准制定出来并顺利通过表决。很多事情不是推行不动，而是缺乏良好、有效的沟通。

拟定《培训通知》。此次五天时间的培训名为“书脉传媒励志计划训练营”，以各省办事机构人员为主，分两部分进行，一是针对基层员工的《打造卓越团队》，一是针对中高层管理人员的《改善方法，提升业绩，创造效益》。约百十人参加，培训费用大约六万元。

此课程针对性强，完全是本公司和杂志社的实际状况的案例分析和讨论，融入每个人的性格特征和资源优势分析、职业生涯规划并与实际工作岗位相关联，提供切实有效的方法和思路。学习后可了解总社及公司的理念、定位、业务运营、发展方向、优势和不足等等。帮助各办事机构及各职能部门有效掌握决策能力、沟通能力、执行能力，熟悉业务流程，快速提升业绩，创造利润。

分别与编辑部、图书部人员开会，听取他们的工作汇报。

接胡晟盛会长电话，赞扬杂志办得好，询问杂志出版及运营情况，甚多鼓励。

王洁从广州来电话，非常兴奋地汇报了采访儿童教育家周弘、经济学家茅于轼的经过和感想，并说准备再采访两个企业家后返京。听得出来，她很珍惜《名流周刊》这个平台。

嘱宫主任给出席夏令营开幕式的嘉宾寄送请柬。

黄新燕来，《地球》排版进展顺利。

晚，北京新闻出版局左文兄偕妻子（他称“拙荆”）毕艳来，于川菜馆酒家请他们晚餐。毕艳上月自湖南师范大学博士毕业来京，在中国出版集团工作。

【七月十二日 周四 晴】落实出席开幕式的嘉宾情况。听编辑一部的工作汇报，嘱与中国曲艺家协会联系采访姜昆、李金斗、郭德纲等人。财富栏目与中央电视台经济频道王利芬联系采访事宜。

听人事部门的工作汇报。

审查账目。

近午，接徐州邵盈午兄电话，委托宫主任去东直门把他接来。聊范曾，聊文怀沙，聊崔自默，聊卞之琳，聊自牧，聊书法、绘画、诗词，聊国学的传承问题……此兄才气横溢，思维独特，却也自视清高，有些目空一切。我半开玩笑说，一个人要想成为大家，首要的一点，就是能把头低下来。午，于大自然酒店宴请盈午兄，饮雕花酒一瓶。席间谈到张大千、齐白石，此老兄讲了一些“花边”，称二老皆有一个同样爱好，即晚年为了“激发创作灵感”而雇保姆“红袖添香”。张大千甚至养了十数丫环，供他同床宽衣。此类“花边”当然不足信，一笑而已。饭毕，至静庐写字若干。受赠《范曾画传》一册，邵盈午著。赠其杂志并拙著九种。

下午整理文件资料。安排办公室筹划企业文化长廊。

接赵晓林网函并稿《七十年前的一篇书话》；接陈漱渝稿《让鲁迅替他修鞋的青年人——冯省三二三事》、《大小便里学问多——〈屎的历史〉浅谈》；接朱亚夫稿件《女性的书斋》、《品“斋”》并照片两张；接汪秀枝稿《读冰点的故事的心情》。即一一复之。

庞中华打电话来，云已到济南，即介绍自牧老师与之见面。

晚八时许，与宫主任去中国戏曲学院接表妹范君宜和她的同学，并把她们送至北京站返淄。十时许归寓洗澡后，阅读《范曾画传》。

【七月十三日 周五 多云】给总经办人员开会。

上午马国瑞来。饭毕邀他和文泉清一起至鲁迅博物馆参加张中行先生追思会暨《说梦楼里张中行》一书出版座谈会。见到的熟人有孙郁、止庵、谢其章、靳飞、谭宗远、刘德水，出席会议的还有张先生的女儿——长女张静、次女张文、四女张莹及四女婿王镛，装帧设计家张守义先生，张中行先生乡友凌恩岳、李开平，读书人陆昕、方继孝、庞旸、贾凯林、曹鹏，解放军某部将军田永清、冯学惠以及工人出版社领导、本书责编樊晓哲，还有新闻、出版界的朋友约五六十人。我发现张守义老头特可爱，自己带了两罐啤酒，边听人发言边自饮，旁若无人。他虽然名气很大，却是个非常平易的人，不管谁找他签名、拍照，他总是非常谦恭而高兴地接受。他画了两幅张中行像，一张赠给三个女儿，一张赠给鲁博。他给《书脉》写了一句话："丹青为命酒为魂"，由此可见其性情之一斑。张中行的三个女儿，大女儿满头黑发，二女儿满头白发，四女儿满头黄发，也蛮有意思。会上，出版社社长张帆、孙郁、田永清、靳飞、张守义先生、凌老、贾凯林、庞旸、止庵、陆昕、冯学惠、谭宗远、刘德水分别发言，张静代表先生家属致谢词。他们深情回忆了张中行先生的点点滴滴，充分肯定了这个"思想家"和"布衣学者、文人"的为文和做人。尤以田永清将军和靳飞的发言印象深刻。田说，有一次他问张中行的座右铭，张先生说："如果说有什么座右铭，那就是我一辈子不求当官，不求发财，只想安心地读书写作，除此之外，别无他求。"还有一次，《光明日报》的韩小蕙问张先生，他的一生什么最重要，老先生当时躺在医院的病床上，眼都没睁开，说了两个字：思想。然后又重复了一遍：思想最重要。靳飞回忆了与张中行十几年交往中的几件事，概括了两个字：温暖。以至温暖得他"总想大哭一场，却不知道什么时候能哭出来"。

谭宗远老兄的发言仍是一贯的"愤青"，为了说明张中行的平易近人和布衣风范，竟然不点名地骂了另外一些人是"装孙子"。他说，很多见过好几面的人都记不住他的名字，而张老先生竟然见一次就记住了，而且记住了他是回民。为此，他觉得张先生"实在了不起"。

会后，我、止庵、谢其章、陆昕、吕浩等至院内的鲁博书店逛书。得三种：《江绍原藏近代名人手札》（江小蕙编，中华书局2006年版精装本）、《签名本风景——唐弢藏书》（于润琦编著，中华书局2006年版）、《叶雨书衣自选集》（范用著，三联书店2007年版），费币327元。止庵、谢其章挑了一套书话书，为边边角角的印装情况和纸张争论不休。谢其章还戏嘱吕浩："把这些记下来，看谁比谁买书更事妈！买书的快乐更甚读书的快乐。"受赠德水兄赠书三种：《三余斋杂写》（刘德水著，文化艺术出版社2005年版）、《说梦楼里张中行》（孙郁、刘德水编，中国工人出版社2007年版）、《高鲁冲突——鲁迅与高长虹论争始末》（董大中著，中国工人出版社2007年版）。刘兄是有心人，为此书专门请人刻制了"张中行先生逝世一周年纪念"印章，钤于扉页作为纪念。回赠刘得水、孙郁、止庵、谭宗远、谢其章、张守义、靳飞、肖振鸣等人《书脉》、《名流周刊》两种各一册。

五时许回公司，与负责夏令营的同志们议会务事宜近两小时。

九时许，晚餐，归寓。

【七月十四日　周六　多云】上午参加公司例会。下午在公司翻查账目。

黄新燕副主编送来两张国际艺术博览会的请柬，相约前往参观，因要去呼市，婉辞。

晚，辞崔巍约饭，在办公室读《范曾画传》。

【七月十五日 周日 多云】上午至办公室，给朋友们回复信件。

午饭后观动画片《别惹蚂蚁》，其创意，其制作，其主题思想，都令人叫绝。

三时许，应友约至王府井书店参加靳羽西女士签名售书活动。

马国瑞拉来一批书充实阅览室。

夕，得上海文友讯：著名文史学者金性尧今天在瑞金医院去世，享年91岁。金性尧1916年出生于浙江定海金家大族，幼年就读于阮氏家塾，1934年至1935年曾在《舟报》副刊上撰稿发表文章。抗战爆发后，全家迁至上海，主编《鲁迅风》、《文史》，并长期为沦陷时期著名杂志《古今》撰稿，其间出版《风土小记》、《文钞》等著作。建国后，长期担任上海古籍出版社编辑工作。“文革”结束后，出版了《唐诗三百首新注》、《宋词三百首新注》、《明诗三百首新注》等影响较大的诗词注释本，同时创作了大量的杂文随笔。年轻时，曾是周氏兄弟的狂热追随者。忆昔五六年前，金先生曾为《日记报》撰稿、题词，并写信鼓励，今日驾鹤西去，内心不免怅然。

晚，辞刁品纯律师饭约，在办公室与宫、马议事。

【七月十六日 周一 晴】一早乘坐中国国际航空公司CA1116航班去呼和浩特，八时许抵白塔机场，冯传友兄偕包头摄影家协会主席钤保成来接。早餐毕，驱车去召河希拉穆仁草原，与乞颜部落郭经理商议夏令营活动接待事宜。午，郭在蒙古包招待午餐，饮当地“金川”啤酒两瓶。下午返呼。六时许，乘坐CA1127航班回北京。路上有幸看到了云层之上的晚霞，云谲波诡，五彩斑斓，蔚为壮观。真是又一重天地，其旖旎之美，胜过人间。八时许，抵首都机场，宫主任来接。晚，与王敬宇总经理议活动安排事宜。他的盛情和厚道使我非常感动，但让他遭受损失，我于心不忍。合作的目的是双赢，如果双输，就没有合作的必要了。公是公，私是私，必须分明。

十一时许归寓，不思食。

【七月十七日　周二　多云】上午与会务组的人员开会，议具体会务事项准备工作。

中国矿业大学中文系主任顾建新教授至，交谈甚悦。我们通信七八年，今天第一次见面，一见如故，倍感亲切。请他一起午餐。

下午与几位家长通电话，询问行程安排情况。

与于封云书记通电话，协调警车事宜。与苏总通话，协调商务用车事宜。

与人事主管议招聘、培训营销人员事宜。

与图书部编辑开会，议两套丛书出版事宜。

听取王洁工作汇报，此次广州之行，出色完成对周弘、茅于轼等人的采访和写稿任务，值得表扬。对她本人来讲，也是一次难忘之旅，“眼界大开”。她表示，将更加珍惜《名流周刊》赋予她的机会。她捎来周弘签名送我的一本书：《墙角的小婷婷》，周婷婷著，南海出版公司2006年版。周婷婷是周弘的女儿，曾经是个智障儿童，双耳全聋，三岁半才学会说第一个词，在爸爸的“赏识教育”下，八岁能背诵一千位圆周率，十六岁成为中国首位聋人少年大学生，二十一岁只身前往美国留学，二十四岁同时被哥伦比亚大学和波士顿大学录取为博士生。我很赞同周弘的一句话：“没有不幸的人，只有不幸的教育。”

晚，顾建新老师约饭，座有上海能源公司北京办事处主任王维峰、徐州铝业公司总经理华桂林、大屯中煤北京办梅主任、马国瑞、宫长征等人。受赠王维峰诗集二种，略翻阅，诗文皆大白话，但有忧患意识，也算难得呢。我建议他读读《艾青诗话》和《绿原说诗》两本书。

【七月十八日　周三　小雨】准备明天夏令营开幕式暨颁奖典礼事宜，给会务组人员开会，强调做好细节服务，细化分工，明确责任。看他们信心百倍的样子，我非常高兴。

接杨郁信；接金实秋信并赠书《外国佛寺楹联》（线装本，一函两册，扬州广陵古籍刻印社印制，定价六百元），即电话回复致谢；接上海熊世俊稿《一个爱书的人》并照片三张，转《书脉》编辑文泉清。

修改明天的大会发言稿。

与王林清联系落实摄影、摄像事宜，最终由沧州电视台安排一名副台长带两名专业摄像来。与苏炜等人协调商务用车事宜。

一一与嘉宾通电话，最后确认。

与马国瑞议两套丛书出版事宜，他下午去中央编译出版社协调之。

听取编辑一部第四期杂志的编辑工作汇报，嘱他们积极与曲协联系，一定做好“本期关注”——中国相声界六位知名人士的忆念及对相声现状和未来的分析报道。他们说，中国文联外联部很重视这件事，已经给刘兰芳、姜昆作了汇报，准备择日接受采访。同时也与李金斗、冯巩、郭德纲等人取得联系，拟近期采访。

晚餐时，接到几位朋友发来短信，祝我生日快乐。

十时许归寓，观《商务时间》采访卢勤。近几年她的夏令营活动搞得有声有色，良有口碑。但同时，很多不法分子打着她的旗号组织活动，活动是假，谋财是实，为此她也很苦恼。现场的专家提出了一些很好的建议。我以为有三点：对内一必须建立标准化，这个标准化简单、操作性强、可复制，就像麦当劳、肯德基；二则须建设团队，靠团队开拓市场而非仅止于“知心姐姐”一个人；对外则建立品牌保护，提高市场占有率。其实她们的核心竞争力（知心姐姐）已经具备了，但市场占有率不高，所以才给不法分子可乘之机。

卢勤讲的夏令营活动要培养孩子三点：我快乐（童心）、我能行（信心、责任心）、我帮你（爱心），我是赞同的。任何事情，必须着眼于良好的社会意义，才能口碑相传，持续而久远。仅仅止于眼前利益，则害人害己。

【七月十九日　农历六月初六　周四　小雨】今天夏令营活动在蟹岛度假村报到。九时许，突然接到合作人王耀东的电话，称情况有变化，很多人都来不了了！我急问缘由，称暴雨相阻、嫌收费高、担心受骗云云，并一再称“我已经尽力，实在没有办法了”……就在昨天，我们与他确认到会人数的时候，还没有出现任何变故之兆呀。这个消息来得太让人措手不及了。我强压怒火，脑袋在飞速运转，该怎么办？一个半小时后，会务组打来电话，称已经按我的要求落实：真正到会的不过四五十人！托人联系的几个学校没有明确答复。等到十一点半，我反复思考后，决定取消下午的颁奖典礼。硬着头皮、厚着脸皮一一给嘉宾打电话解释，表示抱歉，请求谅解。然后给会务组打电话，嘱如何安抚好家长和孩子们，如何进行补救措施，如何与酒店、会场、车队、草原等方面合作单位解释。其中最重要的是安抚好已经到会的家长和孩子。除了浙江金华来的五六个家长，其他人都基本安抚下去了，尽管满心的不高兴。金华的家长提出每人五千元的赔偿要求，实在让我们难以接受。最后经过协商，每家赔偿一千，另外解决食宿和车费。我嘱宫主任一定办好，尽量答应家长的要求，免得节外生枝。再者，确实是我们的失误，应该承担责任。

至晚八时许，宫主任和小胡全部处理完毕。损失钱事小，损失信誉是大，这是最令我懊恼的。

今天是贱辰三十二岁生日，我跟朋友们说，此次事件是送给我的最重的生日礼物。其中的教训，将使我终生难忘。

苏炜兄派司机从辽宁送来三十件古生物化石。

王林清兄偕沧州电视台的赵主任等一行，带摄像设备前来帮忙，听说此事后，虽感失望遗憾，但表示理解，并再三安慰我等。

晚九时许，林清兄、长征兄分别买了蛋糕，于大方人家酒店为我贺生。同席还有《中学生》杂志副总编刘加民，中国逻辑与语言函授大学培训中心主任张春喜，沧州电视台专题部主任赵，公司副总马国瑞，王林清的一双千金，公司员工胡天娥等人。有朋友们在，心头的郁闷化解了不少，大家喝酒、唱歌，玩得很高兴。我却如何也高兴不起来。

零时许，把朋友们安置好住宿后归寓。送他们每人拙著三种、《书脉》三册、《名流周刊》三册，古化石一件。付赵主任车油费一千元。

【七月二十日 周五 晴】网友未央评论《书脉》:

说到好看，前些日子《书脉》出了第一辑。收到赠刊时心里热乎乎的。接下来五味杂陈。

这年月，大部分读书人能挣扎活着就很不容易了，还有人费时费力费心费财干这没名没利的事，可谓是个人的功德，社会的悲哀。

看到这本杂志时也同样有一个疑问。这本没名没分杂志的出世，难道是几个爱书人、读书人一时冲动的结果？难道是期刊数目太少的补充？难道如《创刊词》所言“营造书香社会”？也许都是也许都不是，答案同样是没有的。

《书脉》之静止于《书脉》本身，书脉之动不仅仅囿于书房。《书脉》之纯止于《书脉》本身，书脉之神在于流传。

网友知道分子在《我们需要的是怎样的书评》一文中称：“《书脉》、《中国独立阅读报告》等更多民间书评刊物的诞生，恰恰说明了时代呼唤这样的渠道与方式；而这对引入更多的创新和竞争来说，也无疑是一件好事。这群年轻人提出这个年代里的所谓经典，其实只需要‘认真地按照自己的感受来生活、思想、写作’。虽然他们尚未让更多人熟知，但从长期看，这样的精英眼界和平民关怀是与时代要求一致的：全民阅读，读好书，读精品……对读书人来说，需要的是一种内化了的、自觉的、关于阅读的生命张力。”

昕孺兄评论《茶韵书香》：

读晓明用特快专递寄来的《茶韵书香》创刊号。北京碧露轩茶艺和晓明的书脉文化传媒共同出品。这本创刊号让我大吃一惊。线装，竖排，文字与水墨相映生辉，拿在手里茶香、纸香、墨香沁人心脾，真是不忍释手。卷首语中对“茶韵书香”的诠释亦颇有见地——茶：超然物外又不离红尘；韵：化庸常为隽永，便是韵；书：爱书的人是有福的；香：唯香才能使人静。我想，这种香应该是清香、淡香，如茶，如兰，如书，如《茶韵书香》杂志等。蒙晓明抬爱，拙作《茶禅祖庭——夹山祖庭》忝居其列，我觉得很荣幸。同期还有聂鑫森老师的大作《斗茶》。

上海朋友打电话告悉：著名文史作家金性尧在上海瑞金医院病逝，享年91岁。我告诉朋友，我已闻知此讯。

【七月二十一日　周六　晴】在办公室整理材料，把相关文件分门别类，装入档案盒存放。

马国瑞偕山东人民出版社《经济学家茶座》编辑董新兴来访，一起午餐。

接广州作家苏晨先生函并稿《南宋临安的陈家书铺》；接《济南日报》逄金一兄网函；接童银舫函；接管炳圣网函；接刘加民发来前天为我拍的生日照片三张；接李景端先生荐稿《夕阳余晖也灿烂——记老出版人李景端》（华惠毅 / 文）；接网友公子羽稿《记忆的注脚，淡淡的书香》。即一一回复。

下午整理了一组《关于〈书脉〉的七七八八》的文字，拟刊八月号《书脉》，以期与读者互动也。毕，整理《编辑手记》书稿。

分别致张守义、靳飞、庞旸函并赠书和杂志。

【七月二十二日 周日 晴】上午约泉清、清霜往逛三联书店、商务印书馆涵芬楼书店、中华书局书店。得书若干，分记如下：

《传媒的运营时代——从媒体经营到经营媒体30讲》，张建星著，文汇出版社2005年版，定价58元。

《美国新闻摄影教程——获得杰出新闻图片的专业法则》，[美]肯尼思·科布勒著，黄利、陈德中、刘海等译，陕西师范大学2007年版，定价68元。

《英美出版文化行记》，耿相新著，河南大学出版社2006年版，定价29元。

《媒介败局》，张志安著，南方日报出版社2006年版，定价32元。

《与二哥书》，张兆和著，中国妇女出版社2007年版，定价23元。

《快速识别形似字》，于振报著，陕西师范大学出版社2007年版，定价38元。

《快速识别多音字》，于振报著，陕西师范大学出版社2007年版，定价45元。

《师门五年记 胡适琐记》（增订本），罗尔纲著，三联书店

2006年版，定价22元。

《诗论》，艾青著，复旦大学出版社2005年版，定价19.50元。

《一以当十》，王朝闻著，复旦大学出版社2005年版，定价19.80元。

《词学通论》，吴梅著，复旦大学出版社2005年版，定价12.50元。

中华书局2007年版“版近代史料笔记丛刊”三种：《滇辎日记·东使纪程》，花沙纳撰，定价12元；《辛壬日记一九一二年中国之政党结社》，[日]宗方小太郎著，冯正宝译，定价18元；《复辟半月记》，许指严著，定价14元。

《栈云峡雨日记·苇杭游记》[日]竹添进一朗、股野琢著，张明杰整理，定价14元。

《郑孝胥日记》(全五册)，中国国家博物馆编，劳祖德整理，中华书局1993年版2005年印本，定价180元。

《翁同和日记》(四册)，陈义杰整理，中华书局1992年版1998年印本，定价93元；《唐弢藏书·签名本风景》，于润琦编著，中华书局2006年版，定价48元。

《凤凰术·凤凰卫视企业文化》，麦楠、王多多、张林著，中国友谊出版公司2006年版，定价35元。

下午在办公室翻新书，快意何如！

晚，殿台请饭，座有他的几位大学同学。十一时许归寓。

【七月二十三日 周一 晴】上午参加工作例会，主要听取工作汇报。嘉勉员工一句话：一个人的梦想是很重要的。如果没有出人头地、出类拔萃的企图心和认真负责的社会责任感，你就干不成一番事业。

召开各科室主任会，主要谈了两件事：一是讨论如何消除夏令营活动带来的负面影响；一是强调职责问题。我给他们分了四种：情况明决心大（目前只有几个人是这种），情况明决心不大，情况不明决心大（大多数人是这种），情况不明决心不大（这种人该下课了）。

召开编辑部会议，听取工作进度汇报，我提了一些意见。在人员使用方面，我也给他们分为四种：会采访会提问会写稿；会采访会提问不会写稿；不会采访提问会写稿；不会采访提问不会写稿（这种人该干嘛干嘛去）。着重明确强调了《名流周刊》办刊的几个要求：

1. 本土人物＋海外视角（华人）——多元化报道人类精英群体。

2. 社会责任＋市场本位——媒体社会责任论的商业化杂志。

3. 团队合作＋鼓励个性——平等协作，独立人格。

4. 厚重底蕴＋通俗立场——以通俗化的立场制作具有深刻文化内涵的杂志。

5. 严肃话题＋轻松表达——克服官话、套话、假话、空话、大话、不负责的话，说教气、八股气、媚俗气，以阳光心态、生动语言办刊。

6. 高品质内容＋高明包装——重视推广宣传和形象包装，突出质量，编、发结合。

7. 传统文明＋流行文化——注入时尚元素，增强杂志活力。

8. 引导创新＋服务态度——引导大众观念和审美口味。

给《书脉》编辑开会，提出几点要求：一、按照编辑流程和选题计划制定工作进度，并严格执行，落实到位；二、充分利用网络资源，考虑品牌的建立和宣传推广的办法；三、加强与作者、读者的互动，提高服务意识；四、联系网络读书编辑、报刊读书版编辑，确定赠刊名单，借力宣传《书脉》。

王茵总经理把她的侄女王丽雪（现为华中师范大学文学院新闻专业二年级学生）送来公司实习，安排编辑二部。中午与她们一起午餐，冯总请客。

与编辑一部新进员工王砚交谈，嘱她先熟悉杂志和同类杂志，熟悉工作环境和人际关系。她的信心很大，但我考虑的是，如何使她的信心持续。

与王文思谈蟹岛杂志事宜，情绪不好，发了点小火。

接杨郁先生信；接王欣荣先生信及书法三幅；接靳飞兄信并赠诗（他的毛笔字甚为工整且富于文气）：

张中行翁身后孙郁刘德水诸兄为之编印纪念文集感赋

未遇疯魔未肯颠，西州空忆老少年。
红楼碎影风流冷，外道清歌理事全。
六代梦残残亦贵，三编书断断犹鲜。
同舟几许一般醉，歧路分明不是禅。

晚，与文泉清兄于楼下小店吃烧烤，饮啤酒。聊书，聊西安物事，聊人生困惑，聊《书脉》，甚惬意也。十时许归寓，洗澡后观《新上海滩》二集。有些“秀”气。

【七月二十四日　周二　晴】上午，至中土大厦晤上海来的袁小星先生，就杂志上海办事处的下一步工作如何开展交换了意见并一起午餐。

下午晤辽宁苏炜总经理，就辽宁办事处下一步工作计划、人员管理、《辽宁版》创刊新闻发布会等事宜交换了意见。

给图书管理人员开会，听取工作汇报，嘱加强管理，提高图书的使用率，不要把书管成“死书”。另外，我本人购买的书（包括朋友们送的签名本），专柜存放，也可以让员工借阅。

接萧金鉴先生函并《书人》（0702）三册；接皇甫束玉先生

赠书《诗画情缘——束玉淑贞的六十年》，刘红庆著，北京出版社 2007 年版，定价 98 元。

接马旷源兄函并稿二件；接黄一鸾赠书《笔记·笔记》，鹭江出版社 2006 年版；接阿滢兄寄《泰山书院》报纸四份；接沈淇兄寄《齐风》（0703）六册，内刊《静庐日记》（070101–070115）十五则。

晚，颇感疲累。辞友饭局早归寓，煮食水饺后读《思想独行》。后观《新上海滩》两集。

【七月二十五日 周三 晴】分别与几个部门的负责人谈话。

与宫主任、小胡商议夏令营活动与王耀东善后事宜。咨询律师后，嘱小胡开始搜集证据，准备起诉这个无赖之徒。

下午整理我早年的一部分散札，交办公室录入电脑，准备年底前后编印一册《静庐书简》。存念耳。

晚例会我告诉全体员工：1. 不要拿警告、记过、扣工资、开除等不当回事，要知道这是很丢人的事情。《书脉》会采取两种办法：一是所有新进人员，除了证件复印件和求职简历等基本材料外，还须出具一份离职前单位人事部门的评定材料，作为参考；二是所有被书脉录用的员工，全部建立完整的人事档案。被书脉公司开除的人员，你的所有表现和档案记录，人事主管会通告你新就业单位的人事部门。说到底，这是一个人的诚信问题。公司以工资、环境、福利等形式兑现着对你的承诺，你必须以认真负责的态度和良好的业绩承担起对公司相应岗位工作的责任，这是你对公司的承诺。做不到，你就失掉了诚信。2. 本本分分做事，老老实实做人。我们从事的是文化产业，在别人眼里，我们是一群文化人。文化人就必须有文化人的修养和风骨，更要有文化人的人格和尊严。不要把自己混同于市井之流。

另外讲了一些我最近观察到的和别人反映到我这里的问题：

1. 鼓励发挥个性、思想创新。但要在团队共性基础上，在集体利益基础上协作行动；2. 丢掉那些社会上的不良习气和机关单位里面一些不良工作作风，把心思用在学习、提高、效益上，用心做事，效率第一，认功劳不认苦劳；3. 自以为是是造成执行偏差、效率低下的根本原因，而熟悉业务、提高技能是解决自以为是最有效的办法。4. 请假、考勤、组织周六学习等问题。

苏炜来，谈给辽宁办事处配置车辆事宜。他提出管辖东北三省业务的意见，拟讨论后再说。

与李助理谈话，了解近期工作情况和思想心态。清霜说得对：有这些好员工在支持老大，不怕做不好！

晚，于办公室读《凤凰术》毕。归寓后观《新上海滩》两集。

【七月二十六日　周四　晴】上午与人力资源部经理孙方谈话，消释了她思想上的一些困惑和对人力资源工作的认识误区。我说，公司所有的工作，是否有效率，关键首先在人力资源工作做的是否到位。做人事工作，除了把握员工的心理，因地制宜地进行引导和教育之外，还必须加强培训和学习。做这些工作，一定要以朋友的身份平等对话，不要居高临下，更不能颐指气使。

接成都市委发来“第四届世界华文传媒论坛”邀请函传真，九月一日与会。

接《济南日报》赵晓林稿；接邵川稿《“新科书店”淘书记》；接郑恩波稿《我所了解的“小人物”李希凡》；接凌鼎年兄发来照片五张。

接清霜网函，即复；接彭国梁兄电话，谈漫画事及书、人之事时许。

与马国瑞兄议“日记丛书”、“柳泉文丛”书系出版事宜，及与《东方青年》杂志合作事宜。与同学张德彪议电子杂志编辑事宜。

《地球》副主编黄新燕来，送来七月号杂志及《飞》杂志（第七期），并谈馆里领导对《地球》合作的态度。翻阅《飞》，产生了创办《星》杂志的念头。这里边的套路是不难看出来的，关键是市场如何运作起来。

今天好几件事情给我的感慨是：好事多磨！

晚，于办公室看书《传媒的运营时代》。归寓后观《新上海滩》两集。演员黄海波（饰丁力）、孙俪（饰上海大佬冯敬尧的女儿程程）演技颇佳。

【七月二十七日　周五　晴】上午与实习生王砚、王丽雪、胡晗、沈中秋等人谈话。

安排苏萍、王文思前往中国文联大楼采访姜昆。两个人满怀信心地去，兴高采烈地归，喜悦之情溢于言表。我嘱他们改日采访李金斗、郭德纲，电话采访冯巩、刘伟等人。

找出一些剪报文章，嘱办公室复印后张贴到“学习墙”上去，号召大家学习。

下午听取办公室关于夏令营活动善后工作处理的汇报，嘱做好两件事：一是与旅行社的协调，争取把押金损失控制在最小；二是与王耀东的协调，尽量协商解决，不到万不得已不起诉他们。相关的合同和证据先传真给刁律师，听取他的意见。

太原李建平、兰剑来，听取山西办事处工作汇报。对于他们的乱许诺、缺乏诚信给予严肃批评。

接刘加民网信；逄金一网信；接聂鑫森稿《茶博士》；接王洁写周弘稿……即一一复之。整理补寄《书脉》杂志的名单一份。

晚，于办公室看书《传媒的运营时代》。归寓后观《新上海滩》最后两集。结尾甚感人，无一般电视剧“虎头蛇尾”之憾。

【七月二十八、二十九日 周六、日】在办公室看了两天电视剧《新上海滩》光盘，感慨良多，启迪良多。晚间撰写《桓台历代诗词选注评》，交叉进行。

【七月三十日 周一 阴转大雨】下午至国土资源部晤张亚钧副馆长、黄新燕副主编。接邹农耕短信，明天来京。

接郑恩波信；接王宗仁信；接于铸梁、种福元寄书；接蒋义海寄书；接杨郁信；接张海军信。即一一复之。

【七月三十一日 周二 晴】上午看人事材料。十一时许，如约至总参一招晤邹农耕、邹为瑞诸兄。农耕荐识学者文先国先生。中午，为瑞兄于京东酒家宴请我等，我带一瓶五粮液酒为农耕、来耕兄弟接风。席间谈及民刊种种，谈及农耕兄筹建中的中国毛笔文化博物馆，谈及书人书事，使我加深了对农耕的了解，对于他自筹资金一千五百余万元建设中国第一家毛笔博物馆的举措，我尤其表示敬佩——中国的文化，正是因为有了这样一些“傻瓜”才能真正传承下去，继往开来。文先生是学者，也是“书袋子”，颇有可爱之处。

饭毕，他们随车至我公司座谈，又聊时许方告辞。送其每人杂志、书籍若干，另送化石各一件。题跋送文先国先生《张中行纪念文集》、《孙犁纪念文集》各一册。

下午约见两个印刷厂的经理。

快递公司送来《中国新闻出版报》、《文汇读书周报》第一季度和第二季度的合订本。

接杭世金电话，私心可有，大局为重。敬人敬己，贬人贬己。以一己之私去衡量别人长短，确是糊涂！

晚，电闪雷鸣，暴雨倾盆。在寓所观书《媒介败局》。

二〇〇七年八月日记

【八月一日　周三　晴】清霜正式来公司上班。分别与孙方谈财务及办理公司变更事宜；与清霜长谈公司人事问题，嘱她接了这份工作后，做好受委屈的思想准备；与吕浩等人谈《书脉》的编辑流程和分工负责；与苏萍、王砚等评改《名流》（今年第四期）的清样。

下午与宫主任、小胡、清霜等人议起诉王耀东事宜，综合了刁品纯等两位律师的意见和建议，分头准备证据收集工作。

接范笑我电话，聊半时许，甚洽。

接袁滨电话，周日来京。自牧老师约7日去滕州参加王学仲纪念馆建馆20周年纪念活动。

庞中华来电，索要自牧、徐明祥电话。

人浮于事，工作效率低下，融资问题，《地球》问题，市场创收问题，孩子问题……诸事杂陈，在我脑子里纠缠，甚是烦恼而困惑，失落感颇重。

【八月二日　周四　晴】整理《静庐书简》，交办公室录入。

王茵总经理来访。

下午在办公室闭门考虑公司业务及人事安排诸事，心绪不佳。

夕，于印象西湖酒楼宴请刁品纯律师，宫主任、清霜作陪。晚八时许至首都机场，乘中国东方航空公司班机飞去济南，五十五分钟后抵达济南遥墙机场。慧博、黄涛、宗福强诸兄前来迎接，早已在候机厅等候。夜零时许抵张店寓所。

【八月三日　周五　晴】上午去田庄派出所照相，补办身份证件。下午陪儿子在莲池医院输液。小家伙甚乖，很少哭闹。就是害怕打针，抱着他刚到诊室门口便开始哭起来，扎完针后反倒老实了。

甥女梦雨在卧式门上贴了一张纸条，《日常家务表》：tuo 地一次地 5 毛；端一次 wan 2 毛；shua 一次 wan 6 毛；擦一次桌子 2 毛；洗一只 wa 子（给自己洗）2 毛；给钱人：家里某一位大人。注：我先试用 2 天，如不按规 ze 就不干了。

呵呵，二十一世纪的九岁的孩子。

晚，文联沈淇兄约饭。一伙人吃完喝完散去后，我和沈兄觉得还不过瘾，便打电话给玉泰和安黎兄，约他们出来喝酒。安黎有应酬，玉泰则很快赶到。三人便在路边小摊点了四个小菜，两捆啤酒，继续喝。零时许，打车去歌厅唱歌。跟好哥们在一块，只有一个感觉：爽！聊天爽，喝酒爽，唱歌爽！

【八月四日　周六　晴】在文联大楼沈淇的办公室睡至八时许，起来打车回家继续大睡，直到下午四点多才渐渐恢复精神状态。夕，带儿子去莲池公园散步，给他拍了一些照片。

晚，辞友宴，在家陪父母家人晚餐。

【八月五日　周日　晴】一早去医院体检，甘油三酯和胆固醇有些高，肝脏有些问题，医生说是乙肝小三阳，嘱戒酒戒辛辣食物戒过度劳累。我开始后悔前几年不拿自己身体当回事，饮食无度，熬夜透支，现在应该保重了。细想想，有什么东西比健康比生命更重要的呢？

中午至慧博单位小坐，同至索镇，宴请黄涛、王鲁芹、荆晓舟等人。

晚，玉泰兄约请家宴，推辞不过，打车至。座有陶安黎、沈淇、张刚荣诸兄和董朝晖女士。杨克和、张洪兴未至，打电话，说在别处喝大了。饭毕，至KTV唱歌，零时许归寓。

【八月六日　周一　阴转小雨】清晨早起，打车至周村政务中心，等半时许，人大李国经主任应约带车来接，又至文化局接上孙方之局长，一起奔赴济南。接上自牧老师，同往滕州参加红荷节文化活动之——王学仲艺术纪念馆建馆二十周年庆典。途中至曲阜，下车冒小雨至论语碑苑参观，拍了一些照片。午饭后继续赶路，下午四时许抵达有“善国之乡”美誉的滕州市，会务安排住宿滕州宾馆。

【八月七日　周二　小雨　滕州】上午参加馆庆二十周年开幕典礼，徐悲鸿的哲嗣徐庆平、王学仲的女儿王峨眉、山东书法家王玉玺、省文化厅副厅长李宗伟、滕州市委书记王忠林、滕州市文化部门的一些领导及王学仲的门人弟子、亲朋好友等百十余人参加。省委书记李建国、中国文联党组书记冯远、中国书法家协会主席张海、天津大学等发来贺信。文怀沙题词：“美芳华自黾园出”；廖静文题词：“莫愁前路无知己，天下谁人不识君”；欧阳中石题词：“鲁殿灵光”；庞中华的题词：“翰墨青史”；孙伯翔题词：“桃李不言，下自成蹊”……

仪式毕，参观馆区。

下午参观微山湖湿地红荷景区。印象深刻者三：一、知道荷花竟然有近百个品种，看似模样差不多，实际是不同种类；二、站在旅游轮渡的船顶看湖中景色，荷叶田田，绿波荡漾，人如在画中游；三、当年铁道游击队活动根据地小李庄，虽为后来拍摄片剧新建，也能反映出当年战争的艰苦和田园的实貌。

据导游讲，该景区面积763公顷，其中浅水湖面红荷观赏区达10万余亩，是华东地区面积最大、生态保存最原始、湿地景观最佳和中国最大的荷花观赏地区。万顷红荷，十里芦荡，翠堤蜿蜒，远山含黛，碧天如洗，红莲摇霞，苇浪翻涌，锦鳞弄波，还有渔舟摆渡，鸭浮碧水，加上历史人文景观的恢复和再造，相融相谐，妙趣天成。真使人心旷神怡、赞叹不已。拍照若干。

晚，吃自助餐毕，与明祥兄聊天二时许。他提议弄一本《三庐书影》，我兴趣较大。

迟睡，梦多。

【八月八日 周三 晴 滕州】上午参加红荷节经贸洽谈会开幕式，隆重热烈，就为了这短短半个小时，真不知糟蹋了老百姓多少血汗钱！九点半，参加第二届黾学研讨会。座有地方官员、书画界名流、媒体记者、王学仲先生故友，也有文化掮客、艺坛混混。会议开始后，循惯例，领导致辞，一派官腔后是一些不痛不痒、或真或假的吹捧发言。其间，手机铃声此起彼伏，自始至终。交头接耳、出出进进者接二连三，甚无秩序。会场吞云吐雾者有之，哈欠连天者有之，以手支头瞌睡者有之，闲翻杂书报者有之……是我参加诸多会议秩序最差的一次。硬着头皮听了半个多小时，即离席回房间，打开电脑，写这几天的日记。

下午参观滕州市内文化旅游景点。

【八月九日 周四 晴】早 7:35 乘坐 D42 动车组列车返京，三个半小时后抵达，宫主任接站。两人至新疆面馆吃凉面各一，饮啤酒各一。

午睡两小时后至办公室，先拆阅处理邮件：

来新夏先生函、稿《萧山戚氏宗谱序》；汕头文联苏伯炯函并稿《签名本的趣味》；儿童文学作家尹世霖函并赠书三种《字字春风——尹世霖 50 年诗文珍藏本》（新疆青少年出版社 2007 年版）、《教师光荣——尹世霖五十年教育文存》（接力出版社 2007 年版）、《光荣奉献五十年——教师作家尹世霖教育成果座谈会文集》；夏雷鸣赠书《陈方恪先生编年辑事》（潘益民著，中国工人出版社 2005 年版）；中国散文学会副会长王宗仁函并赠书《藏羚羊跪拜》（王宗仁著散文集，西藏人民出版社 2007 年版）、稿《伟大历史留给一个军人的美好印记——读牛进山日记有感》；杨稼生函并稿《青灯有味——痖弦先生文学回望》、《自由·自律·士精神》等三篇；于沙函并赠书《于沙说诗》（银河出版社 2004 年版）；杨郁函；叶瑜荪函并赠报《画风》若干期……

打开电脑，也有一些朋友的邮件：上海《文汇报》余之网函并稿《一出咖啡店的戏》、《〈一侍女〉在上海》；桂苓网函并稿《架上书》、《秋天书》；朴素稿二篇；周先慎网函；李景端网函并稿《重视传承家书文化》；陈礼贤稿《想读孙犁》等三篇；徐亚达稿二篇……即一一回复之。

桓台县公安局荆晓舟兄 EMS 寄来我的身份证，即回电致谢。

晚，与清霜晚餐，谈公司人事。督促招聘的营销人员抓紧到位，并制定相应的考核方案。清霜颇能知我，甚慰也。

【八月十日　周五　晴】上午校阅《名流周刊》第四期终稿清样，中午给全体编辑开会。一个明显的问题，这些人做工作做到七八成便不再深入了，其实很多问题，多动动脑筋想想办法，不是不能解决的。说白了，还是人浮于事。针对这种现象，我批评了个别编辑。

与张亚钧通话，询问《地球》合作事宜其党组研究情况；邹农耕兄来电话，告知民研会的时间为十一月十五日至十九日，委托我邀请从维熙、邓友梅、雷抒雁等人莅会。

下午给营销人员开会，讨论绩效考核制度。

晚，于鱼头泡饼大酒店宴请袁滨夫妇及其小女袁源，饮珍品二锅头一瓶，啤酒若干瓶。十时许饭毕，约宫主任、文泉清、李翠访等人去碧露轩饮茶聊天，谈公司人事及业务改进思路。后夜二时许归寓。

【八月十一日　周六　晴】上午安排宫主任和文泉清陪同袁滨兄一家人游览中国国家地质博物馆和雍和宫。我则在办公室等外地来京的朋友，及至中午，不见人影，亦无音讯。

下午面试营销部人员六人。张德标推荐美术编辑一名。

阅员工《七月份工作总结》二十余份，有些写得情真意切，坦诚提出一些意见和建议，颇令我感动和高兴。

与清霜议人力资源事宜。她说得对，必须以一种平等的姿态，让员工真正理解和接受我们的想法，才会使工作富于成效。

晚，蟹岛度假村刘习飞副总请饭，偕宫主任、李助理赴宴。大同来的朋友王权、李军等同席，饮汾酒两瓶，啤酒若干。醉归。

【八月十二日　周日　晴】上午张德标偕美术编辑刘月来叙，谈电子杂志设计制作及网站建设事宜。中午，请他们夫妇于川菜馆小酌，苏萍、吕浩、侯水珍作陪。

下午于办公室整理材料、回复信件。

晚，与宫主任驱车至十三陵明皇山庄接韩林。二阶段培训学习结束，她很兴奋，称收获很大。如此就好。

【八月十三日　周一　晴】上午例会。下午王文思驾车陪我至国土资源部，与刘随臣馆长谈《地球》合作事宜。甚洽。

接杨匡汉先生信；接云南马旷源兄信稿；接天津刘乐群信稿；接夏津侯英汉信；接方庄潘国彦信稿。马旷源赠诗曰：

古有神农，遍尝百草。一日九死，功比山高。今有晓明，情托屈骚，扎营山东，京都落草。经商养文，办刊办报，甘做鼓吹，修路铺桥。只眼独具，营销有道。文富清趣，诗逸情飘。临风玉树，倩文轻俏。借他山石，建我楼阁。开疆拓土，路辟多条。有士如此，文脉永保。

晚，沧州电视台王林清兄至，一起晚餐。

【八月十四日　周二　晴】与清霜讨论营销部绩效方案和编辑部工作流程及考核问题，虽有争论，但颇有成效。我告诉她：人事主管，协调能力相当重要，既不能偏左，也不能偏右，还不能中庸，如何把握平衡，是需要好好思考的。掌握好一点，凡事首先考虑团队（大多数人）的利益，其次才考虑某个人的利益。效率第一，兼顾公平。员工和管理层永远有对立的情绪和矛盾存在，这是正常的，我们做的，把这种情绪和矛盾控制在一定范围内即可。我们考虑问题，必须尽量立体化，而不要片面和单一。因为很多工作或问题不是孤立的，而是交叉和环环相扣的，可谓牵一发而动全局。现在认识不到或理解不了没有关系，但这种思考问题的意识必须养成。在人员使用方面，这一点尤其关键。

翻阅王丽雪整理的十本书的材料，拟报批出版社书号。

签印《名流周刊》第四期；签印《书脉》第五期（纪念刘绍棠逝世十周年专号）。

与编辑讨论《茶韵书香》合订本（礼品装）出版方案。

晚，至宏状元粥店饭毕，归寓校《静庐书简》清样，此书可谓十年磨一剑：收录的是一九九五年至二〇〇七年间我的部分书信散札。结集存照耳。

【八月十五日　周三　晴】《中华读书报》编辑陈箐霞来访，聊时许。谈到她考研择校问题时，她有一句话给我留下深刻印象："第一是北大，第二是复旦，没有第三！"有这样的心态，有什么事做不好呢？

中午和员工聚餐。下午与营销部的部分人员谈话，鼓励他们从小事做起，从现在做起，从最容易切入的地方做起，以点带面，逐步展开工作，并与他们分析了目前公司的业务和能够快速切入的方法。主要一点：不能为广告而广告，为业务而业务。形式多种多样，一定要因人而异，因事而异，因时而异。

接彭国梁电话，谈其漫画书编选事宜。接杭世金信，非常不客气地给他回了一封信——对于自私虚伪、为老不尊者，除了敬而远之，恐别无良策。

接中国社科院刘大先网函并稿《明天为什么会成为垃圾》、《性、谎言与自由的幻象》；接桑农网函；接沈阳胡世宗网函；接诗人乔延凤网函并稿《诗人本色是战士》，函称："我很看重《书脉》的个性和体现的精神！当前有个性、有特色、有内涵、有文化、有价值，经得起时间和历史检验的期刊委实太少了！相信持之以恒，定能做出大贡献！我会为你做些努力的……"即一一回复。

嘱财务给付慧博转汇现金五万元；给徐明祥转汇 5400 元书款；给杨中芳汇 1200 元；给赵秀娜汇 4200 元（其中 1200 交房租，1000 孝敬父母）。

晚，观电影《杨得志围城打援》。

【八月十六日　周四　晴】分别致林非、从维熙信并《淡庐序跋》清样，请其赐序。

审阅《书脉》第六期清样，提了一些修改意见。所有来稿，必须从杂志本身需要出发，内容为王，质量第一。人情稿的处理，也应以质量论取。

审阅近期《公司会议纪要》，员工提出的问题，尽量解决。一旦决定，尽快落实。

下午面试营销人员两人。

嘱财务汇黄晓静 5000 元，办理出版书号。同时提交相关材料一包。

接王充闾先生函并打印稿《我的四代书橱》；接皇甫束玉先

生打印稿《读诗画情缘有感》；接侯井天先生函；接萧金鉴先生赠《书人》（2007.3）三册；接广东书法家李万根函并书幅一件。

晚，续撰《桓台历代诗词选注评》。

【八月十七日　周五　晴】上午为营销部新进员工培训。

接杭世金函，把我臭骂一顿，意外之余颇感震惊和愤怒。本想回信痛击之，细想何必跟一个糊涂的老人一般见识。即致信自牧、袁爽并复印了杭的信一并附寄。

一下午和晚上郁闷不乐。一番好心好意，却反而招来怨恨和谩骂，人性恶劣自私如此，真悲也夫！将信拿给几个同事看了，他们说，一个八十多岁的老人写出这样的信，除了自己贬低自己和招人讨厌之外，对自己何益之有？我们为他的书所付出的一切，大家都知道，他固步自封、自以为是的表现大家也都看得清楚。我知道大家是在安慰我，可是此老头的绝情表现实在令人伤心和痛恨！

接庞中华电话，聊近况半时许。

【八月十八日　周六　晴】上午例会。

早几天，忽收到一短信："我真的好累了，和你在一起是无尽的孤独与迷茫，到现在我已分不清爱与不爱，我再也不想忍受这枯燥的生活枯燥的情感。"一看就知道，这是发错了。正待删除时，我又认真把它读了一遍，感觉这是一个正在悲伤痛苦中，需要帮助的人，便回了一短信过去，一是告诉他（她）发错了，二是宽慰了几句。来往几个回合，明白对方是一个女孩，因为感情问题如临深渊。这样，在接下来的几天里，两个素不相识的人便展开了有关痛苦与快乐、自我与他人、生与死的一场对话。由于她把苦难放得很大，我觉得说服她有很大的困难，但愿我的苦口婆心至少让她从那近乎决绝的死胡同里走出来，看到更广阔的世界，看到人生更多的、更精彩的可能。

付宫主任报销款 6318 元。

下午至泰悦豪庭西餐会所参加行网组织的社区商务交流活动，识张非凡、朴东梅、于长江、韩晓明、王亚东等人。

有网友发短信来称：“民办的东西有生命力，就像野生植物生命力一样顽强。民办的刊物可以不掺假，官办的刊物可以不言真。《书脉》就是一本不掺假的好杂志。”如此评价，令我感动也令我振奋。

晚饭喝粥，归寓观《许世友出拳》。

【八月十九日 周日 晴】上午面试营销人员两名。

泡网。翻书。

下午至圆明园单向街书店听清华大学博士生导师格非讲座《小说的历史与现实》，他的一些观点如：不同年龄的不同阅读体验，当今年轻人价值取向的无原则无是非高度自我等等，“中产阶级的崛起”造成读者定位的转移从而使所谓的“精英文学”和大众文学的界线打破，互联网时代造成的多元化阅读，当今写作无作者（观点、品质、学识等）而只有叙事者……引起了我的共鸣。另外的一个收获，他的颇有激情的演讲，也使我产生了阅读外国小说的欲望。他向大家推荐三本书：《金瓶梅》、《红楼梦》、《水浒传》，他认为这是中国最好的小说。他说，年轻时看《金瓶梅》，只对性描写的那些部分感兴趣；三十五岁之后再看，竟然忘食，并且泪湿衣襟。

购《中国新闻图史》（南方日报版）、《吴宓日记·续编》（十册，三联版）、《迦陵论诗丛稿》（叶嘉莹著，中华书局版）、《读库》（0703）、《激荡三十年：中国企业 1978–2008》（上册，吴晓波著）等十五册。费币 548 元，来回打车 60 元。

接清霜短信，即复：“今年七夕，人非月依旧。菊花疏影，蝉鸣声喑，又是凉秋。良辰佳节，空引金樽酒满，独解心忧。”

接桑农等人网函，即复之。晚，读《激荡三十年》。

【八月二十日 周一 晴】上午例会，下午各科室主任会。精神不佳，甚烦躁。

小林 Email 给我一封信，谈她对公司现状的一些看法和建议，我很高兴。即复之。

晚，邀请中国地质博物馆副馆长张亚钧至蟹岛度假村游览散心并食野味蔬果。

九时许归寓。沐浴后读《激荡三十年》。

【八月二十一日 周二 晴】上午召开营销会议，部署市场开发工作。下午制定公司组织机构图和《岗位责任目标书》。全员营销，按照各科室报上来的最低标准，确定员工每月五千元创收任务，各部主任一万元。另外实行竞标上岗，所有人员均与公司签署《岗位目标责任书》，彻底打破“干多干少一个样，干好干坏一个样”的怪状。

我把“组织机构图”做成一个“人”字形，总经办和三个副总分别是两臂手两腿足，垂直管理的财务部和两名助理附尾。三名副总分别负责行政（企划部、外联部、人事部、专题片制作部）、编务（四个编辑部）、营销（含各省市办事机构、三个网站、宣传部）；总经办主要负责采购物流和后勤工作，包括办公室、阅览室、照排室等。这是我三至五年的发展蓝图，赚了钱则一如既往反哺文化事业和教育事业。

晚，自弄三四样小菜，于寓所自饮啤酒二瓶。饭毕继续读《激荡三十年》，此君文笔了得，写史而不枯燥，使用材料准确生动，可读性较强。

【八月二十二日 周三 晴】在办公室处理杂务。

与吕浩聊天，谈书人书事，甚愉悦。

《书脉》（刘绍棠逝世十周年纪念特刊）印毕送来，委托宫主任和吕浩给研究会郑恩波会长送去五百册。

晚，观电影《赤裸特工》，相处六年的队友相互惨杀的一段使我非常难受，但也启发我：什么是弱肉强食，适者生存。不是人生残酷，而是社会本身就像一个大竞技场，充满了残酷。

归寓读《激荡三十年》。

【八月二十三日　周四　晴】与清霜一起讨论修订《岗位责任目标书》。

心情还是莫名地烦躁，克制，克制，克制。

一个人打车去颐和园，在湖边一边散步一边思考公司事务。千头万绪理出头绪来，一切就好办了。

晚，续撰《桓台历代诗词选注评》。

【八月二十四日　周五　晴】在办公室处理琐务。

晚八时许至火车站，接慧博一家、黄涛一家。安排住宿北京军区战士招待所，并于鱼头泡饼大酒店为他们接风，饮精品二锅头一瓶，啤酒四瓶。

【八月二十五日　周六　晴】陪慧博一家、黄涛一家先后至中国地质博物馆、雍和宫、颐和园、北京大学等地游览。除了陪同，还为他们讲解和拍照。虽有些疲累但心情舒畅。

晚，刘绍棠研究会会长郑恩波和刘绍棠之子刘松萝于府右街红红餐馆请饭，作为对赠刊的答谢。推辞不过，偕宫主任、慧博、黄涛赴宴。

二十一时许至办公室，审阅《书脉》（第六期）终样，发现许多问题，尤其《卷首语》甚不满意，重新修改。二十三时许归寓，沐浴后即睡。

【八月二十六日　周日　小雨】夜间及早上下了小雨，真好，得以睡了一个懒觉。

九时许至办公室，边看稿边等朋友们来。中午，与朋友聚餐。送走慧博、黄涛两家人。

下午偕文泉清至王府井书店，参加马瑞芳教授新书《马瑞芳说聊斋》、《百家讲坛这张“魔鬼的床”》（作家出版社）发布会。这两本书出得很粗糙，尤其图片处理，似盗版。聊可安慰的是得到了马老师和历史学家阎崇年先生为《书脉》的题词：“书香致远”（马瑞芳）；“读书能医俗，读书亦更俗”（阎崇年）。本来说易中天和于丹都要与会的，可惜我们迟到了半个小时，他们已经离去。要不《书脉》又多两位题词者和读者了。分别送马和阎《书脉》各四期。

在书店里小逛一圈，得《蒋介石日记揭秘》（上下册，张秀章编著，团结出版社）、《穿长衫，读古书》（赵鑫珊著，江西人民出版社）、《于丹〈论语〉心得》（典藏本，中华书局）三种。结账时，收款的大姐说：“于丹可走了，闹腾！让人心烦！”

打车至潘家园布衣书局继续淘书，恰巧书局主人胡同在家。没有任何的客套话，他继续忙着鼓捣他的相机，我和泉清则直奔书库翻书。约时许，我检得八九种：《二十世纪中国文化名人墨迹》（北京出版社）、《中国现代近代出版通史》（华文出版社，四巨册）、《张元济书札》（商务印书馆）、《艾青谈诗》（花城出版社）、《装帧的话与画》（张守义著，中国文史出版社）、《王世襄自选集·锦灰不成堆》（三联出版社）、《我的庄园杂志·花香的尘世》（卞太著，人民文学出版社）、《读书读书》（陈平原著）等。留影二帧。

今天买书费币五百余元。于书，既爱之又恨之。我对泉清如此说。

晚，与文泉清吃烧烤。天阴沉，我的心情也不好。脑子里盘桓着山西的事、内蒙古的事、公司的事、杂志的事……最近十余天来，心情一直很糟糕，被大大小小的事务纠缠不能自拔，烦躁而无可奈何，老想发火。每天躺在床上闭上眼睛的时候，是最轻松最踏实最愉悦的时候；而天亮后一睁开眼睛，烦恼便又伴随而来，愁云便又紧锁而来。

【八月二十七日　周一　阴转晴】上午主持公司例会，强调了一些问题。重点讲了《公司组织结构图》和《岗位责任目标书》的情况。

参加编辑部选题会，作了一些工作安排。

中午去总参晤邹为瑞长兄，并带去一百五十本新出杂志。主要谈于封云的工作调动事和《地球》的事。前事他马上打电话给中组部原部长贺国强的秘书落实，后事则记下了国土资源部副部长汪民的电话，称改日约万伯翱直接找他帮忙协调。我甚感激。

下午偕苏萍、王丽雪前往安贞二区采访著名古建筑学家罗哲文先生。罗老已八十四岁高龄，但身体状况和精神面貌非常良好。几十年来，他在恩师梁思成、邓宝祯等人的影响下，为祖国文物（尤其是长城）的保护和研究作出了卓越的贡献。是个非常值得敬佩的老人，也是一个非常和蔼可亲的老人。采访近时许，看老人有些累了，而且前后不断有人来谈事情，我只好结束采访。老人为《书脉》题签："有书真富贵，无欲大文章。"正如他的家里，到处堆满了书和古建筑的照片。连进出门口的走道都被书逼仄成仅容侧身而过的小隙道。

接天津书友刘乐群寄赠《十里洋场，九河下梢》（刘乐群著，天津古籍版）；《杂文月刊》副主编吴营洲寄赠著作两种《十年辛苦不寻常》（新风出版社）、《无法言说的言说》（新风版），文稿五篇，《杂文月刊》三本；接宣武区文化馆馆长李金龙主编

《文化宣南》杂志一册；接云南周良沛先生寄赠《海岸线》杂志一册；接内蒙古师范大学中国少数民族文学馆长特·赛音巴雅尔寄赠《金秋》杂志一册；分别接烟台安家正、天津张学正教授信，即电话回复。

晚，在办公室写稿。十一时许归寓休息，翻来覆去睡不着。

【八月二十八日　周二　阴转晴】凌晨六时许即起床，请宫主任驾车至火车北站接赤峰来的于封云局长。先去宏状元粥店吃过早点，然后至办公室谈事。近午时辞别，留饭不受。

中午调整办公室。

下午逐一与营销部人员谈话并签署《岗位责任目标书》。

夕，至家具城看书橱，订购五组，费币六千八百元。

接彭国梁兄寄赠著作二种《书虫日记》（湖南教育版）、《长沙沙水水无沙》（南京大学出版社）；接泉州文联副主席陈瑞统寄赠著作《泉州戏剧漫笔》（中国文联版），即一一短信复谢。我最喜《书虫日记》，一个有趣的人写的一本有趣的书，先读为快，不亦乐乎。

签印《书脉》第六期。本期选的毛边书影甚佳，选文稍欠，《卷首语》写得不好。

李助理拿来一摞报销单要我签字，这是我最不愿意干的事，但还是一一签了。

嘱清霜尽快与文史社曾小丹联系合作出版事宜，并将这段时间与数家出版社洽谈的情况告知自牧先生。

九时许晚饭后，读《书虫日记》。

【八月二十九日　周三　晴】上午分别谈话，落实《岗位责任目标书》。

下午北京电视台制片人朴东梅、发行部主任红霞来访，谈人物专题片制作事宜。

下班后出得办公室，见天高云淡，天边夕照如金，还看到了彩虹，格外神清气爽，心情舒畅。又收到清霜发来的短信：“老大，看到你感觉好，是件很开心的事。工作上以后还是会争论的，但争完，就是相互体谅调整反省，这样的了解与相惜才是真正从心底发出的，会对彼此有益，也能彼此支撑，将这份事业做下去。这样的感觉我很珍惜。谢谢你，老大，一起努力！看看窗外即逝的风景，愿它能略略慰藉你的眼睛。”有这样的合作伙伴，我感到很欣慰很幸福，也很珍惜。

路上遇见物业管理处的李处长，闲聊了一会。他刚从韩国、日本、印度回来，话题自然谈国外见闻。我记住了他说的两个有意思的现象：一是在韩国，韩国人对他说：全世界只有中国人在讲“素质”，却不按规则办事；韩国人从来不讲素质，只讲重罚，反而做事情都讲规则。李处说，还真是，随地吐痰、蓄意破坏公共设施、闯红灯等等，这些在韩国几乎看不到；二是在印度，他说，印度的菩提加亚市有棵很大的菩提树，到那里就有一种入定的感觉，心马上能安静下来。外面是四十多度的高温大热天，而树下却凉快得很，温度至少低十多度。从早上到夜里，总有一些鸟儿飞进飞出，让人有一种莫名的感动。而在树外，前面不远的寺庙前，却是成堆的乞丐和贫民。

晚，观电视《波士堂》（采访汉能投资公司 CEO 陈宏）、《杨澜访谈录》（采访台湾云门舞集创办人林怀民）。记住了一位嘉宾说的话：实现完美人生，要做到三点，知其所以然，争其必然，顺其自然。

【八月三十日 周四 晴】接苗纪道兄网函，诗曰：

您以笔名古农主编的 1-4 期《书脉》均已收阅。十分感谢！

民间书香，大雅之堂，悠悠书脉，彰显锋芒。
装帧典雅，内容雄壮，风流文采，浓郁书香。
文心灵动，文气荡漾，文化味足，文学性强。
蒙君约稿，试写一章，仅供补白，友情为上。
思君营造书香韵，念兹传播书道文。
北京城南静庐忙，京华烟云动感深。
古典书房四时宜，农闲写出一篇文：
《书生书斋与石缘》，脉脉此情诉与君。

苗纪道 于郑州浩然楼

阅报悉：28日凌晨2时，著名法语翻译家、学者、诗人叶汝琏教授因病在武汉去世，享年八十三岁。这位早期成长于昆明的学院派诗人，见证了中国新诗的“白银年代”，曾任《法国研究》、《国际诗坛》主编。他长期身处逆境，仍孜孜不倦地耕耘于教坛，培养大批法语优秀人才；此外，他潜心从事法语诗歌的翻译和研究，将毕生的精力倾注于法国文化在中国的译介与传播，对中法文化交流做出巨大的贡献，其译介的法国诗对一大批当代中国诗人的创作产生深远影响。译著有:《共产党人》(阿拉贡)、《美男子》(罗歇·瓦扬)、《完善论》(法)罗笛谛著、《法国现代诗与古典诗》等。晚年出版唯一一部诗集:《旧作新诗钞》，诗集出版后获得法兰西学院院士程抱一，以及巴斯蒂女院士等海内外学者、诗人的赞誉。

上午继续与员工分别谈话，落实《岗位责任目标书》。

下午整理《书脉》寄赠名单，在原来基础上调整寄发对象：①征订者；②作者；③图书馆（二百家）；④师友六百人左右；⑤报刊读书版或副刊版编辑（二百本）；⑥书店（以北京的民营书店为主，二十家左右）；⑦公司员工（人手一册）；⑧存档二百本，毛边书五十本。

四时许至总参晤邹为瑞长兄，送其古生物化石三件。请其题写公司匾额及杂志刊名。返归途径北师大，顺便取走左文兄送我的国际书展的两张入场券。至和平桥附近，车被一辆大公交从后面挤了一下，好在有惊无险，只是把保险杠挤下来了，没有变形也没有刮漆。彼此作了记号，和平解决，没有惊动交警。长征兄说，叫交警来，轻则罚款，重则吊销驾驶执照。最气人的是，他们不会马上解决，就这点事，至少要处理两三个小时！

书橱送来，架起来后整好一面近五米的墙，很有点气势。帮忙擦拭灰尘的同事说，这才与于总的身份匹配……

晚，在办公楼门口的小包子铺吃了一笼蒸包，一碗紫菜鸡蛋汤，返回办公室，继续整理《书脉》寄发名单。《书脉》虽是内刊，却是我心系魂绕的。我曾对《书脉》的编辑说，公司现有的其他刊物，我不敢说能做几年，但是《书脉》，我至少要做三十年！书香致远，脉泽天下。这将是我始终不渝的追求。

【八月三十一日　周五　晴】一早五点多就被电话吵醒。挂了电话却再无法入睡，干脆起床，至饭馆吃了一点早餐，即步行去办公室，一路空气清新，神清气爽。

读完《书虫日记》，员工开始陆续上班。

上午接待客人三拨。说话有些多，耗气伤神，感觉不适。

下午继续落实《岗位责任目标书》事，毕。

归寓时，发现门上贴了一张通知，是自来水公司下月三号来换水表，要求家里留人。旁边居委会用粗黑笔写了一句话："这次是真的，居委会。"据我所经历，类似的通知经常有，但基本是干等一天，没人上门，打电话询问，得到的却是对方口齿强硬地要求在家等着！这次真的会来吗？

二○○七年九月日记

【九月一日　星期六　晴】牛牧野兄和甘肃天水的画家高德恩及辽宁苏炜董事长莅京，晚于大宅门酒楼宴请他们。特约请中国佛学院副院长李德成、徐悲鸿画院山水创作室主任衣惠春、《地球》杂志副总编黄新燕、中国地质博物馆副馆长张亚钧、中国作家协会办公厅主任马文运、公司办公室主任宫长征等人作陪。九时许散。与苏总至华侨饭店饮咖啡谈事，谈到管理上的一些困惑，我深有感触和体会。零时许归寓。

今天报载：全国二○○三年查处贪官十七万人，二○○五年是十三万人，二○○六年是九万人。犯事的贪官有九成都包养了一个或几个，甚至几十个情妇。难怪今天的女人越来越不长出息了，男人更是自不必说。

接天津袁爽老人电话，谈杭世金事半时许。袁老意见比较委婉折中，但他的"宁肯允许别人犯错误，不要宽恕自己犯错"、"人都有一时犯错的时候，不至于绝交"的豁达观点我是赞同的。又与自牧先生通电话，谈此事，他的意见是年轻如我等固然有考虑不周做事欠妥之处，但杭老头不该用"文革"的言行对待。他准备写封信劝劝杭世金。老者老矣，我想还是顺其自然的好，不想去理会这些鸟事了。

【九月二日　星期日　晴】上午睡了一个懒觉，九时许起床，收拾房间（尤其厨房）卫生、洗衣服和一堆臭袜子。

十一时许至办公室，上网，回邮件。

下午至国际展览中心图书博览会观书，以法兰克福书展为主。听作家张悦然、于坚和德国作家尤迪特·海尔曼、巴斯·波特舍的对话。拍照若干。

夕，接泉清电话，告知甘肃黄岳年兄莅公司，急忙打车归。岳年兄夫妇是送孩子来北京交通大学开学报到的。遂约了《光明日报》的荆时光、中华书局的杨小洲、牛栏山教委的刘德水诸兄，还有文泉清作陪，宴请他们一家人。十时许席散，又陪小洲、时光足疗，后夜二时许方归寓。受赠德水兄和夫人谢平、女儿刘莸编辑的家庭杂志《三馀书屋》（创刊号）一册（共印三十册，此为编号二十八）。张中行题签刊名，内收写范用、陈子善、止庵、嫁衣坊等人文章，甚雅致。我想，做这样的事，最宝贵的是对孩子的锻炼和培养，多多益善。

【九月三日 星期一 晴】迟起，头痛，可能昨天喝了假酒。

去粥店喝了一碗粥，即至办公室参加公司例会。会毕，与清霜聊人事问题，随着工作的深入，很多令人头疼的人力资源问题逐渐暴露出来，她开始感到力不从心，重新认识这份并不轻松的工作。我顺势鼓励劝勉之。

下午与清霜至农民日报出版社晤四川《西部观察》杂志副社长杨晓明、百年汇文文化公司总经理江英，谈合作出版事。

接马旷源赠书二种《腾冲集》、《月逐坟圆》（科学出版社）。

接商学院“管理成长之路”活动邀请函；胡晟盛会长发来“首届中国网络文学发展研讨峰会暨中国网络文学促进委员会成立大会”邀请函，9月23日在钓鱼台国宾馆召开，同时委托我代邀几位知名人士参加。

分别与营销部、编辑部部分人员谈话，了解工作情况。

晚，于陕西面馆宴请杨晓明，清霜、宫主任作陪。八时许散，回办公室理书稿《居京客》。书稿拟分三部分：日记、杂论、活动照片。室静，心静，院子里也静，或有秋虫低鸣，甚惬意也！

【九月四日 星期二 晴】晤书籍装帧家冯耀午先生，交谈甚悦。关于书衣设计，他有一些自己独到的观点，深以为然。试引数则：

1. 一件作品要清澄。在绘画上，清澄代表了一种智慧和技艺的练达。在封面设计上，清澄代表了简单，简单就是一眼看穿事物的本质，一个人因为看穿一切，所以他用一个简单的构图就可以表述事物的真相。有时候，他甚至一句话也不用说。

2. 一件作品要耀眼。在艺术创作中，耀眼代表了一种人与艺术合一的创作冲动。在封面设计上，耀眼就是整个设计有活力、有灵性，整个色彩、构图会飘动起来，并产生一股巨大的精神力。

3. 一件作品要和谐——“宁静地伸手……”。当光明刺痛你的双眼，当你的内心为发现面包和美酒狂喜不已，这个时候更需要冷静，一种心灵与天地融合的平静。在封面设计上，所有线条、结构的颠覆、变形，其目的都是重新产生一种秩序：你感觉到了狂喜，你也感觉到统一的美。一件作品的涵义要让读者呼唤出来，而不是硬塞给读者。“面包和美酒”是在你心中渴望已久、寻觅已久时，突然被一束光芒照亮的情况下出现的，而且要求你“伸手去拿”。任何一个封面设计如果只有直观地表达书名的意义，就会流于庸俗和浅白。真正精髓的东西是需要人们去体会的。体会到了的感觉就是豁然开朗。这种感觉美妙无比。

4. 一件作品要有亲和力——就像你期待已久的面包和美酒。一个好的封面设计对读者的心理冲击，与其他美好的事物对他的冲击是一样的：他看到这个设计，也许他感觉到这就是一个美女，这就是阳光下的一幅水彩画。这时候这个设计已经完全抓住了他的心。他感受到的是美本身。

5. 书的外表装潢是给人一种气氛，哪怕是悲剧的书也不能现出血腥，也要给人一种暖的感觉，就像柔和的光，缠绵而不忧郁，柔切而不颓倦。

……

下午文化艺术出版社退休的编审赵功义来，希望到公司做图书出版的工作，同意他先做一个月看看。委托他先把“柳泉文丛”的书号拿下来。

分别接彭荆风、徐重庆、晓雪、刘章、杨栋、欧阳卫国等人信；接翻译家闫鲜宁 Email 及自荐材料；接徐重庆文稿《钱玄同办〈湖州白话报〉》；欧阳卫国稿《儿时读书》。

晚，继续编《居京客》书稿。

【九月五日　星期三　晴】上午成功人联合会常务副会长李雁冰来访。

前几天被公司辞退的一员工来滋事，欲讹钱，交宫主任处理。最后无奈报警，将其轰走。

与万伯翱会长电话商议《地球》杂志事。

段华兄来电，云手上有作家出版社的书号，可协调出版。甚好。

接《人民日报》社李辉兄网函并稿《马国亮与〈良友忆旧〉》，即复；接傅国涌兄网函并长稿《鲁迅先生的讲演》，即复。将两稿转交文泉清。

下午至富凯大厦香港科技大学商学院北京中心听埃森哲人力资源总监 Tad · Waddington 讲座《如何评估、规划和达成目标》。用英文讲授，甚枯燥无味也。

晚饭自食，毕，读《激荡三十年》。观《赢在中国》节目，主题曲《在路上》甚能打动人心。

【九月六日　星期四　晴】赵功义来上班，负责图书部工作。上午参与图书部人员座谈，议项目实施计划和时间进度规划。所谈甚好。

报名参加清华大学高级工商管理研究生进修班秋季班的学习。学制二年，学费二万八千八百元。我看中的是它的课程内容和师资阵容，还有人脉资源。

中午与清霜、宫主任一起午餐，边吃边谈公司近期人事问题，同感之处颇多。我说，既然发现问题，就快刀斩乱麻，考虑好方法，迅速解决。

下午晤段华。征求了自牧老师意见，“书脉文库·柳泉文丛”主编署名鲁村、王继训。

接邮购之《贾平凹文集》（十八卷，陕西人民版）一套。

读报，悉著名男“高音C之王”鲁齐亚诺·帕瓦罗蒂因胰腺癌不治，在意大利自己的家乡莫德纳家中逝世，享年七十一岁。《我的太阳》人去曲终。

夕，至寰太大厦参加华夏人瑞公司组织的“非权力领导力课程班”学习。十八时报到，十九时开始，二十三时散。

【九月七日　星期五　晴】上午参加营销会。与以往不同的是，会议临近结束时，照例要征求一下大家有没有意见。以前几乎没人发言，或者说没有意见。今天却有十几个人积极发言，谈了一些市场上的情况，有的还提出了建设性的建议。之所以如此，可能只是我的心态稍微调整了一下，不再是一味的教条或者训斥，而是很平等地与他们交流，问他们的困难，肯定他们的哪怕很小的成绩，鼓励他们的斗志，帮助他们分析问题……没有了批评，没有了教条，没有了沉闷，所以他们敢于发言了。

还有一件事：《书脉》第六期印出，但又出了责任事故——没有按我们的要求预留毛边书。前几天是封面颜色印错。因为合同条款的界定模糊，双方造成扯皮，互不相让，陷入僵局。最后拿到我这来，问怎么处理？我了解情况后，直接与印刷厂的厂长通话，一个小时后，对方不但同意承担加印三百本毛边书的全部费用，而且接受了我提出的压一付一的付款要求。其实，我只是告诉他：跟《书脉》合作会有钱赚，同时也必须按游戏规则出牌，是谁的责任就必须由谁自己买单，否则翻盘。但同时，我也以朋友的心态与他交谈了一些别的事情，彼此有了信任，所以谈得很愉快。

由这两件事，我感受到调整自己心态的重要和不同寻常，感受到由此带给别人的影响，也感受到由此带给自己的快乐。其实，生活中工作中与人交往，用一种平和的心态和温暖的语言并非难事，只是由于多年形成的自我保护的习惯，不敢开放自己，不敢坦诚面对罢了。而一旦突破，哪怕一丁点，也是无比快乐的。

晚上继续听课。

今日报载：高中学校课改选修科目敲定，公布出来的四所学校课改科目如下：

北京广渠门中学：日语入门、韩国语入门、爱的教育、神奇的化石、闲话京城、中国古代社会礼仪生活、高原情、模拟联合国、电影欣赏、美丽伴你行（化妆艺术）。

北京市汇文中学：非物质文化遗产“丝绫堆绣”、模型设计与制作、传统工艺制作室、机器人设计与制作、街舞。

北京市第二十七中学：英语影视欣赏、跟我游北京、历史文化遗产、20世纪战争启示录、奇妙的化学、武术套路、乒乓球、现代生活中的时尚与美术、初识智能机器人、多媒体制作、教师DV自拍厨房作教材。

北京市第156中学：国学修养、北京胡同文化、股票投资技术分析、城乡规划、全脑思维训练。

静庐按：这样的课改，如果落实得好，是会让人看到希望的。

【九月八日　星期六　晴】继续接受培训。其中红黑游戏对我触动比较大：现实生活中，我们无时无刻不在与人竞争，这其实是很正常的。不正常的只是手段和目的而已。大家都在喊双赢或共赢，但真正为了共赢去做决策的却寥寥无几。我们往往是根据别人的态度来做回应：对自己好的便也对他（她）好，对自己不好的也便不可能得到你对他（她）的好。惯性使我们活在别人的生活之中而不自觉。

再者就是心态问题，很多其实并不知道自己缺什么，想要什么。生活中无非两种人：一种是先设定目标（想成为什么或想要什么），然后去做，然后实现；另一种是先去做（做的过程中经常出现盲目和迷茫），然后慢慢实现，最后成为一个结果（基本不是自己想要的结果）。我们该做哪一种，不言自明。

晚零时许归寓。

【九月九日　星期日　晴】听课一天。毕业典礼时我第一个上台发言，并给每位教练、助教、同学送了我的三本书《茶歇集》、《门外漫谈》、《我，或者我们》。发自内心地讲，这几天是我许久以来少有的最开心、最开放的几天，收获良多。我想，用心去付出，用心去爱，用心去对待生活和工作，用心对待每一个家人、合作伙伴和朋友，一定会有一个与众不同的人生！

导师给我的评语是：晓明，你是一个智慧、善良、负责任的男人，短短四天感到你的巨大变化，相信你在家庭、生活、朋友等方面一定会像你的事业一样精彩，达到人生的顶峰！

晚，和同学们聚餐。十一时许，尽兴归。

接黄岳年兄消息：我已安抵家中。此番相聚，人生快事也。“书脉”观光，晓明兄，文泉清兄还有德水兄之厚意，感怀莫名。后来又见到了注注兄，他引我看了八道湾十一号的苦雨斋，并领受护国寺京味小吃，人间天上，有福不二。谢过谢过！

【九月十日 星期一 晴】上午至国土资源部找刘随臣、张亚钧谈《地球》杂志事宜，再次感受到政府机关人员的敷衍塞责、明哲保身和不负责任的工作作风。事情一波三折，又卡在了新闻处待审批。

下午开编辑会，议稿；开营销会，听取工作汇报。

苏萍休假十天回单位上班，下午却又要请假，人事部未允，他还是私自去办自己的事了。如此目无组织纪律已不是第一二次。无他，谈心吧。

阅部分员工八月份工作总结。

接侯英汉信并日记书；接子张网函。即一一复之。

晚七时，继续上课，下一个阶段课程的前瞻。十时许散。

【九月十一日 星期二 晴】早上去办公室的路上，见一妇人牵一长毛小狗，小狗贪玩，妇人便说："宝贝，乖，跟妈妈回家了……再不听话，妈妈生气了！"我愕然。视狗为子，狗之福？人变态？

上午与苏萍谈话。与宝昌印刷厂洪厂长谈长期印刷事宜；与图书部交流工作进展情况；与清霜谈人事问题。

下午做教练技术领导力第二阶段的课前作业，并发给导师。

《书脉》送来，两期杂志连同致朋友们的一封中秋慰问信，交办公室发出，计六百余件。

接中国诗歌学会张环网函，即复，并将照片和书等材料重新寄去；接邹为瑞短信：一方面积极争取《地球》，另一方面我们也不能在一棵树上吊着，要考虑新方案，另辟新径。

接林非先生电话，告知身体不好，自牧的书不能写序了，表示抱歉。另外成立中国日记学会挂靠在中国散文学会下面的事也很难办，嘱我继续找周明谈。

接明祥兄长话，交谈甚悦。

晚，在办公室看稿。翻报纸时，一条新闻让我大跌眼镜："南京浦口一女士的小狗被一辆超市的接送车撞断了腿，主人将它带到宠物医院接骨，短短一个晚上，主人给自己的小狗拍了十二次CT，花了七百八十元。该女士花费数千元，请了三位骨科专家为小狗手术。肇事司机很难理解。"不要说肇事司机很难理解，我也很难理解，现在的人是怎么啦？

【九月十二日　星期三　晴】早起至办公室看书。十时许与二阶段导师白勇通电话，做课前交流，大约半个小时。

继续审阅员工的月度工作总结。有这样一段文字令我感动：

最初的工作是激进而冒失的。初来乍到的我肩负着信任，怀揣着热血，就希望能将眼睛看到的所有问题在一时三刻间做出了断，以回报那份性情文字后的托付。于是为了给这些"问题"一个满意的答案，我逐个和人交谈，认真聆听，努力去找，甚至不惜为它们与领导争得面红耳赤，相持不下。可是随着慢慢地熟悉和日渐深入地了解，我最初以为的"事实"和"问题"似乎出现了不同的版本，甚至截然对立的信息。而我最初的热情与热血，似乎都错卖了对象……必须调整。管理意识，做事情的思路、策略，每个工作的细节，无一不要考虑权衡。这样的调整让人别扭，几乎无所适从。但就在这样难受的调整中，"事实"与"问题"慢慢呈现不同的面目，与最初的角度相去甚远，而自己也似乎逐渐变得理性起来。

原来，只有在深入之后，才能发现问题有那么多不同的侧面，人心有那么多不同的理解。之前，我真是太自以为是了。想想，在那些无谓的争论中，我面对的于总是以怎样的耐心在包容着我的执拗与片面啊！面对这样信任而宽厚的期待，我羞惭无地。八月份一个月的人事工作，对于我以往的职业观念，是一个巨大的冲击，但我很庆幸自己有机会领教这样的冲击，我也坚信，自己能经受得起。

我会一直记得自己说的，要成为让人费心最少的员工。我会为这个目标，努力。

上午与《书脉》编辑座谈。

中午段华兄于金圣福酒店宴请山西太谷来的两位朋友，邀我和泉清作陪。泉清不胜酒力，一杯下肚，即趴在桌子上睡去，服务生把他架到休息室。酒酣之余，与段华议作家社出版事宜。

接王绍仁先生发来“皕宋楼暨江南藏书文化国际研讨会”邀请函，即填写毕回执寄回。

下午拟二十道题目，作为公司员工半年度的思想考核问卷。

晚，至陕西面馆食羊肉泡馍一碗，饮啤酒一瓶。返归办公室闲读，十一时许归寓。

【九月十三日　星期四　晴】上午与营销部人员座谈，了解市场情况并给大家鼓劲。

敲定《名流周刊》、《书脉》等刊物寄赠名单和发行渠道。

接作家沙叶新先生函并为《书脉》题词：“谎言误国苏东鉴，读懂终须字字真！”附简介一份，称：

我，沙叶新，曾化名少十斤。少十斤为沙叶新的右半，可见本人不左；砍去一半，也不过少十斤，又可见我无足轻重，一共只有二十斤。我于一九三九年出品，因是回族，且又姓沙，可能原产地为沙特阿拉伯，后组装于中国南京。本人体形矮胖，属三等残废，但我身残志不残，立志写作，一回生二回熟，箪食瓢饮，回也不改其乐，终于忝为回族作家。一九五七年我侥幸考入华东师范大学中文系，一九六一年我又意外地选送到上海戏剧学院研究生班深造。一九八五年我身不由己地担任上海人民剧院院长，一九九一年我又己不由身地挂名为上海戏剧家协会副主席。作品以话剧剧本为主，兼写小说、散文、杂文、评论。作品多有争议，得过奖也挨过批。编剧以前又叫作剧，我指九天为证，我绝不是恶作剧，是善作剧。

下午分别晤印刷厂部经理，公司赵副总、武亿、清霜。

嘱财务小李给段华兄转款四万三千元，办理出版手续。

报悉：国家预防腐败局今日宣告成立。同版有篇文章《谁有权对“违纪官员”定性》称：“综观纪委办案中的弹性环节，大多发生在立案和调查期间的干扰，真正到了定性阶段，其实已成事实。”该文同时披露四年来共查处贪贿案十万余人，其中县处级干部 11223 人，地厅级干部 763 人，省部级干部 29 人。尽管高检副检察长王振川说高官犯案平均每年以 5% 左右的速度下降，但对于反腐败的前景，我依然觉得不能过分乐观。

晚饭后至办公室看稿。十一时许归寓。

【九月十四日　星期五　阴雨】上午开编辑会，讨论辽宁版出刊事宜。

下午开全体员工工作会议。

晚，观《赢在中国》选拔赛。其主题歌曲深深打动了我：

那一天 / 我不得已上路 / 为不安分的心 / 为自尊的生存 / 为自我的证明

路上的心酸 / 已融进我的眼睛 / 心灵的困境 / 已化作我的坚定

在路上 / 用我心灵的呼声 / 在路上 / 只为伴着我的人

在路上 / 是我生命的远行 / 在路上 / 只为温暖我的人

二十二时许，续撰《桓台历代诗词选注评》。

【九月十五日 ~ 十六日　星期六、日　阴】参加 ACP 心态教练技术理论课程学习，收获较大。

目标是一个理想、方向，而非具体某种状态或事物。人的目标分反应、需要、价值三种。

而成果是检视目标的一个标志，它是具体量化、可被准确量度的事物和数字（硬指标）。

而行动则是达到目标的行为。

很多人把成果混同为人生目标。为了实现目标，必须有清晰的方向（愿景）；省却不必要的工作，有效运用时间，取得阶段性成果（成长），同时积极开发资源及创造可能性。

很多人的成果是：成果＝没有成果＋合理的理由＋完美的原因＋高贵的借口＋自以为是的“事实”。

要实现人生目标的四种基本的能力：聆听、区分、发问、回应。

要实现人生目标的四种基本的方法：厘清目标、反映真相、心态迁善、行动计划。

周六晚，与同学们聚餐；周日晚读毕《激荡三十年》。在美国的企业历史上，1886年是个伟大的年份：这一年，纽约的图书推销员大卫·麦可尼在推销《莎士比亚选集》时惊喜地发现，他随书赠送的香水备受顾客青睐，于是他用莎士比亚故乡一条河的名字“Avon”（雅芳）为名，创建了雅芳香水公司；同年，可口可乐诞生于亚特兰大；大名鼎鼎的乔治·伊斯曼研制出第一架自动照相机，给它取名“柯达”；花旗集团也在这一年诞生，后来成为全球最大的银行机构；强生公司也在这一年诞生，它一开始制造医药诊断产品，后来才生产出畅销全球的润肤露、香波和邦迪创可贴；还有卡尔·奔驰在德国发明世界公认的第一辆汽车，并由此成立奔驰公司……这一年出现的这些公司名字，竟可以勾勒出其后一百年世界公司的成长线。

那么，在中国，最伟大的年份则应该是1984年。这一年，邓小平第一次南下，奠定了开发深圳、珠海经济开发区的决心和力度；这一年，后来成为“地产大亨”王石、潘石屹等人开始成立公司，自主创业；这一年，三十五岁的张瑞敏接手“青岛红星日用电器厂”（海尔集团的前身），上任伊始，制定了十三条规章制度，其中第一条是“不准在车间内随地大小便”。他还有一个惊人的举动是砸了七十六台不合格冰箱，举国震动；这一年，四十岁的柳传志在一间不足二十平方米的中科院传达室里创业（后来它常常与惠普的那个著名的斯坦福车库一起被相提并论），“水泥地面，石灰墙壁，两张三屉桌，两个长条凳，没有写字台也没有电脑，桌子条凳都是人家不要了的破东西。全公司共十一个人，都过了四十岁。”在这样的条件下，后来成就了著名的联想集团；这一年，四十五岁的广东三水县酒厂厂长李经纬把目光瞄准了在美国洛杉矶举办的第二十三届奥运会，研制出“健力宝”运动饮料并一炮打响，至今畅销不衰；这一年，浙江大学数学系毕业的史玉柱分配到安徽统计局工作，不安于现状的他编写出第一个统计系统软件，毅然辞职南下，后来成就出“巨人”系列，和脑黄金、脑白金、黄金搭档等著名保健品牌；这一年，军医大学的教授赵新先带着自己的“三九胃泰”在深圳笔架山下开始新的事业；在惠州，华南理工大学毕业的李东升在一个简陋的农机仓库开辟自己的工厂，与香港人合作生产录音磁带，逐渐成就日后赫赫有名的家电公司 TCL；在广东顺德，只有小学四年级学历的潘宁以零件代模具，用汽水瓶做试验品，凭借手锤、手锉、万能表等简陋工具，打造出了中国第一台双门电冰箱，并成立“珠江冰箱厂”（科龙公司的前身），品牌是“容声”；在北京，新创办的四通公司与日本三井株式会社合作，开发中文文字处理机，这款定名为“四通 2400”的打字机在随后几年风靡全国；在南京，南汽与法国的依维柯合作，开始生产该品牌的汽车；在上海，邮电部门与阿尔卡特集团合作，创办了上海贝尔电话设备公司，这是中国第一个研制生产程控电话交换机的中外合资企业……

看到这些，我感到一种前所未有的莫名的兴奋……我才 32 岁，只要认定目标、持之以恒，就有希望！

【九月十七日 星期一 阴转晴】上午主持公司例会。

接江苏省委宣传部陆建华信；天津袁爽信；南京杨郁信；接明祥兄Email。接广东孙淑彦签赠新著《书人情结》、《淑彦闲墨》；接石家庄吴营洲赠《杂文月刊》四册；接淄博文联沈淇赠《齐风》（2007.4）二册；接南京陆建华赠书《你好，汪曾祺》（段春娟、张秋红著，山东画报2007年版）、《珠湖·纪念汪曾祺逝世十周年系列活动专刊》，文稿《汪曾祺："永远的"大作家》、《真实真诚 坦荡坦然——漫论谭谈散文的质朴美》。

下午阅员工答卷十余份。与营销部人员谈话。

看到一则民谣，颇可玩味，遂抄录之：

生不起，剖腹一刀五千几；读不起，选个学校三万起；住不起，一万多元一平米；娶不起，没车没房谁嫁你？养不起，父母下岗儿下地；病不起，药费贵得太离奇；活不起，一月辛劳一千几；死不起，火化下葬一万几。

易中公司董事长宋新宇兄发来Email，称："老总最大的过失是不能及时发现（很多时候是不愿发现）自己企业中已经出现和正在出现的核心问题。可能是决策的问题，可能是人的问题，可能是战略的问题，可能是文化的问题，可能是转型的问题。而不能及时发现问题的根源，是老总没有足够的自省能力。最终，企业的问题是老总的问题：老总是否有足够的敏感发现大问题，是否有勇气承认和面对大问题，是否有勇气做出解决这些大问题的决定，以及是否有能力把决定付诸实施。"对此观点，我深表赞同。

【九月十八日 星期二 晴】【一道小学二年级的数学题】一天有个年轻人来到王老板的店里买了一件礼物。这件礼物成本是18元，标价是21元。结果是这个年轻人掏出100元要买这件礼物。王老板当时没有零钱，用那100元向街坊换了100元的零钱，找给年轻人79元。但是街坊后来发现那100元是假钞，王老板无奈还了街坊100元。现在问题是：王老板在这次交易中到底损失了多少钱？

泉清送我《日记文选》（线装）一册，王庆禄著，无版权页。毛笔小楷写，字甚规矩。首篇《九月一日，开始记日记了》有此一段：

今天上国语课时，曾先生教我们同学记日记，我几年家居，功课十九已经荒废。这日记一项，我竟不知怎样去记。今天受了曾先生的教导，总算有些明白，我的日记就从今天开始吧！日记的范围是这样的广吗？可以记事记物，记言记动，记疑难，记心得，记天气的阴晴晦明，记时令的变迁推移，以及银钱的出纳，朋友的酬酢，情意的发表，学术的探讨……一切都可以在日记簿上写下来。呀！这么许多，教我从哪里记起呢？哦，不要记多，原来每天只要记一两项也就可以，每天不是总有几件不一样的事情发现吗？那你就把它记上去行了。

【九月十九日至二十三日　星期三至星期日】参加非权力领导力课程第二阶段的封闭式学习，全体同学的感受都差不多：感触很多，收获很大！

【九月二十四日　星期一　晴】原计划与全体员工一起去灵山游玩的，但早晨醒来，感到浑身酸痛，发烧，便嘱宫主任带队，首先保证安全，然后玩好。打完电话，我关闭手机，接着睡觉。

近午时，接到任彦芳电话，云陪保定华兴印刷厂的经理张涛已到公司，我赶紧洗把脸，至公司，合议《刘谷剧作选集》等四本书的出版手续事宜，即与段华、张玉太通话，协调之。午，于旺顺阁酒楼请他们吃饭。

接柳萌信、稿《给“旧书”找个家》；接潜庐信、稿《纪事文字因诚贵》；接管炳圣网信；接许淇信；接许楼山信并赠书《补读偶吟》诗集；接郝一匡网信……即一一或电话或 Email 回复。

接同学们祝福中秋节快乐的手机短信若干。

晚，填写教练技术领导力实践阶段（第三阶段）《成就宣言书》。

【九月二十五日　星期二　晴】将《成就宣言书》发给导师。接刘建春、刘军、刘洋等同学电话，讨论宣言书细节。我的意思，抓住核心（你想要什么，如何实现）即可，不要限制于字眼的要求。他们觉得有理。

上午郑恩波会长至办，是专程找中国现代文学馆常务副馆长周明请他写《自牧序跋》序，将书稿送周后顺道而来。交谈时许并请他至川菜馆午餐。席间我谈了下一步刘绍棠研究会该做的几件事：1. 筹划成立一个基金会，用于各项活动的开支和奖金，基金的来源就是刘绍棠的粉丝们，每人百八十块是能发动起来的；2. 设立刘绍棠乡土文学奖，每两年评选一次，重点面向全国农村的基层作家和文学新人；3. 利用现有荒废着的刘家四合院，成立刘绍棠纪念馆，把他的文库和用过的物品展览出来，对外开放；4. 建设“刘绍棠乡土文学网”，充分利用现代化手段广泛传播刘绍棠作品和精神；5. 请雕塑师为刘绍棠雕塑一个全身像，立在纪念馆或中国现代文学馆内。郑会长对此深表赞同和认可，并请我协助。

中午小憩后，审阅《名流周刊·辽宁版》二期三校稿清样，至夕毕。

接戴玮 Email 并书稿《没心没肺的天真烂漫》电子版，即复；接柴福善 Email 并稿《一个乡下人的读书历程》，即复；接同学“死党”们的 Email 若干，一一回复；接中国文史馆副馆长魏丕植信并赠《火花》杂志六册；接张立宪兄Email，即复；接钟叔河、彭国梁、顾镶、邓加荣、郭豫适、韦力等人电话，赞《书脉》。接各地文友仲秋贺节短信若干。

夕，接昕孺兄电话，称昨日至京，即邀来办小座。一时后昕孺偕中国报业网总裁、《中国传媒观察》总编辑黄菊芳女士至。畅叙甚欢。晚，于金圣福大酒店宴请吴兄、黄女士及新闻出版局的左文夫妇。赵功义、清霜、吕浩、韩林等作陪。

【九月二十六日 星期三 晴】为新进编辑人员开会。

审阅员工《未来三个月事业计划书》二十余份。

下午至新文化大街邓加荣先生寓，取稿并闲聊。受赠《十大才子书》一套（一函八册），线装书局2007年9月版，邓加荣、赵云龙辑校，定价五百八十八元。封面及插页有若干绣像。十大才子书分别是：

第一才子书《三国演义》，罗贯中著，毛宗岗批注。金圣叹说："忽于友人案头见毛子所评《三国演义》之稿，观其笔墨之快，心思之灵，先得我心之同然，因称快者再，而今而后，知第一才子书之目果在《三国演义》也。"

第二才子书《好逑传》，名教中人编。《好逑传》一推出，便被世人异口同声地定为"第二才子书"。鲁迅先生评介此书说："文辞较佳。"

第三才子书《玉娇梨》，荑荻散人编。第四才子书《平山冷燕》，荻岸山人编，天花藏主人批注。这两本书是开启才子佳人纯言情小说历史先河的主打著作，很快地因之而形成了中国文学创作的一大流派。这两本书也是我国最早翻译成西方各国文字的文学作品，被德国大哲学家黑格尔称之为应予重视的优秀文学作品。

第五才子书《水浒》，施耐庵著，金圣叹批注。金圣叹批曰：《水浒》之文极其精严，读之即可得读一切书之法。一个人如果读懂《水浒》，遍读天下之书亦易如破竹。

第六才子书《西厢记》，王实甫著，金圣叹批注。第七才子书《琵琶记》，高明著，毛纶批注。清初大戏剧家李渔说，“读金圣叹所批《西厢记》，能令千古才人心死。”《琵琶记》与《牡丹亭》、《桃花扇》、《西厢记》合在一起，被誉为我国的“四大奇剧”。

第八才子书《花笺记》，佚名氏著，钟戴苍批注。德国诗人歌德是受着《花笺记》的触动，而写成十四首著名的诗篇《中德四季与晨昏合咏》。

第九才子书《捉鬼传》，樵云山人编次。鲁迅先生说：“而作者经历较多，故所叙之族类较夥，官师士商，皆著于录，搜录当时传说而外，亦贩旧作，如《捉鬼传》之类。”

第十才子书《驻春园》，吴航野客编次，水箬散人批注。此书是十大才子书中当之无愧的压轴力作。比之于“澧兰沅芷”，足可“致之于君”；喻之为“断金兰臭”，足可“致之于友”。

我对邓公言：“受此厚礼，当以细读为报。”邓老笑赞之。

晚，理《书脉》（五届民刊会特辑）稿。九时许，归寓食面。

【九月二十七日 星期四 晴】为新进营销人员开会。

办公室转来一堆邮件：为《书脉》题写刊名的有：彦涵、方成、邹德忠、张同吾。彦涵先生另纸题辞：“读书蓄弘志，气质蕴精神。”

收稿《兔狐之悲——站在旧书店的“签名本”专柜前》（史晓风）；《讲故事谈幽默》（方成）；《十大才子书的由来及其在中国文学史中的地位与作用》（邓加荣）；《〈幸福〉杂志中的唐弢书话》（谢其章）；彭国梁稿《忽然涂鸦》、《胡子的书》、《检点我的书衣》;《藏书多自湘潭来》(聂鑫森);《书缘:最明亮的与最黑暗的》(俞强)。

接信并摘录之:

“书情脉脉寄无语,信誓旦旦存百期”(据大函内容概括),令人感佩,爰另纸录呈,聊酬雅意。“寄”、“存”均为双关语:“寄”,寄递也,寄托也;“存”,庋藏也,寓意也。“让更多热爱读书、买书、藏书、编书、写书的人在这里倾诉或倾听,得到启迪和收获”一语,深深打动了我(忝为“五类”俱全人),并勾起一段不远的往事,草成一篇短稿,乞正,不知可供“补白”否?(史晓风)

《书脉》办得很好!集知识性、史料性、审美性于一体,是很有价值的一种刊物。(张同吾)

民刊,如有较雄厚的资金做后盾,“做三十年书脉”完全是可能并可行的,如是,将创下办民刊的纪录,可在书刊史上大书一笔。但愿这不是开玩笑,而成事实。(王世家)

今日收《书脉》二本,真让人朵颐大快。刊物办得如此雅致、亲切,是为难得。兄之眼力、学力,让人佩服。(聂鑫森)

收到《书脉》两册,感觉欣喜,和前几年的相比,这本民间书话杂志,有了更大的进步,更多可喜的变化。想来,于兄为之付出了大量的心血和努力,传播书香,是寂寞而隐忍的工作,向你致敬。(刘宜庆)

《书脉》在我书架上,已经有小小的一排(和《开卷》、《崇文》及改版后的《博一管理论丛》一起),都是清清淡淡的样子,看着让人舒心且安心。今天接到新的两期,看到你说要做三十年、两百期《书脉》,真的是心潮澎湃。不容易,了不起!不知道我能为你、为《书脉》做些什么?(戴玮)

寄来的《书脉》,每期都认真阅读,很喜欢。在我的印象中,《芳草地》、《朝阳书友》、《书脉》的主编和编辑,都是非常认真做事的人,现如今这样的人不多了。因此,对于你们几位文化人,我从内心表示钦佩,祝您的愿望逐一实现。(柳萌)

《书脉》从创刊号始我即拜收,每期都从头读到尾,一篇不漏,读后皆有程度不一的满足感。贵刊典雅又朴实，情趣高尚，充分体现中华大地书脉绵长，读书种子永远不会断绝。呈上拙文一篇（附书影二帧），若不合贵刊之用则弃，表示我对《书脉》充溢感激之情的支持！（陈良运）

午后，济南槐荫区公安局李军兄至办，谈时许。别后按教练要求，修改我的《领导力成就宣言书》。受赠泉清兄《京华市井风情百图集》线装书一册，图尤佳。

接周克玉将军签名赠书《军政委日记》（周克玉著）一册，作家出版社 2007 年 5 月版，定价 25 元。即电话致谢。

晚，复信。读《十才子书》长序。

【九月二十八日 星期五 晴】上午《民间文学》杂志副主编王端阳至办，闲谈二时许。受赠其著作《一个红卫兵的日记》（自费刊印）四册、其父王林著《腹地》（解放军出版社）一册、《〈腹地〉备忘录》一册。赠其《茶歇集》、《我，或者我们》各一册，《书脉》五册。

继而文化艺术出版社喻静来，交谈甚悦。受赠其社新书九种《五号特工组》（潘军著）、《一个中国特工的传奇人生》（莫夫著）、《长空 2 号工程》（李博生著）、《大道无痕》（王鼎三著）、《女子戏班》（胡绍祥著）、《半个江梅》（乃枫著）、《诱惑》（胡绍祥著）、《落日归途·百万日侨大遣返》（于苏军著）、《泯灭》（梁晓声著）。赠其《书脉》五期。

中午于旺顺阁宴请喻静、王端阳。宫主任、赵主任、清霜作陪。

下午与《书脉》编辑座谈，议五届民刊会特刊编选事宜。阅上周《会议纪要》。

晚，于印象西湖大酒店宴请新闻出版局吕运清处长、中国建筑科学研究院高工樊志钧、北京市政府办公厅冯全普处长及左文博士等，宫主任、清霜作陪。十时许尽兴归。

【九月二十九日　星期六　晴】黄新燕副主编来，谈《地球》出刊事宜。受赠红肠一包。

《茶韵书香》第四卷送来。偕韩林至碧露轩晤徐紫桐经理，交谈甚悦，一起午餐。受赠上等“观音王”两盒，赠其生物化石一件，寓意“石来运转”。

下午张杰等人至，共同审阅辽宁版终稿清样。圈出一些修改、误印之处。

与白勇通电话时许，对于我的成就宣言书提出若干修改意见，使之更加细化和可检视。

接长江出版集团副总经理周百义网函；接南通陈学勇网函；接河北董国和网函并稿《蘸着热泪写西戎》、《闲话“破例”》；即一一复之。寄董国和《茶歇集》、《我，或者我们》、《门外漫谈》及《书脉》（二、四）各一册；寄王世家《书脉》（三、四）各一册。

晚，参加领导力教练课小组会。九时许归而至办，整理《桓台历代诗词选注评》。

【九月三十日　星期日　晴】办公室转来邮件若干：

为《书脉》题写刊名的有：吴小如、屠岸、庞朴、陈模、卢正佳。陈模另题词若干条。

赠书者有：《党啊，我们的母亲》（陈模著）、《风雨人生路》（陈模著）、《以经典的名义》（凸凹著）。

来稿：《赠书小记》（凸凹）、《以经典的名义·自序》（凸凹）、《我的书痴生活》（赵易林）。

来信：任何事人生一世莫不在于锲而不舍，《书脉》能打开局面，稳住脚跟，你好辛苦！校对是个大事。《芳草地》我就没有读出过错字。《书脉》5 期 6 页倒 4 行：“候”仁之，作为姓不要那一竖。是“公子王侯”的“侯”，不是“恭候”的“候”。11 页 12 行《青枝绿叶》错成“春”枝绿叶了。16 页 4 行是“磐”石，不是一“盘”子石头。（侯井天）

《书脉》办得典雅至极，令人珍爱不已。刊物品相高贵，正如文人品格。虽静默，但矜持，给读书人以尊严。（凸凹）

先生矢志于创办《书脉》，能做三十年，团结多方作家，弘扬中华民族文化，令人敬佩！我要说一声：老弟，你辛苦了！我一生爱好文学，已著 32 本书，今赠您两本，请阅后多多指教吧！（陈模）

《书脉》办得不错，内容充实，印制精良，想来能得到读者的欢迎和喜爱。祝《书脉》兴旺发达！（屠岸）

创办一个刊物，不是一件易事，要付出大量的财力和人力，要倾注大量的心血和辛劳。你和你的同仁，能把《书脉》在短时间内办得这么好，这么受读者的喜爱，足以说明你们具有超凡的智慧和能力。我向你们表示深深的敬意！（卢正佳）

三十年《书脉》，何等气派！在有为的书友面前我是很惭愧的，只能自娱，于社会则毫无补益。年轻的时候不这样的，可见老而朽矣。有合适文章当奉上。（陈学勇）

中午乘汽车返淄博故里，陪父母过节，夕至张店。

二〇〇七年十月日记

【十月一日　张店　阴转小雨　周一】上午在家中陪父母和壮儿。下午至桓台，晤慧博，事办妥。晚，家宴。饭毕读《书虫日记》。

【十月二日　济南　阴　周二】十时许，抵济南南全福小区，看望秀娜家人。闲谈二时许，无非家长里短，甚乏味也。中午至华府吃火锅。下午偕壮儿至泉城广场和泉城路闲逛，为小家伙拍照若干。

晚，上网，接白化文、陈良运、孙幼军、任彦芳、管炳圣等人信稿，即一一复之。

【十月三日　济南　阴　周三】上午偕壮儿至济南动物园游览。小家伙非常兴奋，小眼睛一眨不眨地东瞅西看，我们带他看了孔雀、火烈鸟、鹦鹉、白鹭、鸳鸯、鹰、鸵鸟、大象、狮子、东北虎、海豹、企鹅、金丝猴、狗熊、河马、斑马、梅花鹿、长颈鹿、熊猫、野牛、野狼等等，每到一处，我就教孩子念几遍。让我高兴的是，这个家伙竟然还一板一眼地跟着念得煞有介事，尽管吐字发音甚是不清。有时还偷懒，两三个字合为一个字吐出来，比如说“济南动物园”，他就夹杂着“外星语”说“济……动……园”，还摇头晃脑、抑扬顿挫，逗得我直乐。在马鹿处，我问他这是什么？他竟然很清楚地说“马！”，我一下子喷了，这家伙行，“指鹿为马”，绝顶聪明呵！一路下来，我逮住机会就给他抓拍，自以为还有几张经典。

中午可能累了，他就哼哼唧唧地老叫我抱着，能不走就不走。等我们到车站，吃了一个汉堡后，乘上回淄博的“五星高速”，小家伙就睡着了。直到九十分钟后车到张店，壮儿才醒来，伸伸懒腰，喝了几口水，我们打车回家。

路上接自牧先生电话，为未能见面表示遗憾。

五时许，将这两天拍的照片送去相馆洗印。

晚，阅《领导的工作》。与父母、姐姐等聊天。鼓励姐姐振奋精神，自信地面对生活的挑战：婚姻失败算什么？失业算什么？都是阶段性挫折。夜间他们睡下后，我又给姐姐写了一封长信，叙述了我的一些失败的经历和创业的艰难历程，希望她会有所启发。

【十月四日　张店　小雨　周四】本打算今天去青岛游玩，因天气原因，未能成行。

上午至怡海世家地产公司看样板房三处。

午间取回照片和返京的车票。

沈淇、杨玉泰诸兄约饭，婉拒之。在家陪父母和壮儿。

与明祥兄电话长谈，为济南未能晤面表示遗憾。

母亲特意为我烙韭菜鸡蛋馅饼，包芹菜水饺，还买了猪手和兔肉丸子，都是我爱吃的。母亲说，你好不容易在家吃几顿饭，各样都要做了，多吃点。虽然我也有了儿子，但在母亲眼里，我依然还是个孩子。

傍晚，带壮儿散步，边走边给他指认一些路边花木名字和店面招牌的字，小家伙很高兴，一板一眼地跟着我说。父亲说，壮儿对于文字的认知能力胜过数字，将来可能也和我一样，吃文字饭，我听后大笑。说实话，崇文之余，我更想让他习武健体，强壮魂魄。

【十月五日　北京　晴　周五】上午告别家人，乘汽车返京，下午五时许抵京北静庐。

至办，上网。接白化文、扬之水、柳和城、凌鼎年、王平诸先生网函，即复之。接扬之水稿三《看瓷说画·序》、《日本杂事新诗》、《书房花木·跋》，书影一帧。

夜，观电影《勇闯夺命岛》。毕，观书，迟睡。

关于《书脉》的七七八八

深圳海天出版社于志斌：《书脉》收到，已经快阅读完了，却还不很舍得放手，总是试图再找一找有关的感兴趣内容。比如《半月书谱》跋、您写的《创刊词》等等……书香如甘甜，我辈如饥似渴欲得之……

青年作家梅柏：上班的第一天便收到于晓明先生寄赠的《书脉》创刊号，真是意外的喜悦……该刊系编者自筹经费编印，不公开发行，属于民间读书类刊物。在这种物欲横流的时代，几个爱书人依然坚守着自己的一片园地，确实是令人敬佩的……也许是人力物力的原因吧，该刊里有不少错别字，显得稍微有点遗憾，但在新年后上班的第一天就收到这份礼物，总是令我欣悦的。

作家孟庆德：得民间读书杂志《书脉》2007 年创刊号有几个月了，却一直没有说点什么……不是广告地说，《书脉》是本好杂志，第一眼印象就好，封面干净，典雅，亮堂，手感也不错，版式设计也比较讲究，其中的一些图片也珍贵，看得出编者是用了心的，就连一些书讯，也大小适中，放得是地方，从装帧设计上看，整个杂志不让《读书》……可能是人手不够，也可能是初创，这册《书脉》校对上还有些问题，错字不少，有些地方字型字号也不规整，好在《书脉》很快就在第三期于刊首语位置醒目刊发姚桐椿先生《致〈书脉〉》，文章对《书脉》创刊号校对方面的问题做了详细而具体的批评，我在这里就不多说了。最后，谨祝《书脉》能长久地办下去。

《新京报》读书版编辑绿茶：《书脉》是一份新的民间读书杂

志……书脉这个名字起的很好，很有韵味。但从杂志内容来讲，和已有的民间读书杂志如《开卷》、《崇文》等相比似乎没多大突破。多是一些民间的爱书人的读书随笔或札记的结集，属于一定群体人自己玩自己的类型，类似于一些读书论坛，但这种杂志，有一种很好的就是氛围，彼此和和气气，互相欣赏。

爱书人葛筱强：收到北京于晓明先生寄来的《书脉》杂志创刊号，内容丰赡，图文并茂，甚是喜人。晓明先生是“不信书香唤不回”的身体力行者，他的劳绩，让当下真正的“读书种子”信心倍增。

网友“以宣统之名”：我说一些我对（第四期）封面的看法吧，外行人说个热闹。对我来说，我认为上面的蓝色色块……有一些晃眼，太凉了，太突出了，而且色调太冷（我认为），跟整个感觉不是很搭，我（觉得）应该改得稍微暖一点。之所以这么说，是因为我比较喜欢下面的小插画，很棒。

出版家王稼句：第四期名家云集，可以反映内地读书界的大概。《书脉》第三期错字太多，虽然开篇就有姚某的文章谈到，但是还是没有做好，这倒是要注意的。

《大学时代》执行主编吴昕孺：读晓明寄给我的《书脉》，俞晓群、罗敏、顾农、马旷源的文章最好，值得关注的是青年书生眉睫的小辑共四篇，他的考据从容、周密，显示其治学功力；对阿滢兄《寻找精神家园》一书有赞有叹，更反映其读书态度。像眉睫这样年轻有为的读书种子，偌大中国，不知还有几?

爱书人未央：说到好看，前些日子《书脉》出了第一辑。收到赠刊时心里热乎乎的，接下来五味杂陈。这年月，大部分读书人能挣扎活着就很不容易了，还有人费时费力费心费财干这没名没利的事，可谓是个人的功德，社会的悲哀。看到这本杂志时也同样有一个疑问。这本没名没分杂志的出世，难道是几个爱书人、读书人一时冲动的结果？难道是期刊数目太少的补充？难道如《创刊词》所言“营造书香社会”？也许都是也许都不是，答案同样是没有的。《书脉》之静止于《书脉》本身，书脉之动不仅仅囿于书房。《书脉》之纯止于《书脉》本身，书脉之神在于流传。

网友“登高对酒”：书已经受收到，内容和品质都相当好，特别是创刊号中一篇采访万圣刘苏里老板的文章，对市面上高品质特价书流向市场的内幕有所揭露，引起我相当大的兴趣。

网友“samwang996”：封面设计思想不错，如能将传统、现代、过去、现在结合得再自然、紧密些会更好。

网友“木木丸子”：看起来真不错！！前不久收到……第三期，已经觉得很不错。而这一期的封面看起来比上一期要成熟些，因为之前那期年份和第几期那两行字印到图上了，根本看不清。现在这样看起来舒服得多了！

北京顺义区教育局刘德水：书的封面整体要看真货才能知道。看目录，杂志的内容更趋成熟，很吸引人！期待快读！

盈水轩主人：离春节还有三天，收到了《书脉》，佳节添书香，真是快乐的事情。杂志编印精致、大气，韵味十足，有《读书》的气象，有《藏书家》的内涵，甚至比正式刊物更从容，更丰富，更耐读。民间刊物中，这是有特色和分量的一种，如果坚持编辑，肯定能成气候……第三期《书脉》已经收到，很精彩，可圈可赏可藏，盼望以后更丰厚，常读常新！

网友“处是轩”：赠刊收到，谢谢。在这般年代能办这般雅事的人不多了。我想，书脉的面世不仅仅是时下读书人的一件喜事，更重要的是给后世留下了思考的质介，十年、数十年乃至百年后的人们，会为在那样一个年代还能有这样一些人干了一件这样的事而感慨。

网友“kinglawyer”：收到赠刊，有种爱不释手的感觉，书脉人脉，脉脉馨香啊！

网友“毕竟东”：谢谢古农兄，书脉到手中。典雅有品位，内容称上乘。行文求个性，小辑见匠心。一脉长流远，书香分外浓。

网友“笨雨点”：已经收到，非常感谢！整体上是非常不错的，但校对、排版上的错误实在太多太多了。希望以后能注意一下，再次感谢。

作家季涤尘：《书脉》第三期早已收到……本期设置的栏目相当

醒目……板式美观大方，文图并茂。校对较前一本有进步，错别字少了，但仍有个别误讹，如34页倒5行“叶圣陶先生”多了“地”字，感觉上似欠严肃。关于栏目，我以为每期可根据内容调整，有固定的，亦可增或减。为了易于分类，“书人”可扩大为“书人书事”，“书韵”可以“书香书韵”替代。意见不一定对，仅供参考。

作家辜健（古剑）：《书脉》读到现在，内容很丰富，封面很雅致，有点外国书的味道，整体上比《日记杂志》悦目，但缺陷是图小而且不清，是好图可占一页。中间的彩色插页也好，有关书的漫画也好，总之都要活泼些……第四期封二用四张漫画太挤，以一张为宜，如第三期放中上，加框。或做成衬底，踩上书脉于图上。访问，对谈不要一题两篇，错开为好。形式上重复不好……第四期总体比以前的好，唯目录不如以前的新颖。这期的目录嫌老气，尤其是栏名再加色，过时十几二十年了……不过中间插页很漂亮……辑名还可再细些，如凌鼎年的那篇回忆，可辟另一辑，如有对谈也可另开辑名。不一定每辑每期都出现，可灵活，辑名多些，还可给人丰富的感觉。你可辟一栏名叫“读者与编者”，把读者的反馈，不论是好是坏，是建议指谬，摘其要者，刊出，可增生动性，利于交流。还可辟一“作家书简”专栏。刊出已过世作家的信件，但千万不要登那些为发表而写的信件。没意思……还可登些新的，名家的信函。总之与书与作家扯得上有资料性的皆可。加上短小的书坛掌故，书人作家趣事等等有益活泼版面，又好读。

北京大学周先慎教授：惠赠《书脉》第4期已经收到，非常感谢！粗略地翻看了一下，觉得这是一本很有意义并且是很有特色的刊物。文章内容丰富，形式短小活泼，不仅有浓郁的书香，而且充满生气。衷心地祝愿贵刊越办越好！

济南日报社逄金一：书脉办得非常好，一期比一期有很大的提高。文章古雅，书内彩色插图也添香。

长沙肖金鉴《寄书脉》：欣闻书脉筹京办，读书之人喜出望。从此入都如归家，晓明待我如宾上，明年定去住一晌。

……

【十月六日 小雨 周六】昨晚睡得太晚，今天便傻睡了大半天。雨从夜里淅淅沥沥的，停了又下。我便睡了醒，醒了又睡，直到午后二时许才彻底醒透。头有些痛，没有食欲，去厨房熬上绿豆粥，待开锅了改小火，慢慢地熬。热气慢慢地升腾着，一些飘散到卧室里。想象田野上的小木屋，黄昏炊烟袅袅的情景，就是这样的感觉，淡淡的，懒散的，不需要什么精彩。起床打开扫描仪，一边扫图，一边等粥熬熟。三本手抄本，中医的，字迹清晰，还有图片，真是精致。图扫好了，粥也熬熟了，又想起了“黄粱一梦”，思绪乱飞，大概是肚子饿了。这样的生活其实很难得呵。

接南京大学文学院院长董健网函，称：“古农先生：你好！谢谢你赠送的《书脉》。现在官方刊物越来越不好看了，而一些学术刊物也在商业化，收费，看钱发稿，文章可读者甚少。大批民间刊物，将为读书人提供一个自由的精神空间。我最近正忙于一部书稿的定稿，以后有遐，一定为贵刊写稿。祝《书脉》延绵永久！”即复之：“先生所言极是，但愿民间小刊能弥补一些所谓官办大刊的不足。为真正爱书人、写书人提供一个自由的平台。《书脉》小刊尚属稚嫩，还请先生便时多多指教并惠赐大作是幸！祝节日好！古农拜”

接陶安黎兄网函并稿二篇《索尔·贝娄的微笑》、《我心中的“小布头”》，即复。

约十六时许，打车至韬奋三联书店逛书。收获颇丰，计得十七种二十三册，分记如下：

《董浩云日记》函装三厚册，香港中文大学哲学博士郑会欣编注，三联2007年初版，顾毓秀题署，定价139元。董浩云为香港首任特首董建华之父，浙江定海人，年仅16岁便投身航运，先后创建中国航运公司、金山轮船公司、复兴航业公司和东方海外货柜公司，早在上世纪40年代，他旗下的万吨货轮便横渡大西洋、太平洋，开创中国航运之壮举。随后他以香港为基地，积极向海外发展，分支机构遍布全世界，终于建立起一个拥有一百余艘各类巨轮、载重量超过1100万吨的航运王国，成为举世闻名的世界船王。他是20世纪中国航运事业走向远洋的先驱，其奋斗、追求与成功正是中国现代航运史发展的缩影和写照。该日记为1948年至1982年的生活记录。前后董建华、金董建平的前言和郑会欣的序及编注说明，后附董浩云年表、董氏集团船队一览表（1940–1987）、董浩云航运事业里程碑等。颇可一览。

《溥仪十年日记》（1956–1967），同心出版社2007年初版。日记记录了溥仪在特赦之后新生活的方方面面，反映了这位清王朝最后一位皇帝作为普通公民的生活全貌。令人比较讨厌的是，这家出版社为了赚钱，同时搭售溥仪著《我的前半生》，此书我已有至少三个版本，实在不想重复购置，但日记不零售，无奈只好一并买下，费币50元。

《时光中的时光——塔可夫斯基日记》（1970–1986），[苏]安德烈·塔可夫斯基著，周成林译，广州师范大学出版社2007年初版，定价38元。这是一部导演的日记。时间跨度大约为十七年，就其创作生涯而言，几乎涵盖塔氏所有作品的酝酿、实施与完成。不仅如此，更显露了他个人生活的方方面面，有经济困难，家庭与人际关系，创作艰辛，与苏联官僚的苦斗，也有内心的彷徨、焦虑、怀疑甚至绝望。全书最重要也是最令人震撼之处，是塔氏日记贯穿始终、不断坚定的信念。这一信念，是对艺术、生命及真理的赤诚之心与身体力行，读来不仅感慨，更能烛照心灵，予人超越坎懔与创造的勇气。

“跟大师学语文”系列四种：夏丏尊、叶圣陶著《文章讲话》、《文话七十二讲》，叶圣陶著《语文随笔》、《怎样写作》，中华书局 2007 年初版，定价 88 元。

《非常语文》，罗维扬著，广西师大 2006 年初版，29 元。之所以称为“非常语文”，是因为它比诗歌、散文、小说、戏剧流传应用得广，百姓日用离不开它，文人雅士撇不下它，这正是口诀、歌谣、串话、隐语、三字经、成语、四言韵语、联语、诗应用、诗制作、仿作、戏说、标榜、变异等十三种数十类主要语文的技艺。它是民间的、边缘的，也是人文的、精彩的；是原生态的、草根的，也是美妙的、有趣的。寓教于乐，亦庄亦谐。

《文章修养》，唐弢著，三联 2007 年第 3 版第 6 次印本，16 元。作者说：“在这一部小书里，上编六章，偏于叙述，下编八章，专谈作法。我的企图，是要使读者对文章先有一点认识，然后再从这一点认识出发，来研究写作的方法……我想，虽然出诸病人之口，这所谈的，总还不失为健康之道吧。”

《一氓书缘》，李一氓著，三联 2007 年初版，18.5 元。作者既是一位老革命，也是一位文学家和谙熟版本目录学的学者。他的随笔、序跋、读书记等主要集中在《存在集》及其续编中，此书为与读书有关的若干文章的汇编，颇有可读之篇什。

《韬奋画传》，三联书店编，三联 2004 年初版 2006 年第 2 次印本，39.5 元。此册包括韬奋画传、经历、患难余生记三部分。其中收录的 264 幅图片资料尤其珍贵。

《生活书店史稿》，生活书店史稿编辑委员会编，三联 2007 年初版，39 元。生活书店诞生于上世纪 30 年代民族危难之时，由爱国人士邹韬奋创办。

《故事》，董桥著，作家出版社 2007 年初版，38 元。文字好，附图亦佳。

《善良・丰富・高贵》，周国平著，黄山书社 2007 年初版，

28 元。此为作者继《守望的距离》、《各自的朝圣路》、《安静》之后的第四本散文结集，收录 2002 年 8 月至 2006 年 12 月所写的文章。上述三种，静庐均有单藏本。周氏散文，吾甚爱也。

沈昌文著作两种：《最后的晚餐》、《书商的旧梦》。皆上海书店 2007 年初版本，价 19 元、17 元。沈公文字可读，皆因其文心也。

《政海轶闻》，陶菊隐著。民国史料笔记丛刊之一种，上海书店 1998 年初版。作者陶菊隐 1898 年生，1989 年在沪去世。有三十余年的报人生涯。时人曾把他与张季鸾并提为旧中国报界双杰，称为“北张南陶”。曾在书店见其著作《武夫当国》(全五册)，未置，甚遗憾也。此册虽薄，但颇具史料价值。

《走到人生边上——自问自答》，杨绛著，商务印书馆 2007 年版，16 元。杨绛先生近年写的书，不知为什么，总让人伤感，但正是这种震撼人心的平静，使我陶醉。此册是关于神和鬼、人与性、灵与肉、命与天命、修身、人生价值、人类文明等方面的思考。

《印象派画家的日常生活》，“巴黎丛书”之一种，[法]让-保尔·克雷斯佩勒著，杨洁、王奕、郭琳译，华东师大出版社 2007 年初版，29.8 元。这是一本了解印象派画家们生活、行为方式以及他们的精神和心理活动的很好的版本。其代表人物是马奈、塞尚、莫奈、雷诺阿、德加、毕沙罗、莫里索等。这是一些浑球样的艺术天才。

提了四袋书从书店出来，有些饿了。我一饿就出虚汗，浑身没劲儿。赶紧蹩进书店旁边的一家陕西风味的小店，要了一碗羊杂汤（竟然十八元一碗！），两个肉夹馍（明明是馍夹肉，却不知怎么流行起了“肉夹馍”的叫法），大吃一通。直吃得满头大汗，嘶哈有声，顾不得斯文了，呵呵，真爽！吃饭时邻桌有俩男青年，边喝酒边用酒话相互比谈吃女人“软饭”之事，一曰女友每月给他多少多少钱花，女友父母如何给他安排工作；一曰女友除了每月给钱，还给他交房租，还准备给他买车云云。谈得颇有兴致，得意洋洋，真是恬不知耻。我坐在旁边，边把羊汤喝得很大声响，边用鄙夷的目光扫射这两个腰大膀圆然而却蜕化了的小男人，真不知他们的生理机能还在否。

刘洋来电，约八号去五台山游玩，婉拒之。

晚，于办公室观书。十一时许归寓。

【十月七日　晴　周日】阅《自我超越》。给姐姐寄出信和一份问卷。

致温家宝总理信并《书脉》五期、《日记杂志》四期。

起草《关于评选新时期二十四孝活动的方案》。古代有二十四孝子，新的历史时期，也应该有更多的孝子出现。我想把活动分为几块内容：一、完善方案，联合国家相关部委和十余家主流媒体（报刊、电视、网站），进行全国海选，报送材料；二、组织专家团，进行评选和实地核实；三、在人民大会堂隆重颁奖，向全社会广泛宣扬孝文化；四、把新时期二十四孝的事迹拍成电视剧，出版连环画，在《名流周刊》特刊刊发并结集出版。

网购《冯玉祥日记》五册，200 元；《顾颉刚日记》12 册精装本，2300 元。

网友发函称：“在《古今》上经常撰文的作家基本上是北京上海二地的，北有周作人，沈启无、何挹彭、谢刚主、谢兴尧、瞿兑之、徐一士；南有纪果庵、吴湖帆、柳雨生、文载道、陈乃乾等，《古今》出到 57 期休刊，文载道利用《古今》余稿续办了一期《文史》，半年之后，完全脱离古今社又办了二期《文史》。《文史》第二期为‘日记特辑’，记有周作人《杨大瓢日记》、纪果庵《越缦日记谈》、何挹彭《关于日记》、文载道《读曾侯日记》、柳雨生《雪庵日记》、予且《水绕花堤馆日记》，郑秉珊《暑中日记》。《文史》第三期为‘读书特辑’，其中署‘鼎堂’的郭沫若之《甲申三百年祭》，连载未毕，《文史》就停刊了。”

晚，赴友宴。第一次去后海某酒吧，这种鬼地方真是坑人！我们三个人，点了一瓶普通干红、两瓶青岛纯生啤酒、半斤水饺、一个果盘、一小碟话梅、一小碟果仁，结账时竟达七百六十余元！我对朋友讲，以后坚决不再来这种鬼地方！他倒不以为然，这个家伙并不富裕，却如此装阔气，花冤枉钱，实不应该。饭毕忽然发现我的口袋里的钱、钥匙和银行卡丢失，真是懊恼至极。

九时许归寓，观毕影片《向日葵》，读《杰克·韦尔奇自传》。

网友心系兰舟发短信：春有百花秋望月，夏有凉风冬听雪。心中若无烦恼事，便是人生好时节。愿你：晨有清逸暮有闲愁，梦随心动，心随梦求。

大福证券彭飞发短信：秋情至，天转凉，鸿雁南飞翔。绿林黄寒雾涨，莫忘添衣裳。桦树茂，菊散香，晨风抚清凉。寄浮云托流水，月光送吉祥！

河南王金魁发短信：月明人在望，秋深思念长。绵绵无限意，醇醇翰墨香。

【十月八日　晴　周一】上午为新晋员工开会。继而主持公司例会，直到下午三时许方散。

会上提出十月的主题是：责任与共赢。让所有员工“一对一”自由选择“死党”，相互支持和督促，在自我提高的同时，也支持对方达成目标，共同进步。有错，同时处罚两个；有功，分别奖励一双。一对一者，“人”字之一撇一捺是也。这一举措，得到了大家的赞同。

办公室转来邮件若干，分记如下：

赠书（刊）：董桥签赠《今朝风日好》新著；谭宗远主编之《芳草地》（2007年3、4合期）；邹农耕主编之《文笔》（2007夏之卷，也即创刊号）；金峰编著《草堂书影——名家签名本集粹》，上海人民出版社2007年初版，王元化题签；《杂文月刊》、《读书》、《随笔》、《南方人物周刊》、《书屋》等杂志；张立宪主编之《读库》（0601–0606，0700–0704）计十一册；《萧沛苍油画集·与风景同行》，湖南美术出版社2005年初版，定价98元；张华庆赠《庆祝香港回归十周年中国硬笔书法名家百人作品展览作品集》、《张华庆书法作品集》各一册。

文稿：史晓风三篇《"书痴"的苦恼——站在旧书店的"签名本"专柜前》、《箴言景行录》、《圣陶下成长——在叶圣陶先生身边四十年》；皇甫束玉荐稿《读〈诗画情缘〉致皇甫束玉的信》、《读〈诗画情缘〉有感》；陈桥驿荐稿《陈桥驿教授访谈录》（颜越虎）、《陈桥驿：寻山问津治郦学》；张守仁稿《致辞——2007年9月23日在北京北太平庄老故事餐吧中秋散文诗朗诵会上的即兴发言》；白化文稿《追忆王绍曾先生》及王绍曾致白化文、鼎霞信二（一为1996年10月14日写；一为2004年2月23日写）；郭华荣稿《从书名、姓名、笔名谈起》；冯传友稿《地摊觅珍不费银》及书影。

题写刊名及题词：王伯敏、陈子善、木斧、权希军、晓雪、来新夏、周退密、白化文、韩羽、郑重、陈良运、皇甫束玉、刘运峰、刁品纯。

王伯敏题词：书的可贵，书中有智慧，书中有血汗，书中有时代，脉搏的跳动。

陈子善题词：旧书不厌百回读，熟读深思子自知。苏东坡诗句录奉书脉同仁，丁亥秋日。

来新夏题词：藏书而不知读书，犹弗藏也；读书而不知研精覃思随性书所近成专门绝业犹弗读也。丁亥仲秋录清人张金吾语所写赠书脉兼及古农，八五叟萧山来新夏题。

周退密题词：至乐莫如读书。有福读书。九四老人周退密

刁品纯题词：气象万千。

晓雪题词：积财千万，无过读书。

信函选录：

王伯敏：《书脉》每期都收到，谢谢，谢谢。出书不容易，这种辛苦，许多人体会不到。出书，出好书，功德无量。无水不行舟，你说经费和人员是有保障的，这就教读者放心了。邮上“书脉”二字，作为充数，几句题语，没有说出新的道理，如认为太一般，丢进字纸篓中可也。

张守仁：每次接到《书脉》，常有欠债之感，以后我一定会写，决不食言。此前《书人》也向我赠刊，并欠了萧金鉴先生文稿，昨天给他寄了一篇，作为还“债”。以后定会向《书脉》写稿。《书脉》办得真好，我会认真拜读。

木斧：两读两期《书脉》，内容好，编排好，图文并茂，好看，耐读。封面书脉二字，笔力颇健，可惜一个字是繁体，一个字是简体，不统一。我不揣冒昧，写了两个繁体字，聊供参考。

陈辽：几年来，你对读书界、出版界所作出的贡献，有目共睹。我曾在《当今文坛，三分天下》一文中表彰了您的敬业精神和编辑高水平。祝《书脉》越办越好，我当认真拜读，从中汲取教益。

朱一玄：我读书分两个阶段：第一阶段，读《四书》、《五经》；第二阶段，读中学大学中文系所规定的书。三十五岁到现在，一直在南开大学中文系工作，退休也在这里。结合教学需要，编了一些资料书，计十七种，书已不全，奉上目录，不知能否找一出版社印“全集”本。

陈克希：《书脉》办得颇大气，更是读得不少相识书友之文章，另有一种亲切感。……《文坛茶话图》是近日在整理老期刊时复印，与你同享。

陈伯良：《书脉》内容绝佳，更适合我这“书呆子”的口味，尤其是这两期，不仅保持了创刊以来的鲜明特色，而且内容更加丰

富精彩。纪念刘绍棠这位著名作家的专刊自不必说，它使我们更形象更深刻地了解他和他的作品，包括初次发表的照片。第六期内容充实生动，文章和编辑的水平很高，其中有的是知名的专家学者写的，很能引人入胜。也正如食橄榄之后的口舌间尚有余甘。插图也多，也好。还有四页彩印的“书影珍赏”，实为难得。

陈桥驿：我是一个八十五岁的老头，孤陋寡闻，一辈子无非是爬了一些格子。有两儿（老三老四）在国外，要谈，电脑上可以面对面长谈，但实在也没有什么好谈的。他们都十分关心我，而且因为我，在那十年也受尽了磨难，都只有小学程度，我在牛棚，他们躲在家里自学。靠了一点“自学”的“成果”，1980年，沾了高干子弟可以出国的光（他们当然是外国学校给的钱，当时我们是赤贫户），都做了洋博士（一数学，一物理），现在都算资深教授了。孙子算是可以安心读书了，高二就被三所美国名牌大学挖去了（现在哈佛）。我虽然也于1980年以后经常出国讲学，但我的脑袋里想得还是本乡本土，和他们不同。我的两个女儿（老大老二）虽然也都去过那边，但是她们或许是年长了一点，都回来了。我感到在本乡本土是很好的，至少是许多在国外绝对看不到的东西，绝对遭遇不到的经历，我都看到了，得到了。用历史观点评价，这也是一种幸运，不知您是什么想的。您已是一位眼观四方、思维清晰、知识渊博的学者，您所做的这一切，历史会给您作出评价：意义深长！

张华庆：《书脉》真是好书，编得真好，阅读爱不释手。从中看出仁兄在这本小刊上倾注的心血，我把它放在床头随时阅读。今晚难以入眠，仁兄的身影始终浮现在眼前。几次与仁兄接触下来，感觉到你的儒雅、善良、真诚，我真的是好喜欢。慕君的为人与品格……

苏晨：《书脉》是个好刊物，来信中谈到经费有保障，这最令人开心。愿写好文章的人不缺，把他们组织和发挥起来，编者最根本。

徐重庆：《书脉》很有分量，能办三十年出二百本，是功德无量的好事，自当尽力支持。六期上有读者建议刊登些作家书简，兄如认为可以，当可提供介绍名家书简的文章，书信自然是未曾刊出过的。

李济生：对于《书脉》编排等等方面均感颇具特色，独有其宗。今得该刊两期各一册，主题各异，甚感先生之编辑经营这样的刊物，确非易事。正恰说明阁下之长袖善舞，虽劳费苦心，有物为证也。中秋佳节得此书品，是读书人之大乐。我爱书，手边书是不少，非藏书人，更限于居室扁窄，曾两次捐赠图书馆数百本，现今又满屋皆书矣。多友人馈赠，必须保存。实以年老且逾九十了，体力不济，眼力虽差，却不能不读书。惜记忆力大退，收获甚微。

郑重：《书脉》中有些文章很耐读，书影资料尤其珍贵，实乃所未见也。正如先生所言，三十年后书橱里放上二百本书脉，定是蔚为可观也。《万象》杂志目前处境仍很艰难，不只是经费问题，还遭处处设防，唯恐扰乱读书人之心，其实发表一些读书心得、买书趣事，为读书人提供一些稀见资料，可更加使读书人安静和谐，有百利而无一害也。以此观之《书脉》，实前途无量。

韩羽：《书脉》拜收，谢谢。传播书香，刊物功德无量！

喻宜萱：我已九十八岁，目前我已经很久没有写什么东西了，为朋友们写个题词一类的事，也已力不从心，有负厚望，深感内疚。我相信你三十年后出版二百本《书脉》的宏伟计划肯定会如愿以偿，无论摆在谁的书柜里，都是一道亮丽的风景呢。

季涤尘：拟出200期《书脉》的宏图，令我感佩不已。届时将《书脉》排列陈放，真是蔚为大观。预祝心想事成！两期《书脉》都编得很好。“作家刘绍棠逝世十周年纪念特刊”，从不同角度追忆其人其事和评说其作品，为这位乡土文学作家作了十分传神写照，颇有文学史料价值。第6期内容更加丰富。“淘书故事”四则记叙了淘书者的得失甘苦。“书影珍赏”八幅的书现在已难得一见，其它栏目亦不乏可读可赏之作。

萧沛苍：因为喜欢书，曾经的职业也与书有关系，因此对《书脉》感到非常亲切。这一类的读物，就我所见，有《书人》，有《书简》，都让我受益。而这类读物的主办人都是自筹经费做这件事的。

感触之中尤顿生敬佩。《书人》后经努力，归入岳麓出版社门下，实为岳麓增光。我退休后绝大部分时间都用于作画，以致读书的快乐也受到挤压，这种方式所造成的缺憾是显而易见的。《书脉》、《书人》、《书简》实又给予我一种警策。“使优美和深思获得应有的尊重……”的努力，我认为是对当今人们迷失的价值观的一种拯救。这种努力，也理应获得应有的尊重。苦难总是与崇高相伴的，如普罗米修斯的盗火。秉着一种宗旨办阅读物，便免不了磨难和痛苦，这便是我对你的努力表示敬意的理由。

舒飞廉：《书脉》舒展雅致，令人喜爱。内容方面，也颇有不俗，我的意见，是警醒藏书癖，内容更深入一些，不能变成聊斋里孙子楚对阿宝的痴念。

王世伟：所寄《书脉》两期收悉，内容很丰富，非常感谢！诚如来函中所示，执着与坚持是成功的一大要素，如三十年后，二百本《书脉》陈列于各大图书馆的书架和书库，于文化的积淀，功莫大焉。祝您的创意为全社会带来一些书卷气，发去一些秋天的信息。

凌鼎年：本来今年策划了中国作家森林生态考察万里行，想邀你同去的，但后来中国作家协会与总政合搞了，森林警察政治部就不好再搞了，只好明年再说了……你所做的，会在中国文化史上留下印记的。

董健：现在官方刊物越来越不好看了，而一些学术刊物也在商业化，收费，看钱发稿，文章可读者甚少。大批民间刊物，将为读书人提供一个自由的精神空间。我最近正忙于一部书稿的定稿，以后有暇，一定为贵刊写稿。祝《书脉》延绵永久！

周郢：今接《书脉》两集，稍一翻阅，可圈可点之作甚多，凉秋读此，亦一快事。谨志谢忱！

【十月九日　阴　周二】上午给中层经理们开会二时许，强调管理理念和责任意识。每个人都作了积极发言。

接泰山周郢兄网函并稿九篇；接唐山董国和兄网函并拙著《茶歇集》评论一文、写韩石山稿二；接石景山野莽网函并稿一照片五张；接甘肃天水薛林荣网函；接凌鼎年网函。即一一复之。接周退密先生题签书幅三张，分别是：中国日记书信资料研究馆、朴斋、静含古风；接王伯敏小品画一幅。即复函致谢。

历史学家、南开大学朱一玄教授来函，想把自己编著的十七种书籍合为“全集”出版，请求帮助。即电话回复，允帮助协调之。十七种著作为《文史工具书手册》（辽宁教育 1989 年初版）、《中国古典小说大辞典》（河北人民 1998 年初版）、《中国古典小说戏曲书目》（1949–1985，吉林文史 1991 年初版）、《中国小说史料研究散论》（南开大学 1999 年初版）、《古典小说版本资料选编》（山西人民 1986 年初版）、《明清小说资料选编》（齐鲁书社 1990 年初版）、《明成化说唱词话校点本》（中州古籍 1997 年初版）、《三国演义资料汇编》（百花文艺 1983 年初版）、《水浒传资料汇编》（百花文艺 1981 年初版）、《西游记资料汇编》（中州书画 1983 年初版）、《金瓶梅资料汇编》（南开大学 1985 年初版）、《聊斋志异资料汇编》（天津古籍 1991 年初版）、《红楼梦资料汇编》（南开大学 1985 年初版）、《红楼梦脂评校录》（齐鲁书社 1986 年初版）、《红楼梦人物谱》（百花文艺 1997 年版）、《中国古代小说总目提要》（人民文学 2007 年初版）。

海洋出版社庞从容网函：我已经收到您给我寄来的样刊和函件，真心表示我的谢意。我也是个读书和做书的人，深知其中的艰难和意义。我欣赏王小波先生的话：“仅有此生是不够的，我们还需要一个诗意的世界。”让我们为坚守梦想而努力，执手。

下午与编辑一部人员座谈，就新刊办刊计划及相关事宜进行讨论。

晚，撰写《桓台历代诗词选注评》六首。

【十月十日　晴转多云　周三】上午主持营销会议，部署工作。下午分别与清霜、侯水珍、谢志勇谈话。作教练作业录音。

晚，参加导修堂课业。十时许归寓。

接马明博兄网函，称："接读《书脉》杂志四、五两期。细翻之下，为你的这份坚持感动。如今，杂志满天飞，但是真正做得静、做得精、做得有境界的，却屈指可数。作为一家文化公司，能够坚持不懈地办好这份杂志，可谓功莫大焉。"即复。

宁夏《现代生活报》张纾女士网函："一直以来，读书都是我一个很大的爱好，甚至已经变成了人生的一个支撑。所以，对于同样的爱书之人有着一份特殊的情感。而对于您这样为读书做出更大贡献的人，更是充满了敬意。"即复。

接武汉科技大学徐汉明教授函并稿《浙江之行日记》；接萧金鉴寄《书人》（2007 年第 4 期）二册、《文笔》杂志创刊号毛边本一册；接泉州陈瑞统函并赠其著作二种《琵琶洞箫说南音》（黑龙江人民版）、《心灵咏叹》（中国国际广播版）。

接汪秀枝、徐亚达、盛海耕等人稿件，转《书脉》编辑。

【十月十一日 晴转多云 周四】上午至人民大学新闻学院报名参加传播学硕士研修班学习，今天是开学典礼。

接散怀生、方晓蕾、周笃文、冯兵绪等人短信，即复之。

晚，《地球》杂志副总编黄新燕做东，于九头鸟酒店请饭，座有地质博物馆副馆长张亚钧、马宁、《中国税务》杂志美术总监陈平等人。

【十月十二日 晴 周五】出版局左文兄夫妇来；卫戍区李显臣夫妇来。

晚，辞饭，在办公室撰《桓台历代诗词选注评》。

【十月十三日 晴 周六】全天于寰太大厦参加调适性领导力课程学习。

下午及晚，作"感召"作业。感触较深：如果感召别人时，关注点不在对方的需求，而在自己的体验和理解，即便说得再好，对方也很难真正收到。因为那是推销或者说服，不是感召。

夕，同学刘建春、陈萍、赵子宁、孙晓斌等人至我办公室小坐，后至碧露轩请他们喝茶，讨论课程内容，交流学习心得，甚愉悦。十时许散。

十一时至后夜近四时许，于上岛咖啡亚运村店与同学耿殿台、韩林等叙聊，虽略有疲惫，但心情非常愉快。人与人间无功利地自然交往，是和谐的、开心的。

接黄成勇、卢礼阳、董国和、巴陵等人网函并稿，即复之。

【十月十四日 晴 周日】凌晨四时许归寓，八时许起床。

上午分别与宫长征、黄新燕叙聊。真正用心为对方考虑，关心对方所需，焦点在外，自然很容易打动对方，所谓感召成功。（用心＋关心＋动心＋开心＝感召）

下午继续参加学习。同学们的案例分享非常精彩，导师的区分评析也很到位，所获甚多。我慢慢也明白了教练们为什么要经常给我们制造一些逆境，让我们高度紧张和自律的良苦用心了。人，只有在逆境中才会成长和提高，尽管我们会感到很不舒服甚至痛苦。

晚，参加小组会（教练孙玉恒）及十期学员和十一期学员的火炬交接仪式，场面甚感人，使人振奋。所有的感触归结为一点：所有的事情只要用心，然后去做，就一定会达到自己的目标。

十时许交接仪式结束，我被推选为班长，与同学们聚餐，零时许归寓。

【十月十五日 晴 周一】七时许至办公室，修改完善《地球》工作计划书。并嘱宫主任送至馆里，供几位领导开会讨论。

主持营销部会议，听取工作汇报。

办公室转来邮件：《中国成人教育》杂志社徐明祥兄函、为《书脉》《茶歇》题签；《历史研究》编辑部马忠文函；王英琦女士函并稿《作家与诚信》；苗得雨函并诗稿《喜少年有志》；于铸梁赠书。

于志斌兄函并赠书“精美生活丛书”一套，分别是《中国古钱石刻101品》（巴楚石匠、王文华编著）、《老家具，新摆设》（范文编著）、《回味古董旧踪》（永刚编著）、《香艳品位百花》（范文编著）、《赏玉观璞》（朱荣基著）、《陶瓷器玩藏文图》（黎年编著）、《雅说古玩小品》（范文编著），均为海天版。

忆明珠先生函并为《书脉》题签，函称：“贵刊《书脉》内容精粹，编排亦颇活泼，我这些年既放弃写作，亦远离阅读，而收到贵刊，却还是有点爱不释手。”

自牧老师来电，所谈编一册民刊主要负责人的日记专号（每人一个月）的想法甚好。

致电段华、黄晓静，催询出版手续事宜。

晚，赵功义约饭，小李、吕浩陪同。

今日中共十七大开幕，本次大会的主题是全面建设和谐社会，报告提出2020年人均GDP翻两番。科技部称，中国将加入空间站计划，规范转基因研究。教育部称，坚持教育公益性，坚决反对教育产业化。常委九人变动四人：习近平接曾庆红，李克强接黄菊，贺国强接吴官正，周永康接罗干。另，李源潮接贺国强，刘延东接陈至立，张德江接吴仪，王岐山接曾培炎，汪洋接张德江，薄熙来接汪洋，俞正声接习近平，孟建柱接周永康，张高丽进政治局，王乐泉无变动。

【十月十六日 晴　周二】翟景行来。

淄博文友董朝晖偕高检编辑杨一（《淄博声屏报》原编辑）来。我久闻杨一之名，上高中时即读她编的报纸副刊，谈甚悦。请她们于印象西湖酒店午餐，宫主任、清霜作陪，饮啤酒，尽兴归。董要求来公司上班。

下午做《调适性领导力问卷》。联系周四小组会的场地，请王茵、徐紫桐、刘习飞帮忙。一时后，王总回话可用门头沟妙灵农庄一套别墅。

接山东博兴教委孙永庆网函及稿，即复。

接子张网函："刘绍棠纪念特刊"能出一本专辑，真不容易。这使得《书脉》一下子厚重起来，不能不令人注目。第六期各栏组稿也极丰富，颇耐品味。另外，我欣赏兄所撰写的"卷首语"，感觉是《书脉》之一脉，与其雅致的封面设计呼应甚好。即复。

接古剑网函：古农先生：大函及四册，《书脉》昨日才收到。9.28–10.14，旅行了半月，真老友破车耳。因文清泉的关系，创刊始至今全读了，路虽不长，一直在进步，很可喜。当祝贺！看过几本民刊，以贵刊页码、内容最多，这很不容易。闻经费有保障，此乃爱书人之幸。出至二百期，我是没希望活到那个时候了。谢谢贵刊刊出拙文，与有荣焉。在贵刊曾读您访吴泰昌先生文，你可有他的地址或 Email？能否给我，我与他失去联系十多年了。祝更上层楼。古剑 16/10。即复并告吴泰昌地址电话。

冉云飞兄发我《批判右派分子刘绍棠的书》一文，其篇首曰：

近接《书脉》主编于晓明兄所寄的《书脉》五、六两期及大札，其云《书脉》可坚持多年不变之大志，可谓鼓舞人心。早岁我也是比较看重"天才"之说的，对迅翁的喝咖啡论，爱迪生的汗水论，颇为不耐，认为他们已是人物，便来说天才如何之不可恃。稍后阅世渐多，复观北京十月出版社所出20世纪中国《学人自述》，做了一点个案分析，发觉许多名家，亦只是中人之质，使知迅翁和老爱不我欺也。因之，越发注重做事之积累及持之以恒，穷搜所需，不弃琐屑而存巨帙。持之以恒，浅如小学生亦可知晓，但要躬行长久，却可谓大不易。有多少人天天立志（这也是那种剪刀加糨糊的励志书在中国很畅销的一个原因，其实做这些书的书商是从不按此实行的，因为这些人有不少我都认识），朝志而夕改，见异而思迁，不明自己所好，而为外物所诱，为己不好之物所牵，待白首思之，悔之亦晚矣。因此，我对晓明兄立志长期办读书类民刊，有殷切之期待，于短时内能在书林扬名立万固佳，然能保持在一定水平线上，长久办下去，则更是我等读书人之所愿。果如此，则晓明兄于书林之有大功，于己亦添一桩不可多得的事功。

晚，阅《会议纪要》。

【十月十七日 晴 周三】温州图书馆卢礼阳兄来，谈甚悦，请其至九头鸟酒楼一起午餐，宫长征、赵功义、吕浩等作陪。受赠其编著新书二册。

所议拟编的《刘节日记》，始于1939年元旦，迄于1977年5月6日，是作者近四十年处在种种复杂环境下极为难得的人生记录，真实地反映了从抗战爆发到新中国成立及至“文化大革命”时期，一个知识分子的生活、交游以及学术研究情况。这些历经战乱和政治运动而残存下来的文字，真实体现了一个正直学者“人格同学问一致”的人生信条，也是中国社会20世纪30年代至70年代历史真实的宝贵资料。期待。

【十月十八日 晴 周四】参加编辑会议，讨论下期选题。

消防大队来检查消防安全。

接王稼句、郑重、未泱、戴存伟、黄菊芳、文泉清、辜健等人Email，即复之。

与清霜谈人事工作。晚，续撰《桓台历代诗词选注评》。

【十月十九日 晴 周五】与十一位同学分别通电话，了解他们的个人情况，包括目前的困惑和遇到的难题。每人通话半小时至一个半小时，收获颇丰。很多事情都是很好的案例，可以供团队借鉴。晚，约几位同学至碧露轩喝茶。有同学坦言相告：“晓明，你身上缺乏的是对女人的宽容、耐心、体贴和温柔的呵护，这是你的短板！有了这些怎么会有争吵眼泪猜疑？每个人都需要成长，关键你愿不愿意为成长买单！”我接受她的这些话。她的很多话都深深触动了我，尤其关于爱情和婚姻及对女人的认识等方面。

【十月二十日 晴 周六】与剩余十二位同学分别通话，再次感受到沉甸甸的收获。我体会到：只要付出，必有收获；只要行动，必有一个好的结果。

【十月二十一日 晴 周日】谢绝一切活动，在办公室整理《桓台历代诗词选注评》书稿。

【十月二十二日 晴 周一】参加公司例会。

《书脉》（总第7期）付印。邹为瑞院长和万伯翱会长来。谈起日记，万会长说：“我那时候1962年9月6号下去（乡）的时候，我父亲主动要求给我题了个字。我父亲不题字，不担任名誉职务，但那时他送我一个笔记本。那时候1959年，全国劳模才能得到的笔记本，我那本是我父亲参加给劳模发奖送给我的。那个笔记本，万老爷子给我题了一句话，当然现在叫他万老爷子，当时他很年轻，才40多岁，题的是‘一遇动摇，立即坚持’。我最近找，我的日记本在‘文化大革命’中被说成是‘黑材料’，要查，要没收，但是贫下中农还是给我保留下来了。”“我下去的时候，我父亲也说，你不是没上过大学吗？你不是一个高中生吗？农村本身就是一个劳动大学。实际上你要用功的话还能学习不少东西，比如我学习劳动人民的语言，我有厚厚的一个笔记本，还不止一本，我记了那么多。我在日记本上都要写上劳动人民的谚语，不管是天气的还是生活的，或者是口头的，对我的素材的积累，对我今后的创作还是起了很大的作用。”“我奶奶说穷人吧，饿死不出声，冻死也要迎风干，这就是劳动人民的骨气，她也没有文化，但是语言上很生动。”

【十月二十三日　阴　周二】上午协调班级事务；议《地球》设计总监人选；议山西款项事宜。

下午与编辑二部座谈，嘱他们开始考虑明年的编辑和发行计划。深圳八十五岁高龄的田原先生来电，交谈半时许，非常愉快。他建议《书脉》开设一个专栏：《笔名趣谈》，并谈了自己的几个笔名，如司马车（jū）等。

晚，至寰太大厦八楼参加团队骨干会议。张燕来董事长的点评非常准确，可谓慧眼独具。零时许归寓，途中腹饿，与兆辉、刘洋于“面道”小店吃面做宵夜，味道醇美，滋味悠长。其店面悬壁之《面道记》，读之有趣，遂请店家抄录一份，曰：

> 巍巍吕梁，千古流芳。则天女皇，名播远扬。中兴名将，子仪救唐。
> 牧童遥望，酒酿之苍。晨风鼓荡，历史长廊。啧口古渡，枣林飘香。
> 名山武当，天高气爽。玄中柏洼，荡气回肠。钢城中阳，煤海故乡。
> 八年之抗，蔡家崖上。晋绥争强，再谱新章。杜牧诗行，描摹汾阳。
> 杏花酒香，远泊重洋。柳林碗秃，不厌百尝。餐饮一绝，兴县冒汤。
> 麻峪豆腐，临县特样。柏籽羊肉，美味之王。莜面栲栳，调味多样。
> 吕梁面食，一面百吃。拉面剔尖，独绝吕梁。薄利经营，服务周到。
> 四海寰宇，皆为兄弟。君来如家，品酒茗茶，美味佳肴，倾我所有。
> 亲朋远来，知音饯别，明烛交辉，共度喜事。愿奉箪食，与尔同悦。
> 良宵一刻，共享太平。为君一顾，尽献真情。谨以此记，聊表我心。

【十月二十四日　阴转多云　周三】上午与白勇等人一起至同

仁医院看望刘正，他的状态比我想象的要好。

下午至国家税务总局《中国税务》杂志社晤美术总监陈平，议《地球》整体设计事宜。他的一些意见是有独到之处的，非书斋式的。

晚，在上岛咖啡约晤建春、文华，完成作业的修改。建春重点从健康和家庭生活方面给我提了很多建议，并帮我细化《行动计划》，他的话对我触动很大。

十一时许归寓，与陈萍通话一小时，聊其家庭问题和课程收获。

【十月二十五日　晴　周四】修改毕《成就宣言书》发至公共邮箱，处理班级事务。

晚，在京进修的淄博蒲松龄纪念馆原馆长王幼学于东四八条德福饺子店请饭，座有杨一、董朝晖、画家李振奎、王勇、《今日信息报》社长蔡振刚等十余人，一多半是淄博籍。老李真是活宝，酒后又唱又指挥，笑话连篇，且乡音喁喁，笑得大家眼泪都出来了。九时许散。

归而上网，复董大中、董国和等友人 Email。

【十月二十六日　晴　周五】面试十余人。夕，与清霜谈话时许。

接同学手机短信："天虽然阴蒙蒙的，但心情一定要晴朗坚定。不要因为外界的不理想干扰我们清澈的眼睛我们的心，挡住我们前进的步伐。积极乐观面对一切，才是生活的强者！"

【十月二十七日　晴　周六】参加 ACP 心态教练技术理论课学习。

晚，开小组会，讨论许可事业案例。

【十月二十八日　晴　周日】继续参加 ACP 心态教练技术理论课学习。

晚，与同学们聚餐。

【十月二十九日　晴　周一】一早六时许即往机场奔，乘坐八点一刻的飞机去杭州，转乘出租车奔赴湖州，十二时半抵湖州香溢大酒店，皕宋楼暨江南藏书文化国际研讨会在此召开。文泉清和会务组黄老师来接，报到，领取材料，受赠《仪顾堂集》线装一函七卷。

先去马路对面的一家小店吃了两碗馄饨，而后至会场。见到很多老朋友，自牧老师一家人、徐雁兄、刘经富教授、宫晓卫社长、王绍仁院长等等。

下午参加小组讨论。四时许，至潜园和皕宋楼参观。

晚，徐重庆先生赶来酒店欢聚畅谈。受赠其主编之《记忆湖州》精美画册一函（上海社科出版社 2005 年版，定价 296 元)，《湖州古今概览》(修订本，余方德、嵇发根主编，黄山书社 2007 年版)、《新文学史料百期索引》(许馨编著，合肥工业大学出版社 2007 年版）各一册，湖笔一盒（三支)，安吉白茶一盒。

【十月三十日　晴　周二】上午继续会议，中午至荻港渔庄吃农家饭，甚佳!

下午至南浔及嘉业堂藏书楼参观。拍照若干。

【十月三十一日　阴　周三】早餐后，乘快客汽车奔赴海宁，十一时许抵达。见虞坤林兄。并引我们分别至徐志摩故居、史东山故居、钱君匋艺术纪念馆等地参观。

午后四时许，乘汽车至苏州，转乘火车返京。因时间紧张，与稼句兄通了电话，未晤。

后　记

“纸上得来终觉浅”，放翁此言的是中论，反躬自问，读来可发一笑。我先后出版过两本日记，一本是《川上集》，是二〇〇三年上半年的日记；一本是《茶歇集》，是二〇〇四年的日记。出版后得到的反映褒贬不一，赞者称之为有真性情，有闲趣味，书香满怀，甚或谬比李缦堂的日记。还有的放在枕侧，睡前翻阅一段，不亦乐乎。不屑者称为“日记文学”，言外之意，这不是“真正”的日记（可能不好意思说是“伪日记”，姑且客气一点），年纪轻轻，就出版自己的日记，是江郎才尽还是本无才情？《茶歇集》既成，本欲收拾精神，专心公司经营，不意二三素友爱屋及乌，咸与惠口，声闻过情，屡以续笔相请。其实，日记早已成为我每日生活的必修课之一，成了一种习惯。佛云不可说，友曰与乐乐，所谓“朝临商海，暮归书田”，所记无非琐屑之事一己之言，行于所将行，止于所当止。无意于苟名，权作敝帚自珍是也。善其名曰“一个人的成长史”罢了。

首先我得老老实实承认，我的日记有“刻意”写的成分。这种刻意，不是虚构，不是假设，而是写法的多样化和内容的多元化。不是刻意求媚于现在或将来，而是力求更多地记录一些真实的细节，虽然琐碎，但未必没有用处。不管发表与否，即便自己日后翻看，也能勾起一些美好或者难忘的往事，是件蛮有意思的事情。所以我一直主张把日记当作百花园来侍弄，不管别人如何议论。

我之所以出版日记，首先觉得它未尝不可出版。日记是最真实的性情记录，只要是真实的，美好的，就没有什么不可以公开的。出版日记，并不是那些尖苛的人所说的那样，拿自己的隐私如何如何，我没有那种虚妄的浅薄，更没有那个博取名利的资本。这些文字不过是关乎“我”这一个“草根”小人物的读书、工作、生活记录，觉得还有一点小意思，愿意拿出来跟朋友们分享而已。

其次，我不把日记当作“小道”视之。恰恰相反，我一直认为日记应是其他任何体裁文字之父母，什么都可以视为小道，唯独日记不可等闲视之。它虽然粗糙，但是朴实；它虽然经常遭受歧视，但是最忠心耿耿。我在2005年4月19日的日记中曾发感慨：

历史的纪录总是粗线条的，大量的细节被忽略或筛滤掉了，历史记录的只能是事件的一个轮廓。许多切肤之痛，最终只留下冷冰冰的一句话，甚至一个词。细节的大量失落，使历史看起来如在雾中，失去了某种清晰感和鲜活性。于是人们转而寻求历史的某些原始文本，而日记，就是原始文本中最有代表性的一种。日记主人在无意中反映出许多事件的原始真相和具体细节，在对这些事件的点点滴滴的关注中，我们看到了历史的大背景，并从中发现了许多在历史教科书里不可能看到的具体景观。日记的作用，由此可见一斑。

其他至于什么锻炼文笔、培养毅力、提高鉴赏、促进表达之类的作用，我想无须赘述了吧。可能没有几个人不知道日记的这些好处，但使我百思不解的是，既然都知道是好的，为什么不坚持记下去呢？

曾有人与我探讨日记如何出版的问题，因为日记中涉及很多人的隐私，一般人也就罢了，偏偏其中还有在社会上有头有脸的一些人，而且是不错的朋友。照实出版，就有可能引起误会，以为拿他们的隐私吸引读者的眼球，就会让人不悦甚至得罪人。

而不照实出版，也麻烦，留下一份不真实的或者是不全面的东西，也可能误导读者。

这真是个问题。记得作家谢泳和翻译家杨静远也曾就此问题进行过商榷，在报纸上公开发表。我是赞同谢泳兄的观点的：日记出版，不要以自己的评判标准进行取舍，因为很有可能，你认为有用的东西而于读者无益，而你认为没有价值的却恰恰被一些人当作宝贝。所以还是照搬的好。至于害怕得罪人，其实大可不必，既然写都写了，何必担心让别人知道呢？

综上，这些日记全部保留原汁原味地呈献。这些琐屑的文字，虽洋洋数万言，可观者约略不足一二，或江郎才尽矣。然才虽尽而人未散，日记中的记忆，隐身于年轮之间，承接着冷的联系，承续着热的脉搏。而其间，既有照着讲，也有接着讲；既有引经据典，也有自说自话；既有锦上添花，也有狗尾续貂；既有有话要说，也有无话可说。见仁见智，褒贬自知。

上面谈到，“朝临商海，暮归书田”，看似一种很潇洒的生活状态，其实甘苦自知。事实是，商海呛水，书田荒芜。好在还有一颗鲜活的文心，乐于耕读，每日不读书，恍如面目全非。此种心情时时鞭策激励，思想尚未完全桎梏。文友称我为“骨子里的文人”，命相师推算我“吃一辈子的文化饭”，我不知他所谓“文化”的范畴，惟深感此生，生命里离不了书，离不了方块文字，故取书名《原本是书生》。这些年虽身在商海沉浮，却发现内心深处原本还是书生，可能终其一生还是书生。文亦醉人何必酒，书能香我不须花，此或命也。我认命，信命，愿意来生依然是书生。

静庐曰：神马都是浮云，唯有一颗真心。
知我罪我笑我，任凭八面来风。

于晓明　识于壬辰年端午节